A loteria e outros contos

Shirley Jackson

A loteria e outros contos

tradução
Débora Landsberg

Copyright © 1949 by Shirley Jackson

Grafia atualizada segundo o Acordo Ortográfico da Língua Portuguesa de 1990, que entrou em vigor no Brasil em 2009.

Título original
The Lottery and Other Stories

Capa
Elisa von Randow

Imagem de capa
Nightfall, de Will Barnet, 1979. Óleo sobre tela.
© Estate of Will Barnet/ AUTVIS, Brasil, 2022
Reprodução: © Will Barnet Foundation, cortesia de Alexandre Gallery, Nova York

Preparação
Leny Cordeiro

Revisão
Renata Lopes Del Nero
Márcia Moura

Dados Internacionais de Catalogação na Publicação (CIP)
(Câmara Brasileira do Livro, SP, Brasil)

Jackson, Shirley
    A loteria e outros contos / Shirley Jackson ; tradu-
ção Débora Landsberg. — 1ª ed. — Rio de Janeiro :
Alfaguara, 2022.

    Título original : The Lottery and Other Stories
    ISBN 978-85-5652-158-3

    1. Contos norte-americanos I. Título.

22-124815   CDD-813

Índice para catálogo sistemático:
1. Contos : Literatura norte-americana   813
Cibele Maria Dias – Bibliotecária – CRB-8/9427

[2022]
Todos os direitos desta edição reservados à
EDITORA SCHWARCZ S.A.
Praça Floriano, 19, sala 3001 — Cinelândia
20031-050 — Rio de Janeiro — RJ
Telefone: (21) 3993-7510
www.companhiadasletras.com.br
www.blogdacompanhia.com.br
facebook.com/editora.alfaguara
instagram.com/editora_alfaguara
twitter.com/alfaguara_br

A loteria e outros contos

I

O embriagado

Ele estava tão bêbado e tão familiarizado com a casa que conseguiu ir à cozinha sozinho, com o pretexto de buscar gelo, mas na verdade para recobrar um pouco da sobriedade; não era amigo da família a ponto de desmaiar no sofá da sala. Deixara a festa para trás sem nenhuma relutância, o grupo ao piano cantando "Stardust", a anfitriã conversando sério com um rapaz de óculos limpos com lentes finas e boca taciturna; fora cauteloso ao cruzar a sala de estar, onde um grupinho de quatro ou cinco pessoas estava em cadeiras duras debatendo algo com atenção; as portas da cozinha balançaram de repente com seu toque, e ele sentou ao lado de uma mesa laqueada branca, lisa e fria sob sua mão. Pôs o copo em um lugar bom da padronagem verde e ao levantar a cabeça se deparou com uma menina que o olhava curiosa do outro lado da mesa.

"Oi", ele disse. "Você é a filha?"

"Eu sou a Eileen", ela respondeu. "Sim."

Ela lhe parecia larga e deformada; são as roupas que elas usam hoje em dia, as meninas, pensou em meio à bruma; o cabelo caía em tranças dos dois lados do rosto e ela parecia nova, viçosa e desarrumada; o suéter era meio roxo e o cabelo era escuro. "Você parece legal e sóbria", ele disse, dando-se conta de que era uma coisa errada de se falar para meninas.

"Estava só tomando café", ela disse. "Posso te servir um?"

Ele quase riu, pensando que ela imaginava estar lidando com astúcia e competência com um bêbado grosseiro. "Obrigado", respondeu, "acho que vou aceitar." Ele se esforçou para fixar o olhar; o café estava quente, e quando ela pôs a xícara na frente dele, dizendo, "Imagino que você goste de café forte", ele aproximou o rosto do vapor e o deixou entrar em seus olhos, na esperança de que desanuviasse a cabeça.

"Parece que a festa está ótima", ela comentou sem ansiedade, "todo mundo deve estar se divertindo."

"A festa está ótima." Ele começou a tomar o café, escaldante de tão quente, querendo que ela soubesse que o havia ajudado. Sua cabeça se firmou, e ele lhe sorriu. "Estou me sentindo melhor", ele falou, "graças a você."

"Deve estar fazendo muito calor na sala", ela disse numa voz tranquilizadora.

Então ele soltou uma risada e ela franziu a testa, mas viu que ela o desculpava quando prosseguiu, "Eu estava tão encalorada lá em cima que pensei em descer um pouco para me sentar aqui".

"Você estava dormindo?", ele perguntou. "Acordamos você?"

"Estava fazendo o dever de casa", ela respondeu.

Ele olhou para ela de novo, vendo-a contra um segundo plano de caligrafia cuidadosa e exercícios escolares, livros gastos e risadas entre carteiras. "Você está no colegial?"

"Estou no último ano." Ela parecia esperar que ele dissesse alguma coisa, e então completou, "Fiquei um ano sem ir quando tive pneumonia".

Ele achava difícil pensar no que dizer (perguntar sobre meninos? Sobre basquete?), e por isso fingiu estar escutando os barulhos distantes da frente da casa. "A festa está ótima", ele repetiu, distraído.

"Imagino que você goste de festas", ela disse.

Desconcertado, ele fitava a xícara de café vazia. Acreditava gostar mesmo de festas; o tom dela era meio surpreso, como se em seguida ele fosse declarar seu gosto por arenas com gladiadores lutando com feras selvagens ou a solitária valsa circular de um louco no jardim. Tenho quase o dobro de sua idade, minha menina, ele pensou, mas não faz tanto tempo assim que eu também fazia o dever de casa. "Joga basquete?", ele perguntou.

"Não", ela respondeu.

Ele percebeu com irritação que ela estava na cozinha primeiro, que ela morava na casa, que precisava continuar conversando com ela. "Seu dever de casa é sobre o quê?", ele perguntou.

"Estou escrevendo um artigo sobre o futuro do mundo", ela disse antes de sorrir. "Parece bobagem, né? Eu acho bobagem."

"O pessoal lá na frente está falando disso. Esse foi um dos motivos para eu ter vindo para cá." Ele a via pensando que esse não era de jeito nenhum o motivo para ele ter ido até ali, e acrescentou às pressas, "O que é que você diz sobre o futuro do mundo?".

"Eu não acho que ele vai ter muito futuro", ela respondeu, "pelo menos do jeito que está hoje em dia."

"É um momento interessante para se estar vivo", ele comentou, como se ainda estivesse na festa.

"Bom, afinal", ela disse, "também não dá para dizer que a gente não *sabia* com antecedência."

Ele a olhou por um instante; ela fitava distraída a biqueira do próprio sapato, mexendo o pé com movimentos suaves para a frente e para trás, seguindo-o com os olhos. "É uma época assustadora se uma menina de dezesseis anos precisa pensar nesse tipo de coisa." Na minha época, ele pensou com deboche, as meninas só pensavam em coquetéis e chamegos.

"Tenho dezessete." Ela ergueu os olhos e sorriu para ele outra vez. "Faz uma diferença incrível", ela disse.

"Na minha época", ele falou com ênfase exagerada, "as meninas só pensavam em coquetéis e chamegos."

"Em certa medida, é esse o problema", ela respondeu, séria. "Se as pessoas tivessem tido um medo sincero, verdadeiro, quando você era jovem, não estaríamos tão mal hoje em dia."

A voz dele saiu mais incisiva do que pretendia ("Quando *eu* era jovem!"), e ele desviou um pouco o rosto como que para indicar o parco interesse de uma pessoa mais velha sendo afável com uma criança: "Acho que imaginávamos ter medo. Imagino que todos os meninos de dezesseis — dezessete — acreditem ter medo. Todo mundo passa por essa fase, que nem a de ficar louca atrás dos meninos".

"Não paro de imaginar como é que vai ser." Ela falava numa voz muito suave, muito clara, olhando para um ponto atrás dele, na parede. "Não sei por quê, mas acho que as igrejas vão primeiro, antes até do Empire State. E depois todos os apartamentos grandes à beira do rio, se derramando na água devagarinho com as pessoas dentro. E as escolas, quem sabe no meio da aula de latim, enquanto a gente estiver lendo César." Ela levantou os olhos para o rosto dele, encarando-o com um deleite entorpecido. "Sempre que a gente começa um capítulo novo do César, me pergunto se vai ser esse que a gente não vai terminar. Talvez nós da classe de latim sejamos as últimas pessoas a ler César."

"Seria uma boa notícia", ele disse sem pensar. "Eu detestava César."

"Acho que todo mundo detestava César quando era jovem", ela respondeu indiferente.

Ele esperou um minuto antes de dizer, "Acho meio bobo da sua parte encher sua cabeça com esse lixo mórbido. Compra uma revista de cinema e relaxa".

"Vou poder comprar todas as revistas de cinema que eu quiser", ela insistiu. "Os trens do metrô vão colidir, sabia, e as banquinhas de revistas vão ser esmagadas. Você vai poder pegar todas as barrinhas de chocolate que quiser, as revistas, os batons e as flores artificiais das lojinhas de bugigangas, os vestidos de todas as lojas grandes que vão estar caídos pela rua. E os casacos de pele."

"Espero que as lojas de bebidas fiquem todas abertas", ele disse, começando a perder a paciência com ela, "eu entraria e pegaria uma caixa de conhaque e nunca mais esquentaria a cabeça com nada."

"Os prédios comerciais não vão passar de amontoados de pedras quebradas", ela declarou, os impetuosos olhos arregalados ainda o encarando. "Se ao menos fosse possível saber *o minuto* exato em que vai acontecer."

"Entendi", ele disse. "Eu vou junto com o resto. Entendi."

"As coisas vão ficar diferentes depois", ela afirmou. "Tudo que faz o mundo ser como é agora vai desaparecer. Vamos ter novas regras e novos estilos de vida. Talvez exista uma lei proibindo as pessoas de viver em casas, assim ninguém vai poder se esconder de ninguém, entende?"

"Talvez exista uma lei que obrigue todas as meninas de dezessete anos que estão na escola a aprenderem a ser sensatas", ele retrucou, se levantando.

"Não vai existir escola nenhuma", ela declarou categoricamente. "Ninguém vai aprender nada. Para impedir que a gente volte para onde está agora."

"Bem", ele disse com uma risadinha. "Você faz a ideia parecer muito interessante. Uma pena que eu não vá estar lá para ver." Ele parou, o ombro encostado na porta de vaivém que dava para a sala de jantar. Queria muito dizer algo adulto e mordaz, no entanto tinha medo de mostrar que a escutara, que quando ele era jovem as pessoas não falavam daquele jeito. "Se tiver dificuldade com o latim", ele acabou falando, "vai ser um prazer te dar uma força."

Ela deu uma risadinha, o que o surpreendeu. "Continuo fazendo meu dever de casa toda noite", ela disse.

De volta à sala de estar, com as pessoas se movimentando alegremente ao seu redor, o grupo junto ao piano cantava agora "Home on the Range", a anfitriã absorta em uma conversa séria com um homem alto, elegante, de terno azul, ele achou o pai da menina e declarou, "Acabei de ter uma conversa muito interessante com a sua filha".

O olhar do anfitrião percorreu o ambiente às pressas. "A Eileen? Onde ela está?"

"Na cozinha. Estudando latim."

"'*Gallia est omnia divisa in partes tres*'", o anfitrião recitou, inexpressivo. "Eu sei."

"Uma menina realmente extraordinária."

O anfitrião balançou a cabeça com pesar. "As crianças de hoje em dia", disse ele.

O amante diabo

Ela não tinha dormido bem: de uma e meia, quando Jamie foi embora e ela se deitou sem pressa nenhuma, até as sete, quando por fim se permitiu levantar e preparar o café, ela tivera um sono entrecortado, sobressaltando-se e abrindo os olhos para ver a semiescuridão, lembrando e relembrando, caindo de novo em um sonho febril. Passou quase uma hora tomando o café — fariam um desjejum de verdade no caminho — e então, a não ser que quisesse se vestir cedo, não tinha o que fazer. Lavou a xícara de café e arrumou a cama, olhando com cuidado para as roupas que planejava usar, preocupando-se desnecessariamente, à janela, se faria um dia bonito. Sentou-se para ler, pensou que poderia escrever uma carta para a irmã, e começou, na sua melhor caligrafia, "Caríssima Anne, quando você receber isto já vou estar casada. Não é engraçado? Eu mesma mal acredito, mas quando eu lhe contar como foi que aconteceu, você verá que é ainda mais estranho do que…".

Sentada, caneta na mão, ela hesitou quanto ao que dizer em seguida, leu as linhas já escritas e rasgou a carta. Foi até a janela e viu que o dia estava inegavelmente bonito. Passou-lhe pela cabeça que talvez não devesse usar o vestido de seda azul: era simples demais, quase sério, e queria parecer delicada, feminina. Ansiosa, tirou os vestidos do armário e titubeou ao ver uma estampa que havia usado no verão anterior: era juvenil demais para ela, e tinha uma gola de babados, e o ano ainda estava muito no início para vestidos estampados, mas ainda assim…

Ela pendurou dois vestidos lado a lado na porta do guarda-roupa e abriu as portas de vidro que havia fechado meticulosamente sobre o pequeno armário que era sua cozinha. Acendeu a boca debaixo da cafeteira e foi à janela: o dia estava ensolarado. Quando a cafeteira começou a estalar, ela voltou e serviu o café em uma xícara limpa.

Vou ter dor de cabeça se não comer logo alguma coisa sólida, ela pensou, esse café todo, fumando demais, sem desjejum de verdade. Uma dor de cabeça no dia do seu casamento; ela foi atrás da latinha de aspirina no armário do banheiro e a enfiou na bolsa azul. Teria que trocá-la por uma bolsa marrom se usasse o vestido estampado, e a única bolsa marrom que tinha estava surrada. Desanimada, ficou olhando da bolsa azul para o vestido estampado, e em seguida largou a bolsa, foi pegar o café e sentou perto da janela, tomando o café e olhando atentamente para o apartamento de um só cômodo. Eles planejavam voltar para lá naquela noite e tudo tinha que estar em ordem. Com um súbito horror, percebeu que havia se esquecido de pôr lençóis limpos na cama: as roupas de cama tinham acabado de ser lavadas e ela pegou os lençóis e fronhas limpos da prateleira mais alta do armário e tirou tudo, trabalhando às pressas para evitar pensar conscientemente no motivo para trocar a roupa de cama. A cama era pequena, com uma colcha para que parecesse um sofá, e quando ela terminasse ninguém diria que tinha acabado de trocar a roupa de cama. Levou os lençóis velhos e as fronhas para o banheiro e os enfiou no cesto de roupa suja, e pôs também as toalhas do banheiro no cesto, e toalhas limpas nos toalheiros do banheiro. O café estava frio quando voltou, mas o tomou assim mesmo.

Quando olhou para o relógio e viu que já passava das nove, ela enfim começou a se apressar. Tomou um banho e usou uma das toalhas limpas, que enfiou no cesto e trocou por outra limpa. Vestiu-se com esmero, as roupas de baixo limpas e a maioria nova; pôs tudo o que havia usado na véspera, inclusive a camisola, no cesto. Quando estava pronta para o vestido, hesitou diante da porta do armário. O vestido azul sem dúvida era razoável, e estava limpo, e era um bocado vistoso, só que já o havia usado diversas vezes com Jamie, e não havia nada que o tornasse especial para um casamento. O vestido estampado era bonito demais, e desconhecido de Jamie, mas usar uma estampa daquelas no começo do ano era sem dúvida se adiantar à estação. Por fim pensou, É o dia do meu casamento, posso me vestir como eu bem entender, e tirou o vestido estampado do cabide. Quando o passou pela cabeça, ela o sentiu fresco e leve, mas ao se olhar no espelho ela se lembrou de que os babados na gola não favoreciam seu pescoço, e a saia larga e rodada parecia irresistivelmente feita para uma menina, para alguém que correria livremente, dançaria, que a balançaria com os quadris ao caminhar. Ao se olhar no espelho, pensou com repulsa, É como se eu estivesse tentando parecer mais bonita do que sou, só para ele; ele vai achar que quero parecer mais nova porque ele está se casando comigo; e tirou o vestido estampado tão depressa que uma costura debaixo do braço arrebentou. No velho vestido azul se sentia à vontade e acostumada, mas sem graça. O que interessa não é o que você está vestindo, disse a si mesma com firmeza, e se virou consternada para o armário para ver se não haveria outra opção. Não havia nada nem de longe adequado para se casar com Jamie, e por um instante cogitou ir rapidinho a alguma loja das redondezas e comprar um vestido. Então viu que eram quase dez e não dava tempo de mais nada além do cabelo e da maquiagem. O cabelo era fácil, arrumado em um coque na nuca, mas a maquiagem era outro equilíbrio delicado entre a melhor aparência possível e o mínimo de enganação. Não teria como tentar disfarçar a palidez da pele, nem as rugas em torno dos olhos, hoje, quando poderia parecer que só fazia isso por causa do casamento, no entanto não suportava a ideia de Jamie contrair matrimônio com uma pessoa abatida e enrugada. Você tem trinta e quatro anos, *afinal*, disse a si mesma com crueldade diante do espelho do banheiro. Trinta, dizia a licença.

Eram dez horas e dois; não estava satisfeita com as roupas, o rosto, o apartamento. Requentou o café e sentou na cadeira perto da janela. Não tenho mais o que fazer agora, pensou, não faz sentido tentar melhorar nada no último instante.

Resignada, acomodada, tentou pensar em Jamie e não conseguiu ver seu rosto com nitidez nem ouvir sua voz. É sempre assim com quem se ama, ela ponderou, e deixou a mente passar ao hoje e ao amanhã, adentrar o futuro mais distante, quando Jamie estivesse consagrado na sua carreira literária e ela tivesse aberto mão do emprego, o futuro dourado da casa no interior para o qual vinham se preparando na última semana. "Eu era uma ótima cozinheira", ela havia jurado a Jamie, "é só me dar um tempinho e com um pouco de prática vou me lembrar de como se faz um bolo nuvem. E frango frito", ela disse, ciente de que essas palavras não sairiam da cabeça de Jamie. "E molho holandês."

Dez e meia. Ela se levantou e foi até o telefone, resoluta. Discou, esperou, e a voz metálica da moça disse, "… são exatamente dez e vinte e nove". Semiconsciente, ela voltou um minuto no relógio; estava se lembrando da própria voz dizendo na noite anterior, na porta: "Dez horas, então. Vou estar pronta. É verdade *mesmo*?".

E Jamie atravessando o corredor aos risos.

Às onze já tinha arrumado a costura desfeita do vestido estampado e guardado a caixa de costura com todo o cuidado no armário. De vestido estampado, estava sentada à janela tomando outra xícara de café. Eu poderia ter demorado mais na penteadeira, no final das contas, ela pensou; mas a esta altura estava tão tarde que ele poderia chegar a qualquer minuto, e não ousava tentar consertar o que quer que fosse sem recomeçar tudo. Não havia nada para comer no apartamento além da comida que tivera o cuidado de estocar para a vida que começariam juntos: o embrulho fechado de bacon, a dúzia de ovos na caixa, o pão fechado e a manteiga intocada: eram para o desjejum do dia seguinte. Pensou em ir correndo até o mercado para comprar alguma coisa para comer, deixando um bilhete na porta. Então resolveu esperar mais um pouco.

Às onze e meia ela estava tão tonta e fraca que teve que descer. Se Jamie tivesse telefone, teria ligado para ele nesse momento. Abriu a escrivaninha e escreveu um recado: "Jamie, desci até o mercadinho. Volto em cinco minutos". A caneta vazou nos dedos e ela foi ao banheiro e lavou, usando a toalha limpa que havia pendurado. Grudou o recado na porta, examinou o apartamento mais uma vez para verificar se estava tudo perfeito e fechou a porta sem trancá-la, para o caso de ele aparecer.

No mercadinho, percebeu que não havia nada que quisesse, a não ser mais café, e o deixou pela metade porque de repente se deu conta de que Jamie provavelmente estava lá em cima esperando, impaciente, aflito para começar logo.

Mas lá em cima estava tudo pronto e calmo, assim como deixara, o recado não lido na porta, o ar do apartamento um pouco rançoso por causa do excesso de cigarros. Abriu a janela e sentou ao lado dela até perceber que tinha adormecido e faltavam vinte minutos para uma.

Agora, de repente, estava com medo. Despertando desavisada no ambiente de espera e prontidão, tudo limpo e intocado desde as dez horas, ela estava com medo, e sentia uma necessidade incontrolável de se apressar. Levantou-se da cadeira e foi quase correndo até o banheiro, jogou água fria no rosto e usou a toalha limpa; dessa vez ela pôs a toalha no lugar de qualquer jeito, sem trocá-la; teria tempo de sobra para isso depois. Sem chapéu, ainda de vestido estampado com um casaco jogado por cima, na mão a bolsa azul errada com a aspirina dentro, ela trancou a porta do apartamento, sem deixar bilhete dessa vez, e desceu correndo. Pegou um táxi na esquina e deu o endereço de Jamie ao motorista.

A distância era mínima; poderia ter caminhado se não estivesse tão fraca, mas no táxi ela de repente se deu conta da imprudência que seria ir descaradamente até a porta de Jamie para interpelá-lo. Portanto, pediu ao motorista que a deixasse em uma esquina próxima e, depois de pagar, esperou que ele fosse embora para começar a andar pelo quarteirão. Nunca tinha estado ali; o prédio era simpático e antigo, e o nome de Jamie não estava em nenhuma das caixas de correio da entrada, tampouco no interfone. Verificou o endereço: estava correto, e por fim tocou o botão com o nome "Zelador". Um ou dois minutos depois, a campainha soou e ela abriu a porta e entrou no corredor escuro onde hesitou até uma porta nos fundos se abrir e alguém dizer, "Pois não?".

No mesmo instante percebeu que não fazia ideia do que perguntar, portanto deu um passo à frente, em direção à figura que esperava contra a luz da porta aberta. Quando estava bem perto, a figura disse, "Pois não?" outra vez e ela percebeu que era um homem em mangas de camisa, incapaz de vê-la com mais clareza do que ela o via.

Com uma súbita coragem, ela disse, "Estou tentando falar com uma pessoa que mora neste prédio e não achei o nome lá fora".

"Que nome a senhora estava procurando?", o homem perguntou, e ela se deu conta de que teria que responder.

"James Harris", ela declarou. "Harris."

O homem se calou por um instante e então repetiu, "Harris". Virou-se para o ambiente dentro do vão iluminado da porta e disse, "Margie, vem cá um instante".

"O que foi agora?", uma voz disse lá dentro, e após uma espera longa o suficiente para que alguém se levantasse de uma poltrona aconchegante, uma mulher se aproximou dele na porta e fitou o corredor escuro. "Uma senhora aqui", informou o homem. "A senhora está procurando um cara chamado Harris, que mora aqui. É alguém do prédio?"

"Não", falou a mulher. A voz dela tinha o tom de quem acha graça. "Não tem nenhum Harris aqui."

"Perdão", disse o homem. Ele começava a fechar a porta. "A senhora está procurando a casa errada", ele decretou, e acrescentou em tom mais grave, "ou o cara errado", e ele e a mulher riram.

Quando a porta estava quase fechada e ela ficou sozinha no corredor escuro, declarou à fresta levemente iluminada ainda aberta, "Mas ele mora aqui, *sim*; eu sei que mora".

"Escuta", disse a mulher, reabrindo uma nesga da porta, "acontece o tempo todo."

"Por favor não duvide", ela protestou, e sua voz era muito altiva, com trinta e quatro anos de orgulho acumulado. "Desculpe, mas a senhora não está entendendo."

"Como ele era?", a mulher perguntou, cansada, a porta ainda entreaberta.

"Ele é bem alto e tem cabelo claro. Está quase sempre de terno azul. É escritor."

"Não", disse a mulher, e em seguida, "É possível que ele morasse no terceiro andar?"

"Não sei direito."

"Havia um sujeito", a mulher insinuou em tom reflexivo. "Ele vivia de terno azul, morou no terceiro andar por um tempo. Os Royster emprestaram o apartamento enquanto visitavam os pais dela no norte do estado."

"Talvez tenha sido isso; mas eu pensava…"

"Geralmente usava terno azul, mas não sei que altura tinha", a mulher complementou. "Ficou aqui mais ou menos um mês."

"Um mês atrás foi quando…"

"Pergunte aos Royster", sugeriu a mulher. "Eles voltaram hoje de manhã. Apartamento 3B."

A porta se fechou definitivamente. O corredor ficou um breu e a escada parecia ainda mais escura.

No segundo andar um pouco de luz entrava de uma claraboia bem alta. As portas dos apartamentos eram enfileiradas, quatro por andar, reservadas e silenciosas. Havia uma garrafa de leite em frente ao 2C.

No terceiro andar, ela aguardou um instante. Havia barulho de música detrás da porta do 3B, e ela escutava vozes. Por fim, bateu à porta, e bateu outra vez. A porta se abriu e a música a alcançou, a transmissão de uma sinfonia no começo da tarde. "Como vai?", ela disse educadamente à mulher no vão da porta. "Sra. Royster?"

"Isso mesmo." A mulher usava um robe e a maquiagem da noite anterior.

"Será que eu poderia falar com a senhora um instantinho?"

"Claro", disse a sra. Royster, sem se mexer.

"É sobre o sr. Harris."

"*Que* sr. Harris?", a sra. Royster questionou sem alterar o tom de voz.

"O sr. James Harris. O cavalheiro que pegou seu apartamento emprestado."

"Ai, meu Deus", exclamou a sra. Royster. Ela pareceu abrir os olhos pela primeira vez. "O que foi que ele fez?"

"Nada. Só estou tentando entrar em contato com ele."

"Ai, meu Deus", a sra. Royster repetiu. Então abriu mais a porta e disse, "Entre", e em seguida, "Ralph!".

O interior do apartamento continuava cheio de música, e havia malas meio desfeitas no sofá, nas cadeiras, no chão. Uma mesa no canto estava ocupada pelos resquícios de uma refeição, e o rapaz sentado ali, por um instante parecido com Jamie, levantou-se e atravessou a sala.

"O que houve?", ele perguntou.

"Sr. Royster", ela disse. Era difícil falar com a música tocando. "O zelador lá embaixo me disse que era aqui que o sr. James Harris estava morando."

"Sim", ele falou. "Se é que era esse o nome dele."

"Achei que o senhor tivesse emprestado o apartamento a ele", ela replicou, surpresa.

"*Eu* não sei nada sobre ele", explicou o sr. Royster. "Ele é um dos amigos da Dottie."

"Não dos *meus* amigos", a sra. Royster retrucou. "Não é amigo meu." Ela havia se aproximado da mesa e passava creme de amendoim em uma fatia de pão. Deu uma mordida e disse com voz gutural, sacudindo o pão e o creme de amendoim diante do marido. "Não é *meu* amigo."

"Você o escolheu em uma daquelas porcarias de reuniões", disse o sr. Royster. Ele empurrou uma mala para fora da cadeira ao lado do rádio e se sentou, pegando uma revista do chão. "Eu nunca troquei mais que dez palavras com ele."

"Você disse que não tinha problema emprestar a casa para ele", a sra. Royster disse antes de dar outra mordida. "Você nunca disse uma só palavra contra ele, *afinal.*"

"*Eu* não falo nada sobre os *seus* amigos", o sr. Royster rebateu.

"Se ele fosse meu amigo, você teria falado *à beça*, acredite", a sra. Royster disse em tom sombrio. Deu outra mordida e assegurou, "Acredite, ele teria falado *à beça*".

"Isso era tudo o que eu queria ouvir", disse o sr. Royster, olhando por cima da revista. "Agora chega."

"Está vendo?", a sra. Royster apontou o pão e o creme de amendoim para o marido. "É sempre assim, dia e noite."

Fez-se silêncio, a não ser pela música berrada pelo rádio ao lado do sr. Royster, e então ela disse, em uma voz que mal acreditava que seria ouvida apesar do barulho, "Então ele foi embora?".

"Quem?", a sra. Royster indagou, tirando os olhos do pote de creme de amendoim.

"O sr. James Harris."

"Ele? Ele deve ter ido embora hoje de manhã, antes de a gente voltar. Não tem o menor sinal dele em canto nenhum."

"Foi embora?"

"Mas estava tudo bem, muito bem. Eu te falei", ela disse ao sr. Royster, "eu te falei que ele cuidaria bem de tudo. Eu sempre sei."

"Você deu sorte", retrucou o sr. Royster.

"Não tinha nada fora do lugar", afirmou a sra. Royster. Ela brandiu o pão e o creme de amendoim ao redor. "Estava tudo como a gente tinha deixado", ela declarou.

"A senhora sabe onde ele está agora?"

"Não faço a menor ideia", a sra. Royster disse com alegria. "Mas, como eu falei, ele deixou tudo direitinho. Por quê?", perguntou de repente. "Você está procurando *ele*?"

"É muito importante."

"Infelizmente ele não está aqui", declarou a sra. Royster. Teve a cortesia de dar um passo à frente ao ver a visitante se voltar para a porta.

"Talvez o zelador o tenha visto", o sr. Royster disse sem tirar os olhos da revista.

Quando a porta se fechou às suas costas, o corredor ficou escuro outra vez, mas o barulho do rádio foi atenuado. Estava no meio do primeiro lance de escadas quando a porta se abriu e a sra. Royster gritou para baixo, "Se eu o encontrar, digo que você estava procurando por ele".

O que eu posso fazer?, ela pensou ao ganhar a rua. Era impossível ir para casa, não com Jamie em algum lugar entre lá e cá. Ficou tanto tempo parada na calçada que uma mulher, debruçando-se de uma janela do outro lado da rua, virou-se e chamou alguém dentro de casa para ir ver aquilo. Por fim, num ímpeto, entrou na pequena delicatessen vizinha ao prédio, no lado que dava para seu próprio apartamento. Um homenzinho lia o jornal encostado no balcão; quando entrou, ele ergueu o rosto e se postou atrás do balcão para atendê-la.

Por cima da vitrine de frios e queijos, ela disse, tímida, "Estou tentando encontrar um homem que morou no prédio aqui do lado e queria saber se o senhor o conhece".

"Por que a senhora não pergunta ao pessoal que mora lá?", o homem questionou, os olhos apertados, examinando-a.

É porque não estou comprando nada, ela ponderou, e disse, "Perdão. Eu perguntei, mas eles não sabem nada sobre ele. Acham que foi embora hoje de manhã".

"Não sei o que a senhora quer que *eu* faça", ele exclamou, recuando um pouco em direção ao jornal. "Não estou aqui para ficar de olho nos caras que entram e saem do prédio ao lado."

Ela disse às pressas, "Achei que o senhor poderia ter reparado, só isso. Ele teria passado por aqui pouco antes das dez horas. Era bem alto e estava quase sempre de terno azul".

"E quantos homens de terno azul passam por aqui todo dia, minha senhora?", o homem respondeu. "A senhora acha que eu não tenho mais o que fazer…"

"Perdão", ela disse. Ela o ouviu dizer "Pelo amor de Deus" quando estava de saída.

Enquanto ia até a esquina, pensou que ele devia ter seguido aquele caminho, é o caminho que seguiria para chegar à minha casa, era a única direção que ele poderia tomar. Tentou pensar em Jamie: onde teria atravessado a rua? Que tipo de pessoa ele era de fato — atravessaria na frente do próprio prédio, ao acaso no meio do quarteirão, na esquina?

Na esquina havia uma banca de jornal: talvez o tivessem visto ali. Apertou o passo e esperou um homem comprar o jornal e uma mulher pedir ajuda com um endereço. Quando o jornaleiro olhou para ela, falou, "Será que o senhor saberia me dizer se um rapaz bem alto de terno azul passou por aqui hoje de manhã, por volta das dez horas?". Como o homem apenas a fitava, os olhos arregalados e a boca entreaberta, ela pensou, Ele acha que estou brincando, ou que é uma trapaça, e disse logo, "É muito importante, por favor, acredite em mim. Não estou brincando".

"*Escuta*, minha senhora", o homem começou, e ela disse com avidez, "Ele é escritor. Pode ser que tenha comprado revistas aqui".

"Para que a senhora quer ele?", o homem questionou. Olhou para ela, sorridente, e ela reparou que havia outro homem aguardando atrás e que o sorriso do jornaleiro o incluía. "Esquece", ela disse, mas o jornaleiro falou, "Escuta, pode ser que ele tenha vindo aqui". O sorriso dele era astuto e seu olhar se voltou para o sujeito atrás dela. De repente ela tomou uma consciência horrível do vestido estampado exageradamente juvenil e o escondeu às pressas com o casaco. O jornaleiro disse, com imensa consideração, "Eu não sei ao certo, veja bem, mas pode ser que alguém parecido com o cavalheiro seu amigo tenha passado por aqui de manhã".

"Por volta das dez?"

"Por volta das dez", o jornaleiro corroborou. "Um sujeito alto, terno azul. Não me surpreenderia nem um pouco."

"Para que lado ele foi?", ela perguntou com entusiasmo. "Ele subiu?"

"Ele subiu", o jornaleiro disse, assentindo. "Ele subiu. Foi exatamente isso. Como posso ajudar, meu senhor?"

Ela deu um passo para trás segurando o casaco em volta do corpo. O homem que estava atrás dela olhou-a com desdém e em seguida ele e o jornaleiro se entreolharam. Ela ficou um instante pensando se deveria dar uma gorjeta ao jornaleiro, mas quando os dois homens caíram na risada ela atravessou a rua depressa.

Subiu, ela ponderou, isso mesmo, e começou a subir a avenida, pensando: Ele não precisaria atravessar a avenida, bastaria subir seis quarteirões e virar na minha rua, contanto que fosse em direção ao bairro alto. Cerca de um quarteirão depois, passou por uma floricultura; havia um arranjo de casamento na vitrine e ela pensou, Hoje é o dia do meu casamento, afinal, pode ser que ele tenha comprado flores para me presentear, e entrou na loja. O florista saiu pelos fundos, sorridente e elegante, e ela disse, antes que ele falasse, para que não tivesse a chance de pensar que ela iria comprar alguma coisa: "É *muitíssimo* importante que eu entre em contato com um cavalheiro que talvez tenha vindo aqui hoje de manhã para comprar flores. *Muitíssimo* importante".

Ela parou para tomar fôlego, e o florista disse, "Sim, que tipo de flores eram?".

"Não sei", ela respondeu, surpresa. "Ele nunca…" Ela parou e disse, "Era um rapaz bem alto, de terno azul. Foi por volta das dez".

"Entendi", assentiu o florista. "Bom, *na verdade*, infelizmente…"

"Mas é *muito* importante", ela respondeu. "Pode ser que ele estivesse com pressa", acrescentou, prestativa.

"Bom", o florista disse. Deu um sorriso cordial exibindo todos os seus dentes pequenos. "Para uma *senhora*", ele sugeriu. Foi ao balcão e abriu um caderno grande. "Para onde teriam sido enviadas?", ele perguntou.

"Bem", ela disse, "eu não acho que ele teria enviado. É que ele estava vindo — ou melhor, ele *levaria* as flores."

"Madame", retrucou o florista; estava ofendido. O sorriso se tornou depreciativo, e ele prosseguiu, "De verdade, a senhora precisa entender que a não ser que eu tenha *alguma coisa* em que me basear…"

"*Por favor* tente se lembrar", ela suplicou. "Ele era alto, estava de terno azul e foi por volta das dez da manhã."

O florista fechou os olhos, um dedo encostado na boca, e se entregou à reflexão. Em seguida, fez que não. "Eu simplesmente *não consigo*", declarou.

"Obrigada", ela disse, desanimada, e foi em direção à porta, quando o florista falou, com uma voz estridente, nervosa, "Espera! Espera só um minutinho, madame." Ela se virou e o florista, pensando outra vez, enfim perguntou, "Crisântemos?". Ele a fitou com olhar inquiridor.

"Ah, *não*", ela respondeu; a voz tremeu um pouco e ela aguardou um instante para continuar. "Não para uma ocasião como essa, sem sombra de dúvida."

O florista contraiu os lábios e virou a cara com frieza. "Bom, *claro* que não sei qual é a *ocasião*", ele declarou, "mas tenho quase certeza de que o cavalheiro que a senhora está procurando veio aqui hoje de manhã e comprou uma dúzia de crisântemos. Não foi entrega."

"Tem *certeza*?", ela questionou.

"Absoluta", o florista enfatizou. "Sem dúvida foi esse homem." Ele deu um sorriso esplêndido e ela retribuiu o sorriso e disse, "Bem, eu agradeço muito".

Ele a acompanhou até a porta. "Um belo buquê?", ele sugeriu à medida que atravessavam a loja. "Rosas vermelhas? Gardênias?"

"Foi muita gentileza da sua parte me ajudar", ela disse na porta.

"As damas sempre ficam mais bonitas com flores", ele insistiu, abaixando a cabeça na direção dela. "Quem sabe uma orquídea?"

"Não, obrigada", ela disse, e ele respondeu, "Espero que a senhora encontre seu rapaz", e deu à frase um tom maldoso.

Ao subir a rua ela pensou, Todo mundo acha muita *graça*; e apertou o casaco em volta do corpo, deixando apenas os franzidos da bainha do vestido estampado à mostra.

Havia um policial na esquina, e ela ponderou, Por que não procuro a polícia? A gente recorre à polícia quando alguém some. E em seguida pensou, Que boba eu ia parecer. Teve um rápido vislumbre de si mesma em uma delegacia, dizendo, "Sim, íamos nos casar hoje, mas ele não apareceu", e os policiais, três ou quatro ao seu redor, escutando, olhando para ela, para o vestido estampado, para a maquiagem luminosa demais, sorrindo uns para os outros. Não poderia lhes contar mais nada além disso, não poderia dizer, "Sim, parece uma bobagem, não parece, eu toda arrumada tentando achar o rapaz que prometeu se casar comigo, mas e tudo o que vocês não sabem? Eu tenho mais que isso, mais do que vocês enxergam: talento, talvez, e certo tipo de humor, e sou uma dama e tenho orgulho e afeto e delicadeza e uma visão clara da vida que poderia deixar um homem satisfeito e produtivo e feliz; existe mais do que vocês pensam ao olhar para mim".

A polícia era obviamente uma impossibilidade, para não falar de Jamie e do que poderia pensar ao saber que ela pusera a polícia atrás dele. "Não, não", ela disse em voz alta, apertando o passo, e alguém que passava parou e olhou para as costas dela.

Na próxima esquina — estava a três quarteirões de sua rua — havia uma engraxataria e um senhor quase dormindo sentado em uma das cadeiras. Parou na frente dele e esperou, e após um instante ele abriu os olhos e sorriu para ela.

"Escuta", ela disse, as palavras saindo antes que pensasse nelas, "desculpe o incômodo, mas estou procurando um rapaz que passou por aqui por volta das dez horas da manhã, o senhor viu ele?" E deu início à descrição, "Alto, terno azul, segurando um buquê de flores?".

O velho começou a assentir antes de ela terminar. "Eu vi ele", declarou. "É amigo seu?"

"Sim", ela respondeu, e retribuiu o sorriso sem querer.

O velho piscou os olhos e disse, "Lembro de ter pensado, Você está indo ver sua namorada, rapaz. Estão todos indo ver as namoradas", ele continuou, e balançou a cabeça com tolerância.

"Que caminho ele tomou? Subiu reto até a avenida?"

"Isso mesmo", respondeu o velho. "Deu uma engraxada, estava com flores, todo arrumado, numa pressa horrível. Você tem namorada, eu pensei."

"Obrigada", ela disse, tateando o bolso à procura de trocados.

"Ela deve ter ficado contente de ver ele, do jeito que estava", o velho comentou.

"Obrigada", ela repetiu, e tirou a mão vazia do bolso.

Pela primeira vez teve plena certeza de que ele a esperava, e subiu correndo os três quarteirões, a saia do vestido estampado balançando debaixo do casaco, e dobrou a esquina de sua rua. Da esquina, não via as janelas do próprio apartamento, não via Jamie olhando para fora, aguardando, e ao descer o quarteirão ela estava praticamente correndo para encontrá-lo. A chave tremeu entre os dedos no portão, e quando deu uma olhada no mercadinho ela pensou em seu pânico, ao tomar café ali naquela manhã, e quase riu. Já na porta de casa, ela não conseguia mais esperar, e começou a dizer, "Jamie, estou aqui, eu estava muito preocupada", antes mesmo que a porta se abrisse.

O apartamento a aguardava, silencioso, árido, as sombras vespertinas se esticando a partir da janela. Por um instante viu apenas a xícara de café vazia, pensou, Ele estava aqui esperando, antes de reconhecê-la como sua, largada ali de manhã. Olhou o cômodo inteiro, dentro do armário, no banheiro.

"Nunca vi", o atendente do mercadinho disse. "Eu sei porque teria reparado nas flores. Não entrou ninguém assim."

O velho da engraxataria despertou outra vez e se deparou com ela à sua frente. "Oi de novo", ele cumprimentou, e sorriu.

"Tem *certeza*?", ela interpelou. "Ele subiu em direção à avenida?"

"Eu fiquei olhando para ele", o velho afirmou, altivo apesar do tom de voz dela. "Eu pensei, Aquele rapaz lá tem namorada, e fiquei olhando ele entrar no prédio."

"Qual prédio?", ela perguntou à distância.

"Aquele ali", disse o velho. Ele se inclinou para a frente para apontar. "No próximo quarteirão. Com as flores e o sapato engraxado indo ver a namorada. Entrou no prédio dela."

"Qual deles?", ela questionou.

"Mais ou menos no meio do quarteirão", disse o velho. Ele a olhou desconfiado e completou, "O que é que a senhora está querendo dizer, em todo caso?".

Ela quase correu, sem parar para dizer "Obrigada". Percorreu o quarteirão seguinte andando rápido, examinando as casas para ver se Jamie não olhava por alguma janela, prestando atenção à risada dele em algum lugar.

Uma mulher estava sentada na frente de uma das casas, empurrando monotonamente um carrinho de bebê para a frente e para trás, até onde o braço alcançava. O bebê dormia ali dentro, indo para a frente e para trás.

A pergunta já estava fluente a esta altura. "Perdão, mas você viu um rapaz entrar em um desses prédios por volta das dez horas da manhã? Ele é alto, usava terno azul, segurava um buquê de flores."

Um menino de cerca de doze anos parou para escutar, virando-se atentamente de uma para a outra, olhando de quando em quando para o bebê.

"Escuta", a mulher disse, cansada, "estava dando banho no menino às dez. Acha que eu teria notado algum homem desconhecido andando por aí? Eu te pergunto."

"Um buquê grande de flores?", o menino perguntou, puxando o casaco dela. "Um buquê grande de flores? Eu vi ele, moça."

Ela olhou para baixo e o menino lhe abriu um sorriso provocador. "Em qual casa ele entrou?", perguntou exausta.

"Vai se divorciar dele?", o menino perguntou, insistente.

"Não é de bom-tom perguntar isso à senhora", a mulher que balançava o carrinho disse.

"Escuta", o menino falou, "eu vi ele. Entrou ali." Apontou para a casa ao lado. "Eu fui atrás dele", disse o menino. "Ele me deu uma moedinha." O menino baixou a voz até um tom rosnado e continuou, "'Este é um grande dia para mim, menino', ele falou. Me deu uma moedinha".

Ela lhe deu uma nota de um dólar. "Onde?', ela disse.

"O último andar", afirmou o menino. "Fui atrás até ele me dar a moedinha. Lá em cima." Ele recuou na calçada, longe de seu alcance, segurando a nota de um dólar. "Vai se divorciar dele?", perguntou outra vez.

"Ele estava levando flores?"

"Estava", respondeu o menino. Começou a gritar. "Vai se divorciar dele, moça? Você tem alguma coisa contra ele?" Ele continuou a descer pela rua, vociferando, "Ela tem alguma coisa contra o coitado", e a mulher que embalava o bebê riu.

O portão do prédio estava destrancado; não havia campainhas na entrada, nem listas de nomes. A escada era estreita e suja; havia duas portas no último andar. A da frente era a certa: viu um papel amassado da floricultura no chão, em frente à porta, e uma fita de papel com um nó, como uma pista, a última pista da investigação.

Ela bateu e pensou ter ouvido vozes lá dentro, e pensou, de repente, com terror, O que vou falar se o Jamie estiver aqui, se vier à porta? De súbito as vozes sossegaram. Bateu outra vez e fez-se silêncio, a não ser por algo que poderia ser uma risada distante. Ele pode ter me visto da janela, ponderou, é o apartamento da frente e o menino fez uma algazarra terrível. Aguardou e bateu outra vez, mas o silêncio continuou.

Por fim, foi à outra porta do andar e bateu. A porta se abriu sob sua mão e ela viu o sótão vazio, ripas à mostra nas paredes, tábuas do assoalho sem pintura. Deu um passo e entrou, olhando ao redor: o ambiente estava cheio de sacos de argamassa, pilhas de jornais velhos, um baú quebrado. Ouviu um barulho que de repente percebeu ser de um rato, e então o viu, parado bem perto dela, junto à parede, o rosto maligno em alerta, os olhos claros observando-a. Ela tropeçou na pressa de sair e fechar a porta, e a saia do vestido estampado ficou presa e se rasgou.

Sabia que havia alguém no outro apartamento, pois tinha certeza de que ouvia vozes baixinhas e às vezes risadas. Voltou inúmeras vezes, todos os dias na primeira semana. Voltou a caminho do trabalho, de manhã; no fim da tarde, indo jantar sozinha, mas não importava com que frequência ou com que firmeza batesse, ninguém jamais abriu a porta.

Como mamãe fazia

David Turner, que fazia tudo com movimentos curtos e ligeiros, correu do ponto de ônibus na avenida até a rua onde morava. Chegou ao mercado da esquina e hesitou; tinha alguma coisa. Manteiga, ele recordou, aliviado; naquela manhã, percorrendo a avenida rumo ao ponto de ônibus, ele dizia a si mesmo, Manteiga, não esquece a manteiga quando você voltar para casa de noite, quando passar pelo mercado lembra da manteiga. Ele entrou no mercado e aguardou sua vez, analisando as latas nas prateleiras. A linguiça suína enlatada estava de volta, assim como o picadinho de carne. Uma bandeja cheia de pãezinhos chamou sua atenção, e então a mulher que estava na sua frente e o atendente se viraram para ele.

"Quanto está a manteiga?", David perguntou, cauteloso.

"Oitenta e nove", o atendente disse com tranquilidade.

"Oitenta e nove?" David franziu a testa.

"É quanto custa", respondeu o atendente. Ele olhou para o cliente atrás de David.

"Cem gramas, por favor", David pediu. "E meia dúzia de pãezinhos."

Levando a sacola para casa, ele pensou, Eu realmente não devia mais comprar lá; era de se esperar que já me conhecessem bem o suficiente para serem mais delicados.

Havia uma carta da mãe na caixa de correio. Enfiou-a em cima do pacote de pãezinhos e subiu até o terceiro andar. Não tinha luz no apartamento de Marcia, o único outro do andar. David se virou para a própria porta e a destrancou, acendendo a luz assim que entrou. Esta noite, assim como todas as noites, quando chegava em casa, o apartamento parecia aconchegante, simpático e bom: a entradinha, com a mesinha jeitosa e quatro cadeiras caprichadas, e a tigela de cravos-

-de-defunto contra as paredes verde-claras que David havia pintado com as próprias mãos; depois, a copa, e em seguida o ambiente amplo em que David lia e dormia e o teto que era um problema eterno para ele; o gesso caía em um dos cantos e não havia nada no mundo que pudesse tornar aquilo menos perceptível. David sempre se consolava pensando que se não tivesse se instalado em um apartamento em uma casa antiga talvez o gesso não estivesse caindo, mas também, pelo dinheiro que pagava, não poderia ter uma entrada, um cômodo espaçoso e uma copa em nenhum outro lugar.

Deixou a sacola na mesa e guardou a manteiga na geladeira e os pãezinhos na cestinha de pães. Dobrou a sacola vazia e a guardou em uma gaveta da copa. Em seguida, pendurou o casaco no armário do corredor e entrou no cômodo espaçoso, que ele chamava de sala de estar, e acendeu a luminária da escrivaninha. Sua palavra para o ambiente, na própria cabeça, era "charmoso". Sempre tivera uma queda por amarelos e marrons, e ele mesmo havia pintado a escrivaninha, as estantes de livros e as mesinhas de canto, pintara até as paredes, e tinha revirado a cidade em busca das cortinas caramelo de um tecido parecido com tweed que tanto queria. O cômodo o satisfazia: o tapete era de um marrom escuro intenso que combinava com os fios mais escuros das cortinas, a mobília era quase amarela, a capa do sofá-cama e os abajures eram laranja. As fileiras de plantas no peitoril da janela davam o toque verde de que o ambiente precisava; no momento, David procurava um enfeite para a mesinha de canto, mas estava louco por um vaso baixinho verde translúcido onde colocar mais cravos-de-defunto, e esses objetos custavam mais do que podia pagar, depois dos talheres.

Não conseguia entrar naquele cômodo sem sentir que era o lar mais aconchegante que já tivera; esta noite, como sempre, percorreu os olhos devagar pelo ambiente, do sofá para a estante passando pelas cortinas, imaginou o vasinho verde na mesa de canto e suspirou ao se virar para a escrivaninha. Pegou uma caneta do porta-lápis e uma folha do elegante papel de carta que ficava em um dos compartimentos da escrivaninha e escreveu com esmero: "Cara Marcia, não se esqueça de que esta noite você vem jantar. Te espero por volta das seis". Assinou o bilhete com um "D" e pegou a chave do apartamento de Marcia que ficava na bandeja plana em cima da escrivaninha. Tinha a chave do apartamento de Marcia porque ela nunca estava em casa quando o rapaz da lavanderia aparecia, ou quando o homem ia consertar a geladeira, o telefone ou as janelas, e alguém precisava abrir a porta para eles porque o proprietário relutava em subir três lances de escada com a chave mestra. Marcia nunca havia sugerido ter a chave do apartamento de David, e ele nunca lhe oferecera uma cópia; ficava contente de ter apenas uma chave de casa, e que ficasse segura dentro de seu próprio bolso; era uma sensação agradável, concreta e pequena, o único modo de entrar em sua bela casa aconchegante.

Deixou a porta aberta e cruzou o corredor escuro até o apartamento vizinho. Abriu a porta com sua chave e acendeu a luz. Naquele apartamento não lhe era agradável entrar; era exatamente como o dele: entrada, copa, sala de estar, e o lembrava constantemente de seu primeiro dia no próprio apartamento, quando pensou nas criteriosas arrumações a serem feitas que o deixaram às raias do desespero. A casa de Marcia era vazia e desconjuntada: um piano vertical que um amigo lhe dera fazia pouco tempo estava torto, metade dele na entrada, pois o ambiente era muito apertado e o cômodo mais amplo estava apinhado demais para que ficasse bem acomodado onde quer que fosse; a cama de Marcia estava desarrumada e havia um amontoado de roupas sujas no chão. A janela passara o dia inteiro aberta e os papéis tinham voado livremente para o chão. David fechou a janela, hesitou diante dos papéis e se afastou às pressas. Deixou o bilhete em cima das teclas do piano, saiu e trancou a porta.

Em seu apartamento, ele se pôs a preparar o jantar alegremente. Tinha feito um pouco de carne assada para o jantar do dia anterior; ainda havia boa parte dela na geladeira e ele a cortou em fatias finas e as arrumou com salsa em um prato. Seus pratos eram laranja, quase da mesma cor da capa do sofá-cama, e achava agradável arrumar a salada, com a alface no prato laranja e as fatias fininhas de pepino. Pusera água no fogo para o café, e picara batatas para fritar, e então, com o jantar cozinhando agradavelmente e a janela aberta para tirar o odor da fritura das batatas, ele se pôs a arrumar a mesa com carinho. Primeiro, a toalha, verde-clara, óbvio. E os dois guardanapos verdes limpos. Os pratos laranja e a xícara e o pires exatos em cada lugar. A caixa de pãezinhos no centro e o saleiro e o pimenteiro singulares, como dois sapos verdes. Duas taças — vinham da lojinha de bugigangas, e tinham finas faixas verdes — e por fim, com enorme cuidado, os talheres de prata. Aos poucos, com ternura, David foi comprando um aparelho completo de utensílios de prata; depois de começar modestamente, com serviço para dois, ele havia acrescentado mais itens, e agora tinha mais que um aparelho para quatro, embora ainda não tivesse um para seis, pois lhe faltavam garfos de sobremesa e colheres de sopa. Havia escolhido uma padronagem sóbria, bonita, que cairia bem com qualquer tipo de arrumação da mesa, e todas as manhãs se vangloriava do desjejum que começava com uma colher de prata reluzente para a toranja, e tinha uma faquinha de manteiga compacta para a torrada e uma faca pesada, robusta, para quebrar a casca do ovo, uma colher de prata limpa para o café, que ele adoçava com uma colher específica que usava só para o açúcar. Os talheres ficavam em um estojo à prova de deslustre em uma prateleira alta só para ele, e David o abaixou com atenção para pegar talheres para dois. Formava um serviço luxuoso disposto na mesa — facas, garfos, garfinhos de sobremesa, mais garfos para a torta, uma colher para cada pessoa, e as peças especiais para servir, a colher de açúcar, as colheres grandes para as batatas e a salada, o garfo para a carne e o garfo para a torta. Quando já estavam sobre a mesa todos os talheres que duas pessoas poderiam usar, ele pôs o estojo de volta na prateleira e deu um passo atrás para averiguar tudo e admirar a mesa, reluzente e limpa. Em seguida, foi até a sala de estar para ler a carta da mãe e esperar Marcia.

As batatas ficaram prontas antes de Marcia chegar, e de repente a porta se abriu e Marcia entrou com um berro, ar fresco e desordem. Era uma jovem alta e bonita com a voz ruidosa, usava um casaco impermeável sujo e disse, "Eu não me esqueci, não, Davie, só estou atrasada como sempre. O que é que nós vamos jantar? Você não está chateado, né?".

David se levantou e aproximou-se para pegar o casaco dela. "Deixei um bilhete para você", ele falou.

"Não vi", disse Marcia. "Não passei em casa. Tem alguma coisa cheirando bem."

"Batata frita", David respondeu. "Está tudo pronto."

"Nossa." Marcia desmoronou em uma poltrona, sentou de pernas esticadas para a frente e os braços pendentes. "Estou cansada", declarou. "Está frio lá fora."

"Estava esfriando quando cheguei em casa", disse David. Ele estava pondo o jantar na mesa, a baixela de carne, a salada, a tigela de batata frita. Sem fazer barulho, ia e vinha da copa à mesa, evitando os pés de Marcia. "Acho que você ainda não esteve aqui depois que comprei meus talheres", ele falou.

Marcia se mexeu em torno da mesa e pegou uma colher. "É linda", ela admirou, passando o dedo pelo desenho. "Um prazer comer com ela."

"O jantar está pronto", David anunciou. Puxou uma cadeira para ela e esperou que se sentasse.

Marcia sempre estava com fome; pôs carne, batata e salada no prato sem admirar os talheres de servir e começou a comer com entusiasmo. "Está tudo lindo", ela disse. "A comida está maravilhosa, Davie."

"Que bom que você gostou", respondeu David. Ele adorava sentir o garfo na mão e até a imagem do garfo indo em direção à boca de Marcia.

Marcia fez um gesto grandioso. "Estou falando de tudo", disse, "dos móveis, do espaço agradável que você tem, do jantar, de tudo."

"Eu *gosto* das coisas assim", David declarou.

"Eu sei que gosta." A voz de Marcia estava pesarosa. "Acho que alguém devia me ensinar."

"Você *precisa* manter sua casa mais arrumada", David afirmou. "Devia pelo menos arrumar umas cortinas e fechar as janelas."

"Nunca me lembro", ela disse. "Davie, você é um cozinheiro *maravilhoso*." Ela empurrou o prato e suspirou.

David corou, feliz. "Que bom que você gostou", repetiu, e então riu. "Fiz uma torta ontem à noite."

"Torta?" Marcia o olhou por um instante e depois perguntou, "De maçã?".

David fez que não, e ela arriscou, "Abacaxi?", e ele fez que não outra vez, e, como não conseguia esperar para lhe contar, ele disse, "Cereja".

"Meu *Deus*!" Marcia se levantou, seguiu-o até a cozinha e olhou ansiosa quando ele pegou a torta da caixa de pães com bastante cuidado. "É a primeira torta que você faz na vida?"

"Já tinha feito duas", David admitiu, "mas essa aqui ficou melhor que as outras."

Ela ficou observando com alegria enquanto ele partia grandes fatias de torta e as colocava em outros pratos laranja, e então ela levou o próprio prato à mesa, provou a torta e fez gestos emudecidos de apreço. David provou a torta e criticou, "Acho que está um pouco azeda. O açúcar acabou".

"Está perfeita", retrucou Marcia. "Eu sempre gostei de torta de cereja bem *azeda*. Não está nem azeda o suficiente."

David tirou a mesa e serviu o café, e quando estava pondo a cafeteira de volta no fogão Marcia notou, "Minha campainha está tocando". Abriu a porta do apartamento e prestou atenção, e ambos ouviram a campainha do outro apartamento. Ela apertou o botão do interfone de David que abria o portão e à distância ouviram passos firmes subindo a escada. Marcia deixou a porta do apartamento aberta e voltou ao café. "O mais provável é que seja o proprietário", ela disse. "Não paguei o aluguel outra vez." Quando os passos chegaram ao patamar do último lance Marcia berrou, "Olá?", inclinando-se na cadeira para olhar o corredor. Então disse, "Ora, sr. Harris". Ela se levantou, foi até a porta e lhe estendeu a mão. "Entra", ela convidou.

"Pensei em dar uma passadinha", expressou o sr. Harris. Era um homem parrudo e seus olhos repousaram, curiosos, nas xícaras de café e nos pratos vazios à mesa. "Não queria interromper o jantar."

"Não tem problema *nenhum*", Marcia disse, puxando-o até o cômodo. "É só o Davie. Davie, este é o sr. Harris, ele trabalha no meu escritório. Este é o sr. Turner."

"Como vai", David perguntou, educado, e o homem o olhou com atenção e respondeu, "Como vai?".

"Sente-se, sente-se", Marcia dizia, empurrando uma cadeira para a frente. "Davie, que tal uma xícara para o sr. Harris?"

"Por favor, não se incomode", o sr. Harris disse, "pensei em só dar uma passadinha."

Enquanto David pegava outra xícara com pires e tirava uma colher do estojo à prova de deslustre, Marcia perguntou, "Você gosta de torta caseira?".

"Puxa", o sr. Harris disse em tom admirado, "já me esqueci da *cara* que tem uma torta caseira."

"Davie", Marcia chamou com voz alegre, "que tal cortar uma fatia dessa torta para o sr. Harris?"

Sem responder, David pegou um garfo do estojo e um prato laranja e pôs nele uma fatia de torta. Seus planos para a noite eram vagos; envolviam talvez um filme se não estivesse muito frio lá fora, e pelo menos uma conversa breve com Marcia sobre a situação de sua casa; o sr. Harris estava se acomodando na cadeira e, quando David pôs a torta diante dele em silêncio, ele a fitou admirado por um instante antes de prová-la.

"Olha", disse por fim, "essa é uma torta e tanto." Ele olhou para Marcia. "É uma torta muito *boa*", declarou.

"Você gostou?", Marcia perguntou modestamente. Ergueu os olhos para David e sorriu para ele por cima da cabeça do sr. Harris. "Eu só tinha feito umas duas, três tortas até hoje", ela disse.

David levantou a mão para protestar, mas o sr. Harris se voltou para ele e quis saber, "Você já comeu alguma torta melhor que essa na vida?".

"Acho que o David não gostou muito", Marcia comentou com malícia, "ficou azeda demais para ele."

"Eu *gosto* de torta azeda", declarou o sr. Harris. Ele olhou para David com desconfiança. "Torta de cereja *tem que ser* azeda."

"Bom, fico feliz que você tenha gostado", falou Marcia. O sr. Harris comeu a última garfada, terminou o café e se recostou. "Estou mesmo contente de ter dado uma passadinha aqui", ele disse para Marcia.

O desejo que David sentia de se livrar do sr. Harris havia resvalado imperceptivelmente em uma premência de se livrar dos dois; sua casa limpa, seus talheres finos não deveriam ser veículos para o estilo de gracejo presunçoso que Marcia e o sr. Harris faziam juntos; com um gesto quase brusco, ele tirou a xícara de café do braço que Marcia tinha esticado até o outro lado da mesa, levou-a para a copa, voltou e pôs a mão na xícara de sr. Harris.

"Não se incomode, Davie, de verdade", disse Marcia. Ela levantou a cabeça, sorridente, como se ela e David conspirassem contra o sr. Harris. "Eu lavo tudo amanhã, querido", ela falou.

"Claro", disse o sr. Harris. Ele se levantou. "Elas que esperem. Vamos entrar e nos sentar num lugar onde possamos ficar confortáveis."

Marcia se levantou e o conduziu à sala de estar e os dois se sentaram no sofá-cama. "Venha, Davie", Marcia chamou.

A imagem da bela mesa coberta de pratos sujos e cinzas de cigarro deteve David. Ele levou os pratos, xícaras e talheres para a copa e os empilhou na pia, e em seguida, como não suportava a ideia de que ficassem mais tempo ali, com a sujeira endurecendo aos poucos, vestiu o avental e começou a lavá-los meticulosamente. De quando em quando, enquanto os lavava, secava e guardava, Marcia o chamava, às vezes, "Davie, *o que é* que você está fazendo?", ou "Davie, por que você não para com isso e vem se sentar?". Teve uma hora que protestou, "Davie, eu não quero que você lave a louça toda", e o sr. Harris replicou, "Deixa ele trabalhar, ele está feliz".

David guardou os pires e xícaras amarelos limpos nas prateleiras — a esta altura, a xícara do sr. Harris estava irreconhecível: seria impossível saber, da fileira de xícaras limpas, qual ele tinha usado e qual fora marcada pelo batom de Marcia e qual contivera o café que David havia terminado na copa — e por fim, pegando o estojo à prova de deslustre, ele guardou os talheres. Primeiro os garfos iam juntos nas pequenas reentrâncias onde cabiam dois garfos — mais tarde, quando o conjunto estivesse completo, cada reentrância acondicionaria quatro garfos — e depois as colheres, bem empilhadas umas em cima das outras em suas próprias reentrâncias, e as facas em ordem uniforme, todas voltadas para o mesmo lado, nas fitas especiais da tampa do estojo. As facas de manteiga, colheres de servir e a faca de torta tinham seus próprios lugares, e então David baixou a tampa sobre o adorável conjunto reluzente e devolveu o estojo à prateleira. Depois de torcer o pano de prato, pendurar a toalhinha de secar louça e tirar o avental, ele terminou e foi devagar até a sala de estar. Marcia e o sr. Harris estavam bem próximos no sofá-cama, conversando sério.

"O nome do *meu pai* era James", Marcia dizia quando David chegou, como se estivesse comprovando um argumento. Ela se virou quando David entrou e disse, "Davie, foi muita gentileza você lavar aquela louça toda sozinho".

"Não tem problema nenhum", David respondeu, sem jeito. O sr. Harris ainda o olhava com impaciência.

"Eu devia ter ajudado", Marcia declarou. Fez-se silêncio, e em seguida Marcia disse, "Não quer se sentar, Davie, por favor?".

David reconheceu aquele tom: era o que as anfitriãs usavam quando não sabiam mais o que dizer, ou quando a pessoa chegava cedo demais ou ficava até muito tarde. Era o tom que ele esperava usar com o sr. Harris.

"Eu estava conversando com o James sobre…" Marcia começou e então parou e riu. "*Do que* a gente estava falando?", inquiriu, virando-se para o sr. Harris.

"Nada de mais", declarou o sr. Harris. Continuava observando David.

"Bom", disse Marcia, deixando a voz enfraquecer. Voltou-se para David, deu um sorriso radiante e repetiu, "Bom".

O sr. Harris pegou o cinzeiro da mesa de canto e o colocou no sofá, entre ele e Marcia. Pegou um charuto do bolso e perguntou a Marcia, "Charuto te incomoda?", e quando Marcia fez que não ele desembrulhou o charuto com delicadeza e mordeu a ponta. "Fumaça de charuto faz bem para as plantas", disse com a voz grossa, a boca em torno do charuto enquanto o acendia, e Marcia riu.

David se levantou. Por um instante pensou que iria dizer algo que começasse com "Sr. Harris, eu agradeceria se…", mas o que disse de fato, por fim, sob os olhares tanto de Marcia como do sr. Harris, foi, "Acho que é melhor eu ir me despedindo, Marcia".

O sr. Harris se levantou e declarou com entusiasmo, "Sem dúvida foi um prazer conhecê-lo". Esticou o braço e David lhe deu um aperto de mão fraco.

"Acho que é melhor eu ir me despedindo", ele repetiu para Marcia, e ela se levantou e disse, "Que pena você ter que ir embora tão cedo".

"Muito trabalho para fazer", justificou David, bem mais cordial do que pretendia, e Marcia lhe sorriu de novo como se fossem conspiradores e foi até a escrivaninha e disse, "Não esquece a sua chave".

Surpreso, David pegou a chave do apartamento dela de suas mãos, deu boa-noite ao sr. Harris e foi até a porta da frente.

"Boa noite, Davie querido", Marcia bradou, e David disse, "Obrigado pelo jantar simplesmente *maravilhoso*, Marcia", saiu e fechou a porta.

Atravessou o corredor e entrou no apartamento de Marcia: o piano continuava torto, os papéis ainda estavam no chão, as roupas sujas espalhadas, a cama desarrumada. David sentou na cama e olhou em volta. Estava frio, estava sujo, e enquanto pensava com tristeza em sua casa aconchegante, ele ouviu um leve som de risada e o arrastar de uma cadeira sendo movida. Em seguida, também fraco, o barulho de seu rádio. Cansado, David se inclinou e pegou um papel do chão, e então começou a recolhê-los um a um.

Julgamento por combate

Quando Emily Johnson voltou para seu quarto mobiliado uma noite e percebeu que três de seus melhores lenços haviam sumido da gaveta da cômoda, não teve dúvida sobre quem os tinha pegado e do que fazer. Estava morando no quarto mobiliado fazia cerca de seis semanas, e nas últimas duas semanas às vezes notava que algum objeto pequeno havia desaparecido. Vários lenços tinham sumido, e também o broche com suas iniciais que Emily raramente usava e que tinha vindo da loja de bugigangas. E uma vez dera falta de um vidrinho de perfume e de um dos cachorros do conjuntinho de porcelana. Emily já sabia havia algum tempo quem estava pegando as coisas, mas só naquela noite tinha resolvido o que fazer. Hesitara em reclamar com a proprietária porque as perdas eram insignificantes e porque tinha certeza de que mais cedo ou mais tarde saberia como lidar pessoalmente com a situação. Achara lógico desde o início que a única pessoa da pensão que ficava em casa o dia inteiro fosse a suspeita mais provável, e então, em uma manhã de domingo, descendo do telhado, aonde fora tomar sol, Emily vira alguém saindo de seu quarto e descendo a escada, e reconhecera a visita. Esta noite, ela sentiu, sabia exatamente o que fazer. Tirou o casaco e o chapéu, largou suas sacolas e, enquanto esquentava uma lata de tamales na panela elétrica, ela repassou o que pretendia dizer.

Após o jantar, ela fechou e trancou a porta e desceu. Bateu de leve na porta do quarto que ficava bem abaixo do seu, e quando imaginou ouvir alguém dizer, "Entra", ela respondeu, "Sra. Allen?", abriu a porta com delicadeza e entrou.

O quarto, Emily logo reparou, era quase igual ao seu — a mesma cama estreita com a colcha caramelo, a mesma cômoda de madeira e a poltrona; o armário ficava do outro lado do cômodo, mas a janela era relativamente na mesma altura. A sra. Allen estava sentada na poltrona. Tinha por volta de sessenta anos. Mais que o dobro do que eu, Emily ponderou, parada na porta, e ainda uma dama. Hesitou por alguns segundos, olhando para o cabelo grisalho limpo da sra. Allen e seu bem cuidado robe azul-marinho antes de falar. "Sra. Allen", ela disse, "meu nome é Emily Johnson."

A sra. Allen largou a *Woman's Home Companion* que estava lendo e se levantou devagar. "Fico muito feliz em conhecê-la", comentou, amável. "Já vi você, é claro, algumas vezes, e pensei que simpática você parecia. É tão raro conhecer alguém realmente" — a sra. Allen vacilou — "realmente agradável", ela prosseguiu, "em um lugar como esse."

"Também queria conhecer a senhora", declarou Emily.

A sra. Allen apontou para a poltrona onde estivera sentada. "Não quer se sentar?"

"Obrigada", disse Emily. "A senhora fique aí. Eu me sento na cama." Ela sorriu. "Tenho a impressão de que conheço esses móveis como a palma da minha mão. Os meus são iguaizinhos."

"Que pena", lamentou a sra. Allen, voltando a se sentar na poltrona. "Já disse à proprietária inúmeras vezes que é impossível fazer as pessoas se sentirem em casa se ela põe móveis iguais em todos os quartos. Mas ela insiste que esses móveis de madeira são simples e baratos."

"São melhores do que a maioria", Emily observou. "A senhora deixou os seus com um jeito bem melhor do que os meus."

"Faz três anos que estou aqui", a sra. Allen contou. "Você chegou faz só um mês, mais ou menos, não é?"

"Seis semanas", Emily respondeu.

"A proprietária me falou a seu respeito. Seu marido está no Exército."

"Isso. Eu tenho um emprego aqui em Nova York."

"Meu marido era do Exército", a sra. Allen disse. Gesticulou para uma série de retratos em cima da cômoda. "Foi há muito tempo, é claro. Ele morreu faz quase cinco anos." Emily se levantou e foi até os retratos. Um deles era de um homem alto, com ar altivo, numa farda do Exército. Várias eram de crianças.

"Ele parece ter sido um homem muito distinto", Emily comentou. "São seus filhos?"

"Não tive filhos, para minha tristeza", informou a velha senhora. "Esses são os sobrinhos e sobrinhas do meu marido."

Emily parou diante da cômoda e percorreu o quarto com os olhos. "Estou vendo que a senhora também tem flores", disse. Foi à janela e olhou a fileira de plantas nos vasos. "Adoro flores", ela falou. "Hoje eu comprei um buquê enorme de ásteres para alegrar meu quarto. Mas eles murcham muito rápido."

"É justamente por isso que prefiro plantas", explicou a sra. Allen. "Mas por que você não põe uma aspirina na água das flores? Assim elas vão durar muito mais."

"Infelizmente não sei muito sobre flores", Emily reconheceu. "Não sabia que devia pôr uma aspirina na água, por exemplo."

"Eu sempre ponho, com as flores de corte", disse a sra. Allen. "Acho que flores deixam o quarto muito simpático."

Emily ficou junto à janela por um instante, olhando para a vista diária da sra. Allen: a saída de emergência do outro lado da rua, uma fatia oblíqua da calçada lá embaixo. Então respirou fundo e se virou. "Na verdade, sra. Allen", ela admitiu, "eu tenho meus motivos para essa visita."

"Além de me conhecer?", a sra. Allen perguntou, sorridente.

"Não sei direito o que fazer", Emily disse. "Não quero falar nada para a proprietária."

"A proprietária não é de grande serventia em caso de emergência", a sra. Allen afirmou.

Emily voltou e se sentou na cama, olhando séria para a sra. Allen, vendo uma senhora simpática. "É uma bobagem", ela declarou, "mas tem alguém entrando no meu quarto."

A sra. Allen ergueu os olhos.

"Tenho dado falta de algumas coisas", Emily continuou, "como lenços e bijuterias baratas. Nada importante. Mas tem alguém entrando no meu quarto para pegar."

"Sinto muito ouvir isso", a sra. Allen disse.

"Veja só, eu não quero causar problema", Emily continuou. "É só que tem alguém entrando no meu quarto. Não dei falta de nada de valor."

"Entendo", disse a sra. Allen.

"Eu reparei nisso alguns dias atrás. E então, no domingo passado, eu estava descendo do telhado e vi uma pessoa saindo do meu quarto."

"Você tem alguma ideia de quem era?", perguntou a sra. Allen.

"Creio que sim", respondeu Emily.

A sra. Allen se calou por um instante. "Entendo que você não queira falar com a proprietária", disse por fim.

"Claro que não quero", Emily garantiu. "Só quero que isso pare."

"Não tiro sua razão", disse a sra. Allen.

"Isso quer dizer que alguém tem a chave da minha porta, entende?", Emily explicou em tom suplicante.

"Todas as chaves da casa abrem todas as portas", afirmou a sra. Allen. "São fechaduras à moda antiga."

"Isso *precisa* parar", Emily enfatizou. "Se não parar, eu vou ter que tomar uma atitude."

"Entendo", disse a sra. Allen. "A situação toda é lastimável." Ela se levantou. "Você vai ter que me desculpar", prosseguiu. "Me canso com muita facilidade e preciso me deitar cedo. Fico feliz que você tenha descido para me ver."

"Estou muito contente de enfim ter conhecido a senhora", disse Emily. Foi até a porta. "Espero não ser mais incomodada", ela disse. "Boa noite."

"Boa noite", respondeu a sra. Allen.

Na noite seguinte, quando Emily voltou do trabalho, um par de brincos baratos havia sumido, além dos dois maços de cigarros que estavam na gaveta da cômoda. Naquela noite ela ficou um bom tempo sentada no quarto, refletindo. Então escreveu uma carta para o marido e foi dormir. Na manhã seguinte, levantou-se, vestiu-se e foi ao mercadinho da esquina, de cuja cabine telefônica ligou para o escritório para avisar que estava doente e não iria ao trabalho naquele dia. Depois voltou para o quarto. Ficou quase uma hora sentada com a porta entreaberta até ouvir a porta da sra. Allen se abrir, a sra. Allen sair e descer a escada devagarinho. Depois de esperar tempo suficiente para que a sra. Allen chegasse à rua, Emily trancou a porta e, levando a chave na mão, desceu até o quarto da sra. Allen.

Estava pensando, Só quero fingir que é meu próprio quarto, assim se alguém chegar eu posso dizer que me enganei de andar. Por um instante, após abrir a porta, teve a impressão de *estar* no próprio quarto. A cama estava bem-arrumada e a veneziana fechada sobre a janela. Emily deixou a porta destrancada, foi até lá e puxou a veneziana para cima. Agora que o ambiente estava iluminado, olhou ao redor. Teve uma súbita sensação de intimidade insuportável com a sra. Allen e pensou, Deve ser assim que ela se sente no meu quarto. Era tudo organizado e singelo. Primeiro procurou dentro do armário, mas não havia nada ali afora o robe azul e um ou dois vestidos simples da sra. Allen. Emily foi até a cômoda. Por um instante olhou o retrato do marido da sra. Allen, depois abriu a primeira gaveta e a examinou. Seus lenços estavam ali, em uma pilha alinhada, pequena, e ao lado deles estavam os cigarros e os brincos. Em um dos cantos viu o cachorrinho de porcelana. Está tudo aqui, Emily pensou, tudo guardado e bem arrumadinho. Fechou a gaveta e abriu as outras duas. Ambas estavam vazias. Reabriu a de cima. Além das suas coisas, a gaveta continha um par de luvas pretas de algodão, e sob a pilha de seus lenços havia dois lisos e brancos. Uma caixa de Kleenex e uma latinha de aspirina. Para as plantas, Emily ponderou.

Emily estava contando os lenços quando um barulho às suas costas a fez se virar. A sra. Allen estava parada no vão da porta, observando-a em silêncio. Emily largou os lenços que estava segurando e deu um passo para trás. Sentiu-se corar e percebeu que as mãos tremiam. Agora, ela pensava, agora você se vira e fala pra ela. "Escuta, sra. Allen", ela começou, e se calou.

"Pois não?", a sra. Allen disse com delicadeza.

Emily percebeu que estava fitando um retrato do marido da sra. Allen; que homem mais pensativo ele parece ser, refletia. Devem ter tido uma vida tão boa juntos, e agora ela tem um quarto igual ao meu, com apenas dois lenços dela mesma na gaveta.

"Pois não?", a sra. Allen repetiu.

O que ela quer que eu diga?, Emily pensou. O que ela pode estar esperando com esses modos tão refinados? "Eu desci", Emily disse, e titubeou. Minha voz é quase refinada também, ela ponderou. "Estava com uma dor de cabeça horrível e desci para pegar uma aspirina emprestada", explicou apressada. "Estava com uma dor de cabeça tenebrosa e quando vi que a senhora tinha saído pensei que sem sombra de dúvida a senhora não se importaria se eu pegasse uma aspirina emprestada."

"Lamento muito", disse a sra. Allen. "Mas fico contente que você tenha sentido que me conhece a esse ponto."

"Eu jamais sonharia em entrar aqui", Emily declarou, "se não fosse essa dor de cabeça tão forte."

"É claro", disse a sra. Allen. "Não vamos mais falar nisso." Ela foi até a cômoda e abriu a gaveta. Emily, parada ao lado, viu sua mão passar por cima dos lenços e pegar a aspirina. "Você toma dois desses e fica uma hora deitada", recomendou a sra. Allen.

"Obrigada." Emily se dirigiu à porta. "A senhora foi muito gentil."

"Me avise se eu puder ajudar de alguma outra forma."

"Obrigada", Emily repetiu, abrindo a porta. Esperou um instante e se voltou para a escada rumo a seu quarto.

"Dou uma subidinha mais tarde", a sra. Allen disse, "só para ver como você está."

A moça do Village

A srta. Clarence parou na esquina da Sexta Avenida com a rua Oito e olhou para o relógio. Duas e quinze: estava mais adiantada do que imaginava. Entrou no Whelan's e se sentou no balcão, deixando o exemplar do *Villager* no balcão, ao lado da bolsa, e *A cartuxa de Parma*, que lera com entusiasmo até a página cinquenta e agora só carregava para impressionar. Pediu uma rosquinha com cobertura de chocolate e, enquanto o atendente a preparava, ela foi ao guichê de cigarros e comprou um maço de Kools. De novo sentada no balcão da lanchonete, ela abriu o maço e acendeu um cigarro.

A srta. Clarence tinha cerca de trinta e cinco anos, e fazia doze anos que morava no Greenwich Village. Quando tinha vinte e três, saíra de uma cidadezinha no norte do estado rumo a Nova York porque queria ser bailarina, e porque todo mundo que queria estudar dança ou escultura ou encadernação de livros tinha ido para o Greenwich Village naquela época, via de regra com mesadas das famílias para se sustentarem e planos de trabalhar na Macy's ou em livrarias até ganharem dinheiro o bastante para poder exercer sua arte. A srta. Clarence, que teve a sorte de fazer cursos de taquigrafia e datilografia, fora trabalhar como estenógrafa em uma empresa de carvão e coque. Agora, doze anos depois, era secretária particular na mesma empresa, e ganhava dinheiro suficiente para viver em um bom apartamento do Village perto do parque e comprar roupas elegantes. Ainda ia a um ou outro recital de dança com alguma colega do escritório, e às vezes, quando escrevia para as amigas da terra natal, referia-se a si mesma como uma "fanática pelo Village". Quando a srta. Clarence refletia um pouco sobre o assunto, sua tendência era se congratular pelo bom senso de lidar com um bom emprego com competência e se sustentar melhor do que se sustentaria na cidadezinha natal.

Segura de estar muito bem em seu terninho de tweed cinza e com o enfeite de lapela de cobre batido de uma joalheria do Village, a srta. Clarence terminou a rosquinha e olhou para o relógio outra vez. Pagou ao caixa e saiu na Sexta Avenida, andando a passos rápidos rumo a Uptown. Suas estimativas estavam corretas: a casa que procurava ficava a oeste da Sexta Avenida, e ela parou na frente dela por um instante, satisfeita consigo mesma, comparando o prédio com seu próprio edifício apresentável. A srta. Clarence morava em um prédio moderno e pitoresco de tijolos e estuque; esse edifício era de madeira e antigo, com uma porta novinha em folha que enganava até que se olhasse para cima e visse a arquitetura da virada do século. A srta. Clarence comparou o endereço ao do anúncio no *Villager* e em seguida abriu a porta e entrou no corredor lúgubre. Localizou o nome Roberts e o número do apartamento, 4B. A srta. Clarence suspirou e começou a subir a escada.

Ela parou para descansar no terceiro patamar e acendeu mais um de seus cigarros para entrar no apartamento de fato. De frente para a escada do quarto andar, ela encontrou o 4B, com um bilhete datilografado preso à porta. A srta. Clarence arrancou o recado da tachinha que a segurava e o levou até a luz. "Srta. Clarence", ela leu, "precisei sair uns minutinhos, mas volto mais ou menos às três e meia. Por favor entre e olhe até eu retornar... todos os móveis estão com os preços. Mil desculpas. Nancy Roberts."

A srta. Clarence testou e a porta estava destrancada. Ainda segurando o bilhete, entrou e fechou a porta. O ambiente estava uma bagunça: havia caixas no chão, cheias até a metade de papéis e livros, as cortinas não estavam penduradas e os móveis tinham pilhas de malas meio feitas e peças de roupa. A primeira coisa que a srta. Clarence fez foi ir até a janela: do quarto andar, ela pensou, talvez houvesse uma vista. Mas só via telhados sujos e, bem à esquerda, um prédio alto coroado por jardins floridos. Um dia eu vou viver *ali*, pensou, e se virou para o cômodo.

Entrou na cozinha, uma peça minúscula com um fogão de duas bocas e uma geladeira instalada embaixo, com uma pia diminuta de um dos lados. Não cozinham muito, a srta. Clarence ponderou, o fogão nunca passou por uma limpeza. Na geladeira havia uma garrafa de leite, três garrafas de Coca-Cola e um pote pela metade de creme de amendoim. Fazem todas as refeições fora de casa, a srta. Clarence pensou. Abriu o armário: um copo e um abridor de garrafas. O outro copo deve estar no banheiro, imaginou a srta. Clarence; não tinha xícaras: ela não preparava nem mesmo o café pela manhã. Havia uma barata dentro do armário; a srta. Clarence o fechou depressa e voltou à sala ampla. Abriu a porta do banheiro e deu uma olhada: uma banheira à moda antiga, com pés, sem chuveiro. O banheiro estava sujo e a srta. Clarence teve certeza de que também havia baratas ali.

Por fim, a srta. Clarence se voltou para o cômodo entulhado. Retirou uma mala e uma máquina de escrever de uma das cadeiras, tirou o chapéu e o casaco e se sentou, acendendo outro de seus cigarros. Já havia resolvido que não teria como usar nenhum dos móveis — as duas cadeiras e o sofá-cama eram de madeira de bordo: o que a srta. Clarence considerava Village Moderno. A pequena estante de canto era um belo móvel, mas havia um longo risco na parte de cima inteira e várias manchas de copo. Estava indicado que custava dez dólares, e a srta. Clarence disse a si mesma que poderia comprar uma dúzia de estantes novas se quisesse pagar aquele preço. A srta. Clarence, em uma ligeira raiva da empresa de carvão e coque, tinha arrumado seu apartamento sossegado em tons de bege e gelo, e a ideia de incluir um pouco daquela madeira reluzente a assustava. Teve um breve vislumbre de jovens personagens do Village, frequentadores de livrarias, usando os móveis de madeira e tomando rum e Coca-Cola, largando seus óculos em um canto qualquer.

Por um instante a srta. Clarence pensou em se oferecer para comprar alguns livros, mas a maioria dos que estavam no alto das pilhas dentro das caixas eram livros de arte e catálogos. Dentro de alguns estava escrito "Arthur Roberts"; Arthur e Nancy Roberts, a srta. Clarence pensou, um belo casal de jovens. Arthur era o artista, então, e Nancy… A srta. Clarence revirou alguns dos livros e se deparou com um de fotografias de dança moderna; será que Nancy, ela se perguntou com carinho, era bailarina?

O telefone tocou e a srta. Clarence, do outro lado da sala, titubeou por um instante antes de ir até lá para atendê-lo. Quando ela disse alô uma voz masculina falou, "Nancy?".

"Não, lamento, ela não está em casa", respondeu a srta. Clarence.

"Quem é?", a voz questionou.

"Estou esperando para falar com a sra. Roberts", a srta. Clarence explicou.

"Bom", prosseguiu a voz, "aqui é Artie Roberts, o marido dela. Quando ela voltar, pede para ela me ligar, por favor?"

"Sr. Roberts", disse a srta. Clarence. "Talvez então o senhor possa me ajudar. Eu vim olhar os móveis."

"Quem é você?"

"Meu nome é Clarence, Hilda Clarence. Estava interessada em comprar os móveis."

"Bom, Hilda", disse Artie Roberts, "o que você achou? Está tudo em boas condições."

"Não consigo me decidir", respondeu a srta. Clarence.

"O sofá-cama está praticamente novo", Artie Roberts prosseguiu, "surgiu a oportunidade de me mudar para Paris, entende? É por isso que estamos vendendo as coisas."

"Que maravilha", exclamou a srta. Clarence.

"A Nancy vai voltar para a casa da família dela em Chicago. Nós temos que vender as coisas e arrumar tudo em pouquíssimo tempo."

"Entendo", a srta. Clarence falou. "É uma pena."

"Bom, Hilda", disse Artie Roberts, "você fala com a Nancy quando ela voltar que ela vai ficar feliz de te contar tudo. Não tem como nada dar errado. Garanto que é confortável."

"Tenho certeza de que é", a srta. Clarence concordou.

"Pede para ela me ligar, está bem?"

"Pode deixar", disse a srta. Clarence.

Ela se despediu e desligou.

Ela retornou à cadeira e olhou para o relógio. Três e dez. Só vou esperar até as três e meia, pensou a srta. Clarence, depois vou embora. Ela pegou o livro de fotografias de dança, deixando as folhas escorregarem por entre os dedos até um retrato chamar sua atenção e ela voltar para ele. Fazia anos que não via esta, a srta. Clarence pensou — Martha Graham. Uma súbita imagem de si mesma aos vinte anos veio à mente da srta. Clarence, antes de ter ido para Nova York, praticando sua postura de bailarina. A srta. Clarence pôs o livro no chão e se levantou, erguendo os braços. Não tão fácil quanto antigamente, ela ponderou, os ombros ficam travados. Estava olhando para o livro curiosa, tentando endireitar os braços, quando ouviu uma batida e a porta se abriu. Um rapaz — mais ou menos da idade de Arthur, pensou a srta. Clarence — entrou e parou junto à porta, como quem pede desculpas.

"Estava meio aberta", ele justificou, "então eu entrei."

"Pois não?", a srta. Clarence disse, baixando os braços.

"Você é a sra. Roberts?", o rapaz perguntou.

A srta. Clarence, tentando andar com naturalidade até sua cadeira, se calou.

"Vim por causa dos móveis", explicou o homem. "Pensei em dar uma olhada nas cadeiras."

"Sem problema", disse a srta. Clarence. "Está tudo com o preço."

"Meu nome é Harris. Acabei de me mudar para a cidade e estou tentando mobiliar meu apartamento."

"É muito difícil achar as coisas hoje em dia."

"Este deve ser o décimo lugar onde estive. Queria um arquivo e uma poltrona grande de couro."

"Infelizmente…", disse a srta. Clarence, gesticulando para o ambiente.

"Entendo", assentiu Harris. "Quem tem esse tipo de coisa hoje em dia não quer abrir mão. Eu escrevo", acrescentou.

"É mesmo?"

"Ou melhor, eu *espero* escrever", explicou Harris. Tinha um rosto simpático e redondo e, ao falar isso, ele deu um sorriso afável. "Vou arranjar um emprego e escrever à noite", concluiu.

"Tenho certeza de que não vai ter muita dificuldade", declarou a srta. Clarence.

"Alguém aqui é artista?"

"O sr. Roberts", disse a srta. Clarence.

"Que sortudo", comentou Harris. Ele foi até a janela. "É mais fácil desenhar retratos do que escrever a qualquer instante. Este apartamento sem dúvida é melhor do que o meu", completou de repente, olhando pela janela. "O meu é minúsculo."

A srta. Clarence não conseguiu pensar em nada para falar, e ele se virou outra vez para olhá-la com curiosidade. "Você também é artista?"

"Não", disse a srta. Clarence. Ela respirou fundo. "Bailarina", declarou.

Ele deu outro sorriso afável. "Deveria ter imaginado", ele reconheceu. "Quando entrei."

A srta. Clarence riu modestamente.

"Deve ser maravilhoso", ele disse.

"É dureza", falou a srta. Clarence.

"Deve ser. Você deu sorte até agora?"

"Não muita", respondeu a srta. Clarence.

"Acho que as coisas são sempre assim", ele comentou. Ele se afastou e abriu a porta do banheiro; quando deu uma olhada lá dentro, a srta. Clarence estremeceu. Ele fechou a porta sem dizer nada e abriu a porta da cozinha.

A srta. Clarence se levantou e foi para seu lado olhar a cozinha junto com ele. "Eu não cozinho muito", ela explicou.

"Não tiro sua razão, tem tantos restaurantes." Ele fechou a porta e a srta. Clarence voltou para a cadeira. "Mas não consigo tomar o café da manhã fora. É a única coisa que não dá", ele disse.

"É você mesmo quem prepara?"

"Eu tento", ele respondeu. "Sou o pior cozinheiro do mundo. Mas é melhor do que sair. Eu preciso é de uma esposa." Ele sorriu de novo e se dirigiu à porta. "Lamento pelos móveis", ele disse. "Queria ter encontrado alguma coisa."

"Não se preocupe."

"Vocês estão desistindo da casa?"

"Temos que nos livrar de tudo", a srta. Clarence explicou. Ela hesitou. "O Artie vai para Paris."

"Quem dera fosse eu." Ele suspirou. "Bom, boa sorte para vocês dois."

"Para você também", disse a srta. Clarence antes de fechar a porta devagar. Ficou prestando atenção aos passos dele descendo a escada e olhou para o relógio. Três e vinte e nove.

Subitamente apressada, ela achou o bilhete que Nancy Roberts lhe deixara e escreveu no verso com um lápis que pegou de uma das caixas: "Minha cara sra. Roberts — esperei até as três e meia. Infelizmente a mobília está fora de cogitação para mim. Hilda Clarence". Lápis à mão, pensou por um instante. Então acrescentou: "P.S. Seu marido telefonou. Pediu para ligar para ele".

Ela pegou a bolsa, *A cartuxa de Parma* e o *Villager* e fechou a porta. A tachinha continuava ali, e a arrancou e prendeu o bilhete com ela. Então virou e desceu a escada, rumo ao próprio apartamento. Os ombros doíam.

Minha vida com R. H. Macy

E a primeira coisa que fizeram foi me isolar. Eles me isolaram da única pessoa do lugar com quem eu falava; era uma garota que eu conheci atravessando o corredor e que me disse: "Você está tão assustada quanto eu?". E quando eu respondi, "Estou", ela prosseguiu, "Fiquei na lingerie, onde você ficou?", e pensei por um instante e depois falei, "Fibra de vidro", que foi a melhor resposta em que consegui pensar, e ela disse, "Ah. Bom, encontro você lá em um segundinho". E ela se afastou e foi isolada e nunca mais a vi.

Em seguida, não paravam de chamar meu nome e eu não parava de correr até o canto qualquer de onde tinham me chamado e elas diziam ("Elas" esse tempo todo sendo moças de beleza estonteante em terninhos sob medida e cabelo bem curto), "Aqui, vai com a srta. Cooper. Ela vai te falar o que fazer". Todas as mulheres que conheci no primeiro dia se chamavam srta. Cooper. E a srta. Cooper me dizia: "Você está em quê?", e àquela altura eu já tinha aprendido a dizer, "Livros", e ela falava, "Ah, bom, então seu lugar é aqui com a srta. Cooper", e então ela chamava, "Srta. Cooper?", e outra moça vinha e a primeira dizia, "O lugar da 13-3138 aqui é com você", e a srta. Cooper dizia, "Ela está em quê?", e a srta. Cooper respondia, "Livros", e eu me afastava e era isolada outra vez.

Então me ensinaram. Elas enfim me isolaram em uma sala de aula, e fiquei sentada lá totalmente sozinha (estava isolada a este ponto) e então algumas outras meninas entraram, todas de terninho sob medida (eu usava um vestido até o joelho de veludo vermelho) e nos sentamos e elas nos ensinaram. Deram a cada uma de nós um livro grande com R. H. Macy escrito na capa, e dentro do livro havia bloquinhos de papel dizendo (da esquerda para a direita): "Comp. guardado de ref. cliente conta nº ou cheque nº registro de vendas nº NF nº caixa nº depto. data S". Depois do S havia uma linha comprida para sr. ou sra. e o nome, e depois recomeçava com "Nº item. class. ao preço. total". E no pé da página estava escrito ORIGINAL e depois de novo, "Comp. guardado de ref.". E "Cole etiqueta amarela de presente aqui". Li tudo com muita atenção. Logo depois chegou uma srta. Cooper que falou um pouco sobre as vantagens que tínhamos trabalhando na Macy's, e falou dos registros de vendas, que ao que parece se dividiam em uma espécie de mapa rodoviário e carbonos e coisas. Escutei por um tempo, e quando a srta. Cooper quis que escrevêssemos em papeizinhos, copiei da garota ao lado. Era um treinamento.

Por fim, alguém disse que iríamos para a loja, e descemos do décimo sexto andar para o primeiro. Estávamos em grupos de seis a esta altura, todas seguindo obstinadamente a srta. Cooper e usando pequenos crachás que diziam INFORMAÇÃO DOS LIVROS. Nunca descobri o que isso significava. A srta. Cooper disse que eu tinha que trabalhar no balcão de liquidação especial, e me mostrou um livrinho chamado *A foca que sonhava trabalhar no circo*, que tudo indicava que eu teria que vender. Estava na metade quando ela voltou para me dizer que eu precisava ficar com o meu grupo.

Gostei de conhecer o relógio de ponto, e passei uma meia hora agradável batendo vários cartões que havia por perto, e então alguém entrou e disse que eu não podia bater ponto de chapéu na cabeça. Portanto tive que ir embora, curvando-me timidamente para o relógio de ponto e sua profeta, e fui descobrir meu número do armário, que era 1773, e meu número no relógio de ponto, que era 712, e meu número do cofre, que era 1336, e meu número da caixa registradora, que era 253, e minha senha da gaveta da caixa registradora, que era K, e meu número da gaveta da caixa registradora, que era 872, e meu número de departamento, que era 13. Anotei todos esses números. E esse foi meu primeiro dia.

Meu segundo dia foi melhor. Passei oficialmente para o atendimento. Fiquei no canto de um balcão, com a mão em cima da *Foca que sonhava trabalhar no circo*, num gesto possessivo, aguardando a clientela. O nome da chefe do balcão era 13-2246, e ela foi muito gentil comigo. Ela me mandou almoçar três vezes, pois me confundiu com a 13-6454 e a 13-3141. Foi depois do almoço que uma cliente apareceu. Ela se aproximou e pegou uma das minhas focas que sonhavam trabalhar no circo e perguntou, "Quanto é?". Abri minha boca e a cliente disse, "Eu tenho uma conta e quero mandar isto aqui para a minha tia em Ohio. Parte da compra eu vou pagar com um cupom que ganhei com livros, de trinta e dois centavos, e o resto é claro que vai para a conta. O preço do livro é fixo?". Minha memória não vai mais longe que isso quanto ao que ela falou. Dei um sorriso seguro e respondi, "É claro; a senhora pode esperar um momentinho?". Achei um papelzinho na gaveta debaixo do balcão: havia DUPLICATA TRIPLICATA escrito na capa em letras garrafais. Anotei o nome e o endereço da cliente, o nome e endereço da tia, e escrevi com cuidado na primeira folha da duplicata triplicata, "1 Sgt. Strc. Sl.". Em seguida voltei a sorrir para a cliente e disse sem prestar atenção: "São setenta e cinco centavos". Ela insistiu, "Mas eu tenho uma conta". Eu lhe expliquei que todas as contas estavam suspensas por conta da correria do Natal e ela me deu setenta e cinco centavos, que guardei. Depois apertei "Sem Venda" na caixa registradora e rasguei a duplicata triplicata porque não sabia o que fazer com ela.

Mais tarde, outra cliente apareceu e disse, "Onde eu acho um exemplar de *Ele chegou como um trovão*, da Ann Rutherford Gwynn?", e eu respondi, "Nos livros de medicina, do outro lado do corredor", mas a 13-2246 chegou e disse, "É de filosofia, não é?", e a cliente respondeu que era, e a 13-2246 disse, "Neste mesmo corredor, nos dicionários". A cliente se afastou e eu falei para a 13-2246 que o palpite dela valia tanto quanto o meu, em todo caso, e ela me encarou e me explicou que filosofia, ciências sociais e Bertrand Russell ficavam todos nos dicionários.

Por enquanto não voltei à Macy's para o meu terceiro dia, pois naquela noite, quando corri para sair da loja, caí na escada e rasguei meia-calça e o porteiro disse que se eu fosse à minha chefe de departamento a Macy's me daria uma meia-calça nova e eu voltei para dentro e achei a srta. Cooper e ela disse, "Vá ao perito no sétimo andar e entregue isso a ele", e me deu um papelzinho rosa e no canto inferior estava impresso "Comp. guardado de ref. cliente conta nº ou cheque nº registro de vendas nº NF nº caixa nº depto. data S.". E após o S, em vez de um nome, ela havia escrito 13-3138. Peguei o papelzinho rosa e o joguei fora e subi ao quarto andar e comprei uma meia-calça por sessenta e nove centavos e depois desci e saí pela entrada dos clientes.

Escrevi uma longa carta à Macy's, e a assinei com todos os meus números somados e divididos por 11700, que é a quantidade de funcionários da Macy's. Fico me perguntando se sentem minha falta.

II

O *Observante* ignorante é incapaz de imaginar o que o *Ilustrador* quer dizer com aquelas *Linhas* e *Rabiscos* aparentemente *grosseiros*, que ele intenciona que sejam os *Rudimentos* de um *Retrato*, e os *Números da Operação Matemática* são *Disparates*, e *Traços* em uma *Especulação*, para quem não tem instrução na *Mecânica*. Estamos no Escuro quanto aos Objetivos e Intenções *alheios*; e há milhares de Ardis em nossas pequenas Matérias, que não confessarão logo suas Pretensões, nem mesmo a *Inquisidores sagazes*.

Joseph Glanvil, *Sadducismus Triumphatus*

A bruxa

O vagão estava quase tão vazio que o menininho tinha o assento todo para si e a mãe estava sentada do outro lado do corredor, ao lado da irmã dele, uma bebê com uma torrada numa mão e um chocalho na outra. Ela estava segura, bem atada ao assento para poder se empertigar e olhar ao redor, e sempre que começava a escorregar devagarinho para os lados, o cinto a detinha e a segurava na metade do caminho até a mãe se virar e endireitá-la outra vez. O menininho olhava pela janela e comia biscoito e a mãe lia em silêncio, respondendo às perguntas do menino sem levantar a cabeça.

"A gente está no rio", disse o menino. "Isso aqui é um rio e a gente está nele."

"Tudo bem", a mãe assentiu.

"A gente está em uma ponte em cima do rio", o menino disse para si mesmo.

As outras poucas pessoas no vagão estavam sentadas na outra extremidade do carro; quando alguém precisava atravessar o corredor, o menino olhava ao redor e dizia "Oi", e o estranho geralmente dizia "Oi" e perguntava ao menino se ele estava gostando da viagem de trem, ou até lhe dizia que ele era um belo rapaz. Esses comentários irritavam o menino e ele se virava para a janela, aborrecido.

"Tem uma vaca", ele dizia, ou, suspirando, "Quanto tempo falta?"

"Agora já não falta muito", a mãe sempre respondia.

Uma vez a bebê, que estava muito sossegada e ocupada com o chocalho e a torrada, que a mãe lhe devolvia constantemente, foi longe demais ao cair de lado e bateu a cabeça. Caiu no choro, e por um instante houve barulho e movimentação em torno do banco da mãe. O menino escorregara do próprio banco e correra até o outro lado do corredor para acariciar os pés da irmã e suplicar que ela não chorasse, e por fim a bebê riu e voltou à torrada e o menino recebeu um pirulito da mãe e voltou à janela.

"Eu vi uma bruxa", ele disse para a mãe um minuto depois. "Tinha uma bruxa enorme, velha, feia, malvada, do lado de fora."

"Tudo bem", a mãe concordou.

"Uma bruxa enorme, velha e feia e eu mandei ela embora e ela foi", o menino prosseguiu, em uma narrativa tranquila que contava para si mesmo, "ela veio e falou, 'Eu vou te comer', e eu falei, 'Não vai, não' e botei ela pra correr, a bruxa malvada, velha e cruel."

Ele se calou e olhou para cima quando a porta externa do vagão se abriu e um homem entrou. Era um homem idoso de rosto simpático sob o cabelo grisalho; o terno azul estava apenas ligeiramente maculado pela desordem provocada por uma longa viagem de trem. Segurava um charuto, e quando o menino disse "Oi", o homem gesticulou para ele com o charuto e respondeu, "Olá, filho". Parou bem ao lado do assento do menino, e se apoiou no encosto, olhando para baixo, para o menino, que esticava o pescoço para olhar para cima. "O que é que você está procurando do outro lado da janela?", o homem perguntou.

"Bruxas", o menino respondeu prontamente. "Bruxas malvadas, velhas e cruéis."

"Entendi", disse o homem. "Já encontrou muitas?"

"Meu pai fuma charuto", o menino comentou.

"Todo homem fuma charuto", disse ele. "Um dia você também vai fumar charuto."

"Eu já sou um homem", declarou o menino.

"Quantos anos você tem?", o homem perguntou.

O menino, diante da eterna pergunta, por um instante lançou um olhar desconfiado para o homem e depois disse, "Vinte e seis. Oito cem e quarenta e oito".

A mãe tirou os olhos do livro e levantou a cabeça. "Quatro", declarou, com um sorriso carinhoso para o menino.

"Verdade?", o homem perguntou ao menino em tom gentil. "Vinte e seis." Ele fez que sim para a mãe do outro lado do corredor. "Ela é sua mãe?"

O menino se curvou para a frente para olhar e então respondeu, "É ela, sim".

"Como você se chama?", o homem indagou.

O menino ficou com o olhar desconfiado outra vez. "Sr. Jesus", ele falou.

"*Johnny*", a mãe do menino disse. Seu olhar cruzou com o do menino e ela franziu bastante a testa.

"Aquela ali é a minha irmã", o menino informou ao homem. "Ela tem doze e meio."

"Você ama a sua irmã?", o homem perguntou. O menino olhou fixo e o homem deu a volta no banco e sentou ao lado do menino. "Escuta", disse o homem, "posso te contar da minha irmã mais nova?"

A mãe, que tinha erguido os olhos com apreensão quando o homem sentou ao lado do filho, voltou pacatamente ao livro.

"Me conta da sua irmã", o menino pediu. "Ela era bruxa?"

"Talvez fosse", disse o homem.

O menino soltou uma risada entusiasmada e o homem se recostou e deu um trago no charuto. "Houve uma época", ele começou, "em que eu tinha uma irmãzinha que nem a sua." O menino olhou para o homem, assentindo a cada palavra. "Minha irmãzinha", o homem prosseguiu, "era tão linda e tão simpática que eu a amava mais do que tudo no mundo. Então posso te contar o que eu fiz?"

O menino foi mais veemente ao fazer que sim, e a mãe tirou os olhos do livro e sorriu, atenta.

"Eu comprei para ela um cavalo de balanço, uma boneca e um milhão de pirulitos", disse o homem, "e então eu a peguei e pus as mãos em torno do pescoço dela e apertei e apertei até ela morrer."

O menino arfou e a mãe se virou, o sorriso desaparecendo. Ela abriu a boca e tornou a fechá-la quando o homem prosseguiu, "E então eu a peguei e cortei a cabeça fora e peguei a cabeça...".

"Você cortou ela em pedacinhos?", o menino perguntou, sem fôlego.

"Eu cortei a cabeça e as mãos e os pés e o cabelo e o nariz", disse o homem, "e bati nela com um pau e a matei."

"Espera um instante", a mãe pediu, mas a bebê caiu de lado naquele exato momento e quando a mãe a havia endireitado o homem já estava continuando.

"E peguei a cabeça e arranquei o cabelo todo e..."

"Da sua *irmã* pequena?", o menino instigou com avidez.

"Da minha irmã pequena", o homem respondeu com firmeza. "E botei a cabeça dela dentro de uma jaula com um urso e o urso comeu tudo."

"Comeu a *cabeça* toda?", o menino perguntou.

A mãe largou o livro e atravessou o corredor. Parou ao lado do homem e disse, "O que é que o senhor pensa que está fazendo?". O homem ergueu os olhos educadamente e ela mandou, "Cai fora daqui".

"Eu te assustei?", o homem perguntou. Ele olhou para o menino e o cutucou com o cotovelo e ele e o menino riram.

"Esse homem cortou a irmãzinha dele", o menino disse à mãe.

"Eu poderia muito bem chamar o condutor", a mãe ameaçou o homem.

"O condutor vai *comer* minha mamãe", o menino disse. "A gente vai arrancar a cabeça dela."

"E a cabeça da irmãzinha também", o homem completou. Ele se levantou e a mãe deu um passo para trás para que se levantasse do banco. "Nunca mais entre neste vagão", ela ordenou.

"Minha mamãe vai comer *você*", o menino disse para o homem.

O homem riu, o menino riu, e então o homem disse "Com licença" à mãe e passou ao lado dela ao sair do carro. Quando a porta já tinha se fechado, o menino perguntou, "Quanto tempo a gente ainda tem que ficar nesse trem velho?".

"Não muito", a mãe respondeu. Ela ficou olhando para o menino, com vontade de falar alguma coisa, e por fim disse, "Você fica aí sentadinho feito um bom menino. Pode pegar outro pirulito".

O menino desceu com entusiasmo e seguiu a mãe até o banco dela. Ela pegou um pirulito de um saquinho dentro da bolsa e entregou a ele. "Como é que se diz?", ela perguntou.

"Obrigado", o menino respondeu. "Aquele homem cortou mesmo a irmãzinha dele em pedacinhos?"

"Ele estava só brincando", a mãe explicou, e acrescentou às pressas, "Só *brincando*".

"Talvez", o menino disse. Com o pirulito, voltou ao próprio assento e se acomodou para olhar pela janela outra vez. "Talvez ele fosse uma bruxa."

A renegada

Eram oito e vinte da manhã. Os gêmeos demoravam a comer o cereal e a sra. Walpole, com um olho no relógio e o outro na janela da cozinha, em frente à qual o ônibus escolar passaria em questão de minutos, sentia a irritação exagerada que resultava de estar atrasada em um dia de aula, a sensação de nadar contra a corrente que é tentar apressar as crianças.

"Vocês vão ter que ir andando", ela disse, ameaçadora, talvez pela terceira vez. "O ônibus não vai esperar."

"Estou correndo", Judy declarou. Ela olhou o copo cheio de leite de um jeito petulante. "Estou mais perto de acabar do que o Jack."

Jack empurrou seu copo em cima da mesa e eles mediram meticulosamente, precisamente. "Não", ele disse. "Olha como o seu copo está mais cheio do que o meu."

"Não *interessa*", a sra. Walpole retrucou, "não *interessa*. Jack, *coma* o cereal."

"Ela não ganhou mais do que eu, para começar", Jack disse. "Ela ganhou mais do que eu, mãe?"

O despertador não tinha tocado às sete, como deveria. A sra. Walpole ouviu o barulho do chuveiro no andar de cima e calculou depressa; o café estava mais lento do que o habitual nesta manhã, os ovos cozidos um pouquinho moles demais. Só tivera tempo de se servir de um copo de suco e não tivera tempo para tomá-lo. *Alguém* — Judy, Jack ou o sr. Walpole — se atrasaria.

"*Judy*", a sra. Walpole disse de modo mecânico, "*Jack*".

O cabelo de Judy não estava bem trançado. Jack sairia sem seu lenço. O sr. Walpole sem dúvida estaria irritado.

O bloco amarelo e vermelho do ônibus escolar preencheu a rua em frente à janela da cozinha, e Judy e Jack correram em direção à porta, o cereal largado, os livros muito provavelmente esquecidos. A sra. Walpole os seguiu até a porta da cozinha, gritando, "Jack, o dinheiro do seu leite; venha direto para casa ao meio-dia". Ficou olhando os dois subirem no ônibus e depois foi depressa à labuta, tirando os pratos da mesa e arrumando o lugar do sr. Walpole. Ela mesma teria que tomar o café da manhã mais tarde, na pausa para respirar que vinha às nove horas. O que queria dizer que as roupas lavadas seriam penduradas no varal com atraso, e se chovesse naquela tarde, como sem dúvida aconteceria, nada secaria. A sra. Walpole fez um esforço e disse "Bom dia, querido" quando o marido entrou na cozinha. Ele respondeu "Bom dia" sem erguer os olhos e a sra. Walpole, a cabeça cheia de frases inacabadas que começavam com "Você acha que os outros não têm sentimentos ou…" se prestou, com toda a paciência, a servir o café dele. Os ovos cozidos no prato, a torrada, o café. O sr. Walpole se dedicou ao jornal, e a sra. Walpole, que também tinha uma vontade louca de dizer "Imagino que você nem perceba que eu não tive tempo pra comer…" pôs os pratos na mesa com toda a delicadeza possível.

Tudo corria bem, apesar da meia hora de atraso, quando o telefone tocou. Os Walpole tinham uma linha coletiva, e a sra. Walpole costumava deixar o telefone tocar duas vezes para ter certeza de que era mesmo o número deles; esta manhã, antes das nove horas, sem que o sr. Walpole houvesse chegado sequer à metade do desjejum, era uma intrusão insuportável, e a sra. Walpole foi atender com relutância. "Alô", disse, hostil.

"Sra. Walpole", respondeu a voz, e a sra. Walpole perguntou, "Pois não?". A voz — era uma mulher — falou, "Desculpe o incômodo, mas aqui quem fala é…" e disse um nome não identificável. A sra. Walopole repetiu, "Pois não?". Ela ouviu o sr. Walpole pegar a cafeteira no fogão para se servir de mais uma xícara de café.

"Você tem um cachorro? Um sabujo marrom e preto?", a voz prosseguiu. Com a palavra *cachorro*, a sra. Walpole, no segundo antes de responder "Sim", compreendeu os inúmeros aspectos de se ter um cachorro na região (seis dólares pela castração, os latidos inadequados de madrugada, a segurança vigilante da figura preta adormecida no tapete ao lado do beliche no quarto dos gêmeos, a inevitabilidade de um cão dentro de casa, tão importante quanto o fogão, ou o alpendre, ou a assinatura do jornal da cidade; além e acima de todas essas coisas, a própria cachorra, conhecida entre os vizinhos como Lady Walpole, no mesmíssimo patamar que Jack Walpole ou Judy Walpole; sossegada, competente, extremamente tolerante) e não encontrava em nenhum deles uma razão para uma ligação numa hora como aquela, de uma voz que agora ela percebia que estava tão irritadiça quanto a sua.

"Sim", a sra. Walpole respondeu, lacônica, "Eu tenho um cachorro. Por quê?"

"É um sabujo grande, marrom e preto?"

As belas manchas de Lady, seu rosto ímpar. "Sim", disse a sra. Walpole, a voz um pouco mais impaciente, "sim, sem dúvida é a minha cachorra. Por quê?"

"Ele andou matando minhas galinhas." Agora a voz parecia satisfeita: a sra. Walpole estava encurralada.

Como a sra. Walpole passou vários segundos quieta, a voz disse, "Alô?".

"Que ideia ridícula", a sra. Walpole declarou.

"Hoje de manhã", a voz disse com gosto, "seu cachorro estava perseguindo nossas galinhas. Nós ouvimos as galinhas por volta das oito e meu marido saiu para ver qual era o problema e encontrou duas galinhas mortas e viu um sabujo grande, marrom e preto, com as galinhas e ele pegou um pau para afugentar o cachorro e depois descobriu mais duas mortas. Ele disse", a voz continuou, monocórdia, "que foi uma sorte ele não ter saído com a escopeta, porque aí você não teria mais cachorro nenhum. Foi a confusão mais horrorosa que eu já vi", a voz declarou, "era sangue e penas por todo lado."

"O que leva você a pensar que é *o meu* cachorro?", a sra. Walpole questionou sem firmeza na voz.

"O Joe White — ele é seu vizinho — estava passando na hora e viu o meu marido correndo atrás do cachorro. Falou que o cachorro era seu."

O velho White morava na casa ao lado da casa vizinha aos Walpole. A sra. Walpole sempre fizera questão de ser simpática com ele, perguntando amistosamente sobre sua saúde quando passava e o via no alpendre, e fora respeitosa ao olhar os retratos de seus netos em Albany.

"Entendi", falou a sra. Walpole, de repente se contradizendo. "Bom, se você tem certeza *absoluta*. É que não dá pra acreditar que seja a Lady. Ela é tão calma."

A voz amoleceu por conta da preocupação da sra. Walpole. "É uma pena *mesmo*", a outra mulher concordou. "Não tenho nem como dizer o quanto eu lamento o acontecido. Mas...", sua voz diminuía significativamente.

"É *claro* que nós vamos restituir os prejuízos", a sra. Walpole acrescentou logo.

"Não, não", refutou a mulher, quase como se pedisse desculpas. "Nem *pense* numa coisa dessas."

"Mas é *claro*...", a sra. Walpole começou, desconcertada.

"O cachorro", disse a voz. "Você vai ter que fazer alguma coisa com o cachorro."

Um súbito terror avassalador tomou conta da sra. Walpole. A manhã havia sido ruim, ainda não tinha tomado o café da manhã, enfrentava uma situação cruel pela qual nunca passara antes e agora a voz, seu tom, sua inflexão, tinha conseguido amedrontar a sra. Walpole com as palavras "alguma coisa".

"Como?", a sra. Walpole perguntou, por fim. "Digo, o que você quer que eu faça?"

Houve um breve silêncio do outro lado da linha, e então a voz respondeu com rispidez, "Eu sei lá, minha senhora. Sempre ouvi falar que não existe jeito de segurar cachorro que mata galinha. Como eu já disse, nós praticamente não tivemos prejuízo. Aliás, as galinhas que o cachorro matou agora estão depenadas e dentro do forno."

A sra. Walpole sentiu um nó na garganta e fechou os olhos por um instante, mas a voz seguiu em frente, inflexível. "Só podemos pedir que tome conta do cachorro. Você sem dúvida entende que a gente não pode tolerar que um cachorro fique matando nossas galinhas."

Percebendo que ela aguardava uma resposta, a sra. Walpole declarou, "Sem dúvida".

"Então...", a voz disse.

A sra. Walpole viu por cima do aparelho de telefone que o sr. Walpole passava por ela a caminho da porta. Ele lhe deu um aceno breve e ela assentiu. Estava atrasado; ela pretendia pedir que ele fosse à biblioteca da cidade. Agora teria que telefonar mais tarde. A sra. Walpole foi categórica ao dizer, "Antes de qualquer coisa, é claro, eu vou verificar se é a minha cachorra. Se *for* a minha cachorra, prometo que você não terá mais problemas".

"É a sua cachorra, sim." A voz havia adotado o tom seco da região; se a sra. Walpole queria brigar, a voz insinuava, tinha escolhido as pessoas certas.

"Tchau", disse a sra. Walpole, ciente de que cometia um erro ao se despedir daquela mulher em tom raivoso; ciente de que deveria continuar ao telefone para ter uma interminável conversa compungida, para tentar arrancar às súplicas a vida da cachorra das mãos daquela estúpida inflexível que se importava tanto com as galinhas idiotas *dela*.

A sra. Walpole desligou o telefone e foi até a cozinha. Serviu-se de uma xícara de café e preparou uma torrada.

Só vou deixar que isso me incomode depois de tomar o meu café, a sra. Walpole disse a si mesma com firmeza. Passou uma dose extra de manteiga na torrada e tentou relaxar, apoiando as costas na cadeira, deixando os ombros caírem. Uma sensação dessas às nove e meia da manhã, ela pensou, esta é uma sensação que combina com as onze horas da noite. O sol claro lá fora não estava tão animador quanto deveria; a sra. Walpole de repente decidiu adiar a lavagem das roupas até o dia seguinte. Não viviam em uma cidade do interior há tempo suficiente para que a sra. Walpole considerasse a desgraça da lavagem de roupas de terça-feira algo mortal; ainda eram pessoas urbanas e provavelmente sempre seriam, pessoas que tinham um cachorro que matava galinhas, pessoas que lavavam roupa na terça-feira, pessoas incapazes de se virar sozinhas no mundo limitado da terra, da comida e do clima que os interioranos tanto consideravam natural. Nesta situação, assim como em todas as outras — o descarte do lixo, a calafetagem, o preparo de um bolo nuvem —, a sra. Walpole era obrigada a procurar aconselhamento. Na zona rural, era dificílimo "arrumar um homem" que fizesse as coisas para ela, e o sr. e a sra. Walpole tinham logo adotado o hábito de consultar os vizinhos em busca de informações que na cidade teriam cabido ao síndico, ao zelador ou ao funcionário da firma de gás. Quando o olhar da sra. Walpole caiu no pote de água de Lady debaixo da pia, e se deu conta de estar numa depressão indescritível, ela se levantou e pôs o casaco, um lenço sobre a cabeça e foi até a vizinha.

A sra. Nash, a vizinha de porta, fritava donuts, e com um garfo indicou para a sra. Walpole que a porta estava aberta e disse, "Entra, não posso sair do fogão". A sra. Walpole, ao entrar na cozinha da sra. Nash, sentiu uma dolorosa vergonha da própria cozinha, com louça suja na pia. A sra. Nash usava um vestido de ficar em casa chocante de tão limpo, e a cozinha tinha acabado de passar por uma faxina; a sra. Nash conseguia fritar donuts sem fazer bagunça.

"Homem gosta muito de donuts fresquinhos junto com o almoço", a sra. Nash comentou sem nenhum outro preâmbulo além de seu aceno com a cabeça e o convite à sra. Walpole. "Eu sempre tento já deixar alguns prontos, mas nunca consigo."

"Eu queria saber fazer donuts", a sra. Walpole disse. A sra. Nash fez um gesto amplo com o garfo, apontando a pilha de donuts ainda quentinhos em cima da mesa e a sra. Walpole pegou um, pensando: Isso aqui vai me dar indigestão.

"Tenho a impressão de que, quando eu termino de fazer, já comeram tudo", falou a sra. Nash. Examinou os donuts que estavam no fogão e então, satisfeita com a possibilidade de desviar o olhar por um instante, ela mesma pegou um e começou a comê-lo ali mesmo. "O que foi que aconteceu?", ela perguntou. "Você está um pouco pálida hoje."

"Para falar a verdade", a sra. Walpole disse, "é a nossa cachorra. Uma pessoa me ligou de manhã dizendo que ela está matando galinhas."

A sra. Nash fez que sim. "Lá na casa dos Harris", ela falou. "Eu sei."

É claro que a esta altura ela já saberia, concluiu a sra. Walpole.

"Sabe", a sra. Nash disse, de novo se virando para os donuts, "as pessoas dizem que não há o que fazer com cachorro que mata galinha. Meu irmão tinha um cachorro que uma vez matou uma ovelha, e não existe *nada* que eles não tenham feito para amansar o bicho, mas claro que nada deu certo. Depois que eles sentem o gostinho de sangue." Com delicadeza, a sra. Nash tirou um donut dourado da fritadeira e o pôs em cima de um papel pardo para tirar o excesso de óleo. "Ficam de um jeito que preferem matar a comer."

"Mas o que é que eu posso *fazer*?", a sra. Walpole perguntou. "Não existe mesmo *nada*?"

"É claro que você pode tentar", a sra. Nash disse. "A melhor ideia é amarrar ela. Manter ela presa numa corrente grossa, firme. Aí pelo menos ela vai passar um tempo sem caçar galinha, a não ser que você queira que ela mate *pra* você."

A sra. Walpole se levantou com relutância e começou a enrolar o lenço na cabeça outra vez. "Acho que é melhor eu ir à loja arrumar uma corrente", ela disse.

"Você vai ao centro?"

"Quero fazer as compras antes que as crianças cheguem para almoçar."

"Não compra donuts", a sra. Nash disse. "Mais tarde eu passo lá com uma travessa cheia para você. Vai lá arrumar uma corrente bem grossa para a cachorra."

"Obrigada", disse a sra. Walpole. O sol radiante no vão da porta da sra. Nash, a mesa robusta com os pratos de donuts, o cheiro agradável de fritura, de certo modo eram todos símbolos da segurança da sra. Nash, de sua confiança em um estilo de vida e uma estabilidade que não eram compatíveis com matança de galinhas, com medos urbanos, uma certeza e ordem tão grandes que estava disposta a conceder o que sobrasse aos Walpole, levar-lhes donuts e ignorar a cozinha suja da sra. Walpole. "Obrigada", a sra. Walpole repetiu, desnecessariamente.

"Avisa para o Tom Kittredge que mais tarde eu passo lá para comprar um porco assado", a sra. Nash pediu. "Diz para ele guardar pra mim."

"Digo, sim." A sra. Walpole titubeou na porta e a sra. Nash acenou para ela com o garfo.

"Até mais", disse a sra. Nash.

O velho White estava sentado no alpendre de casa, ao sol. Quando viu a sra. Walpole, abriu um sorriso largo e berrou para ela, "Acho que você não vai mais ter cachorro".

Tenho que ser simpática com ele, a sra. Walpole pensou, ele não é traidor nem um sujeito ruim para os padrões do interior; qualquer um deduraria um cachorro que matasse galinhas; mas ele não precisava ficar tão contente com isso, ela ponderou, e tentou usar um tom ameno ao dizer "Bom dia, sr. White".

"Vai dar um tiro nela?", o sr. White perguntou. "Seu marido tem arma?"

"Estou ficando preocupada com isso", declarou a sra. Walpole. Estava parada na calçada em frente ao alpendre e tentava não deixar o ódio transparecer no rosto ao levantar a cabeça para o sr. White.

"É uma pena uma cachorra assim", o sr. White disse.

Pelo menos ele não joga a culpa *em mim*, pensou a sra. Walpole. "Tem algo que eu possa fazer?", ela perguntou.

O sr. White refletiu. "Eu acredito que dê para curar um matador de galinhas", ele disse. "Você pode pegar uma galinha morta e pendurar no pescoço do cachorro, para ele não conseguir se livrar dela se sacudindo, entendeu?"

"No pescoço?", a sra. Walpole indagou, e o sr. White fez que sim dando um sorriso desdentado.

"É que quando ele não consegue se livrar da galinha ele primeiro tenta brincar com ela e depois ela começa a incomodar, entende, e depois ele tenta tirar rolando no chão e ela não sai e depois ele tenta morder e não sai e depois quando ele percebe que não sai ele acha que nunca mais vai se livrar dela, entende, e aí ele se assusta. E então ele vem com o rabo entre as pernas e a coisa pendurada no pescoço e a situação vai piorando."

A sra. Walpole pôs a mão no parapeito para se equilibrar. "E então faz o quê?", ela perguntou.

"Bom", disse o sr. White, "pelo que eu ouvi falar, entende, a galinha vai apodrecendo e quanto mais o cachorro vê e sente e cheira, entende, mais ele passa a detestar galinha. E ele não consegue nunca se livrar dela, entende?"

"Mas o cachorro", disse a sra. Walpole. "Quer dizer, a Lady. Quanto tempo a gente tem que deixar a galinha pendurada no pescoço?"

"Bom", o sr. White disse com entusiasmo, "eu acho que tem que deixar até cair sozinha de tão podre. Entende, a cabeça…"

"Entendi", a sra. Walpole respondeu. "Dá certo?"

"Não sei dizer", declarou o sr. White. "Eu nunca tentei." Sua voz insinuava que *ele* nunca tinha tido um cachorro que matasse galinhas.

A sra. Walpole o deixou abruptamente: não conseguia se livrar da sensação de que, se não fosse pelo sr. White, não teriam identificado Lady como o cachorro que matava as galinhas; por um instante se perguntou se o sr. White não fizera a maldade de botar a culpa em Lady porque eles eram pessoas da cidade, e em seguida pensou, Não, ninguém daqui levantaria falso testemunho contra um cachorro.

O mercado estava quase vazio quando entrou: havia um homem no setor das ferramentas e outro debruçado no balcão das carnes, de conversa com o sr. Kittredge, o dono. Quando o sr. Kittredge viu a sra. Walpole entrar, chamou do outro lado da loja, "Bom dia, sra. Walpole. Que dia lindo".

"Formidável", concordou a sra. Walpole, e o dono da loja falou, "Que azar, seu cachorro".

"Eu não sei o que fazer", disse a sra. Walpole, e o homem que conversava com o dono a fitou, reflexivo, e se voltou para o dono.

"Matou três galinhas na casa dos Harris hoje de manhã", o dono explicou ao homem, que assentiu com ar solene e comentou, "Ouvi falar".

A sra. Walpole se aproximou do balcão de carnes e falou, "A sra. Nash pediu para você guardar um porco assado. Ela passa mais tarde para pegar".

"Eu vou passar por lá", o homem parado ao lado do dono observou. "Posso levar."

"Está bem", concordou o dono.

O homem olhou para a sra. Walpole e disse, "Vai ter que dar um tiro nele, imagino".

"Tomara que não", a sra. Walpole respondeu, muito séria. "Nós todos adoramos a cachorra."

O homem e o dono se entreolharam por um instante, e depois o dono raciocinou, "Não dá pra ter um cachorro que sai por aí matando galinhas, sra. Walpole".

"A primeira coisa que você tem que entender", declarou o homem, "é que alguém vai descarregar a arma nele, e ele não vai mais voltar pra casa." Ele e o dono riram.

"Não existe algum jeito de curar o cachorro?", perguntou a sra. Walpole.

"Claro que existe", disse o homem. "Dar um tiro nele."

"Amarra uma galinha morta no pescoço dele", o dono do mercado sugeriu. "Pode ser que funcione."

"Ouvi falar que um sujeito fez isso", o outro homem disse.

"E funcionou?", a sra. Walpole perguntou, curiosa.

O homem negou devagar e com determinação.

"Sabe", disse o dono. Ele apoiou o cotovelo no balcão de carnes; era bom de papo. "Sabe", ele repetiu, "o meu pai tinha um cachorro que comia ovo. Entrava no galinheiro, quebrava os ovos e lambia tudo. Comia mais ou menos a metade dos ovos que a gente tirava."

"É mau negócio", o outro disse. "Cachorro comendo ovo."

"Péssimo negócio", o dono do mercado confirmou. A sra. Walpole se pegou assentindo. "No final das contas, o meu pai já não aguentava mais. O bicho comia metade dos ovos dele", ele disse. "Então uma vez ele pegou um ovo, botou no fundo do forno por dois ou três dias, até o ovo ficar bem duro, bem quente, e o ovo estava com um cheiro horrível. Então — eu estava lá, tinha uns doze, treze anos — um dia ele chamou o cachorro e o bicho foi correndo. Então eu segurei o cachorro e meu pai abriu a boca e enfiou o ovo, pelando e com um fedor dos infernos, e depois ele segurou a boca do cachorro fechada para não poder se livrar do ovo de outro jeito que não fosse engolindo." O dono do mercado riu e balançou a cabeça, nostálgico.

"Aposto que o cachorro nunca mais comeu ovo", disse o homem.

"Nunca mais encostou em ovo", o dono concordou com firmeza. "Você põe um ovo na frente desse bicho e ele corre que nem o diabo da cruz."

"Mas como ele ficou com você?", a sra. Walpole perguntou. "Ele chegou perto de *você* outra vez?"

O dono e o outro olharam para ela. "Como assim?", questionou o dono.

"Ele voltou a *gostar* de você?"

"Bom", disse o dono, antes de pensar um pouco. "Não", disse por fim, "acho que não dá pra dizer que gostava. Mas o cachorro não era grande coisa."

"Tem uma coisa que você precisa tentar", o outro falou de repente para a sra. Walpole, "se quiser mesmo curar o cachorro, tem uma coisa que você precisa tentar."

"O quê?", a sra. Walpole perguntou.

"Você precisa pegar o cachorro", disse o homem, se inclinando para a frente e gesticulando com uma das mãos, "pegar e botar ele em um cercado com uma galinha que tenha filhotes pra proteger. Depois de passar um tempo lá, ele nunca mais vai correr atrás de galinha."

O dono da loja caiu na gargalhada e a sra. Walpole olhou, perplexa, do dono para o outro, que a encarava sem sorrir, os olhos arregalados e amarelos como os de um gato.

"O que aconteceria?", ela perguntou, insegura.

"Bicaria os olhos dele", o dono foi sucinto na resposta. "Ele nunca mais *veria* outra galinha."

A sra. Walpole percebeu que sentia tontura. Sorrindo ao olhar para trás, para não parecer mal-educada, ela se afastou depressa do balcão de carnes e foi até o outro lado do mercado. O dono continuou de conversa com o homem e passado um instante a sra. Walpole saiu para o ar livre. Resolveu que voltaria para casa e ficaria deitada até a hora do almoço, e faria as compras mais tarde.

Em casa, ela se deu conta de que não conseguiria se deitar sem tirar a mesa do café da manhã e lavar a louça, e depois disso já estava quase na hora de começar o almoço. Estava parada junto às prateleiras da despensa, tentando se decidir, quando uma figura preta atravessou o sol do vão da porta e ela entendeu que Lady estava em casa. Por um instante ficou imóvel, observando. A cachorra entrou sem fazer barulho, inofensiva, como se tivesse passado a manhã brincando na grama com os amigos, mas tinha manchas de sangue nas patas e bebeu água vorazmente. O primeiro ímpeto da sra. Walpole foi repreendê-la, segurá-la e bater nela pela dor proposital, premeditada, que havia infligido, a brutalidade assassina que uma cachorra linda como Lady conseguia esconder tão bem na casa deles; então a sra. Walpole, ao ver Lady andar tranquilamente e se acomodar no lugar de sempre, junto ao fogão, virou-se sem saber o que fazer, pegou as primeiras latas que viu na prateleira da despensa e as levou para a mesa da cozinha.

Lady ficou sossegada, sentada ao lado do fogão, até as crianças chegarem para almoçar fazendo barulho, e então pulou e fez festa para elas, recebendo-as como se fossem os forasteiros e ela a dona da casa. Judy, puxando as orelhas de Lady, disse, "Oi, mamãe, você ficou sabendo o que a Lady fez? Você é uma cachorra muito má", ela disse para Lady, "você vai levar um tiro".

A sra. Walpole sentiu tontura outra vez e pôs o prato na mesa às pressas. "Judy Walpole", ela chamou.

"Ela *vai*, mamãe", Judy afirmou. "Ela vai levar um tiro."

As crianças não entendem, a sra. Walpole disse para si mesma, a morte nunca é real para elas. Tente ser sensata. "Sentem-se para almoçar, crianças", disse baixinho.

"Mas *mãe*", Judy continuou, e Jack acrescentou, "Ela *vai*, mamãe".

Sentaram-se fazendo barulheira, desdobrando os guardanapos e atacando a comida sem olhar para ela, loucos para falar.

"Você *sabe* o que o sr. Shepherd falou, mamãe?", Jack perguntou de boca cheia.

"Escuta", disse Judy, "a gente vai te contar o que foi que ele falou."

O sr. Shepherd era um homem simpático que morava perto dos Walpole, dava moedinhas às crianças e levava os meninos para pescar. "Ele falou que a Lady vai levar um tiro", declarou Jack.

"Mas os grampos", Judy disse. "Fala dos grampos."

"Os *grampos*", explicou Jack. "Escuta, mamãe. Ele falou que você tem que arrumar uma coleira pra Lady…"

"Uma coleira forte", Judy completou.

"E aí você arruma grampos grossos, tipo espinhos, e põe eles na coleira com um martelo."

"Nela toda", disse Judy. "Deixa que *eu* falo, Jack. Você enfia os grampos nela inteira para criar espinhos dentro da coleira."

"Mas ela fica frouxa", Jack interrompeu. "Deixa que *eu* falo essa parte. Ela está frouxa e você põe no pescoço da Lady…"

"E…" Judy pôs a mão no pescoço e fez um ruído de estrangulamento.

"*Ainda* não", rebateu Jack. "*Ainda* não, sua boba. Primeiro você arruma uma corda muito muito muito muito comprida."

"Uma corda comprida *de verdade*", Judy aumentou.

"E prende a corda na coleira e depois a gente põe a coleira na Lady", Jack explicou. Lady estava sentada a seu lado e ele se curvou e disse, "Então a gente põe a coleira cheia de grampo afiado no seu pescoço", e beijou a cabeça dela enquanto Lady o olhava com afeição.

"E depois a gente leva ela aonde tem galinha", Judy continuou, "e a gente mostra as galinhas pra ela, e solta ela."

"E fazemos ela correr atrás das galinhas", Jack prosseguiu. "E *então*, e então, quando ela chegar bem pertinho das galinhas, a gente puuuuuuuxa a corda…"

"E…" Judy repetiu o barulho de estrangulamento.

"Os grampos arrancam a cabeça dela", Jack finalizou em tom dramático.

Ambos começaram a rir e Lady, olhando de um para o outro, arfou como se também risse.

A sra. Walpole olhou para eles, para os dois filhos de mãos ásperas e rostos queimados de sol que gargalhavam, a cachorra ainda com sangue nas patas, rindo junto. Foi até a porta da cozinha e olhou para fora, para os montes verdes, a movimentação da macieira com a brisa suave da tarde.

"Arrancam sua cabeça de uma vez", Jack dizia.

Tudo estava sossegado e adorável ao sol, o céu pacato, o contorno suave dos montes. A sra. Walpole fechou os olhos, de repente sentia que as mãos ásperas a derrubavam, as estacas pontiagudas se fechavam em torno de seu pescoço.

Primeiro você, meu caro Alphonse*

A sra. Wilson estava tirando o biscoito de gengibre do forno quando ouviu Johnny do lado de fora, conversando com alguém.

"Johnny", ela chamou, "você está atrasado. Entra e come o seu prato."

"Só um minutinho, mãe", Johnny pediu. "Primeiro você, meu caro Alphonse."

"Primeiro *você*, meu caro Alphonse", outra voz disse.

"Não, primeiro *você*, meu caro Alphonse", Johnny disse.

A sra. Wilson abriu a porta. "Johnny", ela disse, "trata de entrar logo e comer o seu prato. Você pode brincar depois de comer."

Johnny entrou atrás dela, devagar. "Mãe", ele disse, "eu trouxe o Boyd para almoçar comigo."

"Boyd?" A sra. Wilson ponderou por um instante. "Acho que não conheço o Boyd. Pede para ele entrar, querido, já que você convidou. O almoço está pronto."

"Boyd!", Johnny berrou. "Ei, Boyd, entra aí!"

"Estou indo. Só preciso descarregar essas coisas."

"Bom, anda logo senão minha mãe vai ficar chateada."

"Johnny, você não está sendo educado nem com o seu amigo nem com a sua mãe", a sra. Wilson reclamou. "Venha se sentar, Boyd."

Quando se virou para indicar a Boyd onde se sentar, ela viu que era um menino negro, menor do que Johnny mas da mesma faixa etária. Os braços estavam cheios de lenha cortada. "Onde é que eu ponho isso, Johnny?", ele perguntou.

---

* Os meninos deste conto imitam os personagens de *Alphonse and Gaston*, uma tirinha de Frederick Burr Opper (1857-1937) publicada no *New York Journal* no início do século xx. (N.T.)

A sra. Wilson se virou para Johnny. "Johnny", ela disse, "o que foi que você mandou o Boyd fazer? Que madeira é essa?"

"Japoneses mortos", Johnny explicou em tom ameno. "Botamos eles de pé e passamos por cima com tanques."

"Como vai, sra. Wilson?", disse Boyd.

"Como vai, Boyd? Você não devia deixar o Johnny mandar você carregar essa madeira toda. Agora sentem-se para almoçar, vocês dois."

"Por que ele não devia carregar a madeira, mãe? A madeira é dele. A gente pegou da casa dele."

"Johnny", repreendeu a sra. Wilson, "anda logo, come seu prato."

"Claro", falou Johnny. Ele levantou a travessa de ovos mexidos para Boyd. "Primeiro *você*, meu caro Alphonse."

"Primeiro *você*, meu caro Alphonse", disse Boyd.

"Primeiro *você*, meu caro Alphonse", Johnny repetiu. Eles deram risadas.

"Está com fome, Boyd?", a sra. Wilson perguntou.

"Estou, sra. Wilson."

"Bom, não deixe o Johnny te segurar. Ele sempre demora para comer, então você trate de se alimentar bem. A gente tem comida à beça, pode comer o quanto quiser."

"Obrigado, sra. Wilson."

"Anda, Alphonse", Johnny disse. Ele pôs metade dos ovos mexidos no prato de Boyd. Boyd ficou olhando quando a sra. Wilson botou uma travessa de tomate cozido ao lado de seu prato.

"O Boyd não comer tomate, não é, Boyd?", Johnny disse.

"Não *come* tomate, Johnny. E não é porque você não gosta que você precisa dizer isso sobre o Boyd. O Boyd vai comer *de tudo*."

"Aposto que não vai", Johnny provocou, atacando seus ovos mexidos.

"O Boyd quer crescer e virar um homão forte para poder trabalhar muito", a sra. Wilson disse. "Aposto que o pai do Boyd come tomate cozido."

"Meu pai come o que ele quiser", Boyd respondeu.

"O meu também", declarou Johnny. "Às vezes ele não come quase nada. Mas é um cara pequeno. Não mataria nem uma mosca."

"O meu também é um cara pequeno", disse Boyd.

"Mas aposto que ele é forte", disse a sra. Wilson. Ela titubeou. "Ele… trabalha?"

"É claro", disse Johnny. "O pai do Boyd trabalha numa fábrica."

"Está vendo?", a sra. Wilson concluiu. "E sem dúvida ele precisa ser forte para isso — para levantar e carregar as coisas na fábrica."

"O pai do Boyd não precisa", Johnny respondeu. "Ele é capataz."

A sra. Wilson se sentiu derrotada. "O que é que a sua mãe faz, Boyd?"

"A minha mãe?" Boyd ficou surpreso. "Ela toma conta das crianças."

"Ah. Então ela não trabalha?"

"Por que ela trabalharia?", Johnny disse com a boca cheia de ovos. "A senhora não trabalha."

"Você não quer o tomate mesmo, Boyd?"

"Não, obrigado, sra. Wilson", disse Boyd.

"Não, obrigado, sra. Wilson, não, obrigado, sra. Wilson, não, obrigado, sra. Wilson", Johnny repetiu. "Mas a irmã do Boyd vai trabalhar. Ela vai ser professora."

"É uma belíssima atitude da parte dela, Boyd." A sra. Wilson conteve o ímpeto de fazer um afago na cabeça do menino. "Imagino que vocês morram de orgulho dela."

"Acho que sim", Boyd disse.

"E os seus outros irmãos e irmãs? Imagino que vocês todos queiram se destacar o máximo possível."

"Somos só eu e a Jean", Boyd declarou. "Ainda não sei o que eu quero ser quando crescer."

"Nós vamos ser motoristas de tanque, o Boyd e eu", Johnny decretou. "Zum." A sra. Wilson viu o copo de leite de Boyd e a argola para guardanapo de Johnny de repente transformados em um tanque, atravessando a mesa com dificuldade.

"Olha, Johnny", falou Boyd. "Aqui fica a trincheira. Vou mirar em você."

A sra. Wilson, com a velocidade advinda da longa experiência, pegou o biscoito de gengibre da prateleira e foi cuidadosa ao colocá-lo entre o tanque e a trincheira.

"Você coma o quanto quiser, Boyd", ela disse. "Quero ver você de barriga cheia."

"O Boyd come muito, mas não tanto quanto eu", comentou Johnny. "Eu sou maior do que ele."

"Você não é muito maior", Boyd rebateu. "Eu venço você na corrida."

A sra. Wilson respirou fundo. "Boyd", ela disse. Os dois meninos se viraram para ela. "Boyd, o Johnny tem alguns ternos que ficaram pequenos demais para ele, e um casaco de inverno. Não são novos, é claro, mas ainda servem bem. E eu tenho uns vestidos que a sua mãe e a sua irmã devem conseguir usar. A sua mãe pode transformar eles em um monte de peças, e eu ficaria muito feliz de doá-los a você. Acho que antes de você ir embora eu posso fazer um pacotão e aí você e o Johnny levam para a sua mãe..." A voz dela se apagou quando viu a expressão confusa de Boyd.

"Mas eu tenho um montão de roupa, obrigado", ele falou. "E eu acho que a minha mãe não sabe costurar muito bem, e de qualquer forma eu acho que a gente compra tudo o que precisa. Mas muito obrigado."

"A gente não tem tempo de ficar carregando coisa velha por aí, mãe", disse Johnny. "Hoje a gente vai brincar de tanque com os meninos."

A sra. Wilson tirou o prato de biscoitos de gengibre quando Boyd ia pegar outro. "Tem um monte de garotinhos feito você, Boyd, que ficariam muito agradecidos pelas roupas que alguém teve a gentileza de doar."

"O Boyd pode aceitar se você quiser, mãe", Johnny disse.

"Não queria aborrecê-la, sra. Wilson", desculpou-se Boyd.

"Não pense que estou zangada, Boyd. Fiquei decepcionada, só isso. Agora vamos mudar de assunto."

Ela começou a tirar os pratos da mesa, e Johnny pegou a mão de Boyd e o puxou até a porta. "Tchau, mãe", Johnny disse. Boyd parou por um instante, fitando as costas da sra. Wilson.

"Primeiro você, meu caro Alphonse", Johnny falou, segurando a porta aberta.

"Sua mãe continua aborrecida?" A sra. Wilson ouviu Boyd perguntar em voz baixa.

"Sei lá", Johnny disse. "De vez em quando ela é meio maluca."

"A minha também", declarou Boyd. Ele pensou um pouco. "Primeiro *você*, meu caro Alphonse."

Charles

No dia em que meu filho Laurie começou a frequentar o jardim de infância, ele deixou o macacão de cotelê com babador e passou a usar jeans com cinto; fiquei olhando-o se afastar na primeira manhã junto com a menina mais velha da casa ao lado, vendo nitidamente que uma época da minha vida estava encerrada, meu bebê de voz doce que ia à creche substituído por um ser vacilante de calças compridas que se esqueceu de parar na esquina e acenar para mim.

Ele voltou para casa do mesmo jeito, a porta da frente se abrindo com um baque, seu boné no chão, e a voz de repente estridente berrando, "Tem alguém *aí*?".

No almoço ele foi insolente com o pai, derramou o leite da irmã caçula e comentou que a professora disse que não devíamos falar o nome do Senhor em vão.

"Como *foi* a escola hoje?", perguntei, tomando o cuidado de parecer natural.

"Foi boa", ele disse.

"Você aprendeu alguma coisa?", o pai perguntou.

Laurie olhou para o pai com frieza. "Não aprendi alguma coisa", ele falou.

"Nada", eu corrigi. "Não aprendi nada."

"Mas a professora bateu num menino", Laurie disse, pegando o pão com manteiga. "Porque foi atrevido", acrescentou de boca cheia.

"O que foi que ele fez?", indaguei. "Quem foi?"

Laurie pensou um pouco. "Foi o Charles", declarou. "Ele foi atrevido. A professora bateu nele e obrigou ele a ficar de pé no canto. Ele foi muito atrevido."

"O que foi que ele fez?", repeti a pergunta, mas Laurie escorregou da cadeira, pegou um biscoito e foi embora, enquanto o pai ainda dizia, "Escuta aqui, rapaz".

No dia seguinte, Laurie comentou durante o almoço, assim que se sentou, "Bom, o Charles foi malcriado de novo hoje." Ele abriu um sorriso enorme e disse, "Hoje o Charles bateu na professora".

"Céus", exclamei, atenta ao nome do Senhor, "imagino que ele tenha apanhado outra vez."

"Claro que apanhou", disse Laurie. "Olha pra cima", ele disse ao pai.

"O quê?", o pai questionou, olhando para cima.

"Olha pra baixo", Laurie disse. "Olha o meu dedão. Nossa, você é burro." Ele começou a rir feito um louco.

"Por que foi que o Charles bateu na professora?", perguntei.

"Porque ela tentou obrigar ele a colorir com lápis de cera vermelho", Laurie explicou. "O Charles queria colorir com o lápis verde, então bateu na professora e ela bateu nele e mandou ninguém brincar com o Charles mas todo mundo brincou."

No terceiro dia — foi na quarta-feira da primeira semana — Charles deu com a gangorra na cabeça de uma menina e a fez sangrar, e a professora o obrigou a ficar na sala de aula durante o recreio. Na quinta, Charles teve que ficar no canto durante a hora da historinha porque não parava de bater os pés no chão. Na sexta, Charles perdeu o direito de usar o quadro-negro por ter atirado giz.

No sábado eu comentei com meu marido, "Você não acha esse jardim de infância muito perturbador para o Laurie? Essa grosseria toda, a linguagem ruim, e esse Charles parece ser uma péssima influência".

"Vai dar tudo certo", meu marido me tranquilizou. "É inevitável ter gente que nem o Charles no mundo. Melhor ele já conhecer essas pessoas logo."

Na segunda-feira, Laurie chegou em casa tarde, cheio de novidades. "O Charles", ele gritou quando vinha subindo; eu o aguardava, ansiosa, na entrada de casa. "O Charles", Laurie berrou durante toda a subida, "o Charles foi ruim de novo."

"Entra", eu disse assim que ele ficou próximo o bastante. "O almoço já está pronto."

"Sabe o que foi que o Charles fez?", ele disse, me seguindo porta adentro. "O Charles gritou tanto na escola que mandaram um menino da primeira série dizer à professora que ela tinha que obrigar o

Charles a ficar quieto, e por isso o Charles teve que ficar depois da aula. E então todas as crianças ficaram para olhar ele."

"O que foi que ele fez?", perguntei.

"Ele ficou sentado", Laurie falou, subindo em sua cadeira à mesa. "Oi, papai, seu velho espanador."

"O Charles teve que ficar depois da aula hoje", contei ao meu marido. "Todo mundo ficou com ele."

"Como o Charles é?", meu marido perguntou a Laurie. "Qual é o sobrenome dele?"

"Ele é maior do que eu", Laurie respondeu. "E ele não tem galocha e nunca usa casaco."

Na noite de segunda-feira foi a primeira reunião de pais e professores, e só o fato de a bebê estar resfriada me impediu de ir; queria muito conhecer a mãe de Charles. Na terça, Laurie de repente comentou, "A professora chamou uma pessoa na escola hoje".

"A mãe do Charles?", meu marido e eu perguntamos ao mesmo tempo.

"Náááo", Laurie disse com desdém. "Foi um homem que veio para obrigar a gente a fazer exercícios, a gente teve que encostar na ponta dos pés. Olha." Ele desceu da cadeira, se agachou e encostou as mãos nos pés. "Assim", ele mostrou. Voltou para a cadeira com ar solene e disse, pegando o garfo, "O Charles nem *fez* os exercícios".

"Essa é boa", eu disse rindo. "O Charles não quis fazer os exercícios?"

"Náááo", disse Laurie. "O Charles foi tão atrevido com o amigo da professora que não *deixaram* ele fazer os exercícios."

"Foi atrevido de novo?", eu perguntei.

"Ele chutou o amigo da professora", Laurie contou. "O amigo da professora mandou o Charles encostar na ponta dos pés que nem eu encostei e o Charles chutou ele."

"O que você acha que vão fazer com o Charles?", o pai de Laurie lhe perguntou.

Laurie encolheu os ombros, pensativo. "Expulsar ele da escola, acho", ele respondeu.

A quarta e a quinta foram como de hábito: Charles berrou durante a hora da historinha, deu um soco na barriga de um menino e o fez chorar. Na sexta-feira, Charles ficou depois do horário de aula de novo, e junto com ele todas as outras crianças.

Na terceira semana de jardim de infância Charles já era uma instituição na nossa família; a bebê estava dando uma de Charles quando passava a tarde inteira chorando; Laurie bancava o Charles quando enchia o carrinho de lama e o empurrava pela cozinha; até meu marido, quando prendeu o cotovelo no fio do telefone e derrubou o telefone, o cinzeiro e um vaso de flores da mesa, disse, um minuto depois, "Que nem o Charles".

Durante a terceira e a quarta semanas parecia que Charles estava se emendando; Laurie relatou, desanimado, no almoço da quinta-feira da terceira semana, "O Charles foi tão bonzinho hoje que a professora deu uma maçã pra ele".

"O quê?", eu disse, e meu marido acrescentou, cauteloso, "Você está falando do Charles?".

"Do Charles", Laurie confirmou. "Ele distribuiu os lápis de cera para todo mundo e depois recolheu os livros e a professora falou que ele é o assistente dela."

"O que foi que aconteceu?", perguntei, incrédula.

"Ele foi o assistente dela, só isso", disse Laurie, encolhendo os ombros.

"Será que é verdade, isso do Charles?", perguntei a meu marido naquela noite. "Tem como uma coisa dessas acontecer?"

"É esperar pra ver", meu marido declarou, cético. "Quando você está lidando com um Charles, ele só pode estar tramando alguma coisa."

Ele parecia estar enganado. Ao longo de mais de uma semana, Charles foi o assistente da professora; todo dia ele distribuía coisas e recolhia coisas; ninguém precisava ficar depois da aula.

"Na semana que vem tem outra reunião de pais e professores", informei ao meu marido num fim de tarde. "Vou descobrir quem é a mãe do Charles."

"Pergunta pra ela o que aconteceu com o Charles", meu marido pediu. "Eu queria saber."

"Eu também", falei.

Na sexta-feira dessa mesma semana a situação voltou ao normal. "Sabe o que foi que o Charles fez hoje?", Laurie disse à mesa durante o almoço, com uma voz ligeiramente admirada. "Mandou uma menina dizer uma palavra e ela disse e a professora lavou a boca da menina com sabão e o Charles riu."

"Qual palavra?", o pai teve a insensatez de perguntar, e Laurie disse, "Vou ter que cochichar pra você, de tão feia que é". Ele desceu da cadeira e foi até o pai. O pai abaixou a cabeça e Laurie sussurrou com alegria. Os olhos do pai se arregalaram.

"O Charles mandou a menina falar *isso*?", perguntou, muito sério.

"Ela falou *duas vezes*", disse Laurie. "O Charles mandou ela falar *duas vezes*."

"O que foi que aconteceu com o Charles?", meu marido perguntou.

"Nada", respondeu Laurie. "Ele estava distribuindo lápis de cera."

Na manhã de segunda-feira, Charles deixou a menina de lado e disse ele mesmo a palavra diabólica, três ou quatro vezes, tendo a boca ensaboada a cada uma delas. Também atirou giz nas outras crianças.

Meu marido foi até a porta comigo naquele fim de tarde, quando eu estava de saída para a reunião de pais. "Convida ela para tomar um chá depois da reunião", ele falou. "Eu quero dar uma olhada nela."

"Tomara que ela vá", eu disse, em tom de prece.

"Ela vai, sim", meu marido assegurou. "Não sei como fariam uma reunião de pais e professores sem a mãe do Charles."

Na reunião, fiquei inquieta, examinando cada rosto tranquilo de mãe, tentando descobrir qual deles escondia o segredo de Charles. Nenhuma daquelas mulheres me parecia extenuada. Nenhuma delas se levantou durante a reunião e se desculpou pelo comportamento do filho. Ninguém mencionou Charles.

Após a reunião, identifiquei e procurei a professora de Laurie. Ela segurava um prato com uma xícara de chá e uma fatia de bolo de chocolate; eu segurava um prato com uma xícara de chá e uma fatia de bolo de marshmallow. Tomamos o cuidado de fazer manobras até nos aproximarmos, e sorrimos.

"Estava muito ansiosa para conhecê-la", declarei. "Sou a mãe do Laurie."

"Todas nós estamos interessadíssimas no Laurie", ela disse.

"Bom, ele adora a escola, sem dúvida", falei. "Fala disso o tempo todo."

"Tivemos alguns probleminhas de adaptação, mais ou menos na primeira semana", ela afirmou, cautelosa, "mas agora ele é um ótimo assistente. Com um ou outro lapso, é claro."

"O Laurie costuma se adaptar rápido", declarei. "Imagino que deva ter sido por influência do Charles."

"Charles?"

"É", eu disse, rindo, "você deve estar tendo um trabalhão com o Charles."

"Charles?", ela repetiu. "Não tem nenhum Charles no jardim de infância."

Tarde entre linhos

Era um cômodo comprido, arejado, de mobília aconchegante e muito bem situado, com arbustos de hortênsias em frente às janelas amplas e suas sombras agradáveis no assoalho. Todo mundo nele usava linho — a menininha estava de vestido rosa com um cinto largo azul, a sra. Kator usava um conjunto marrom e um enorme chapéu amarelo, a sra. Lennon, avó da menininha, estava de vestido branco, e o filhinho da sra. Kator, Howard, de camisa e short azul. Assim como em *Alice através do espelho*, a menininha pensou, olhando para a avó; como os cavalheiros todos vestidos de papel branco. Sou um cavalheiro vestido de papel rosa, ela pensou. Embora a sra. Lennon e a sra. Kator morassem no mesmo quarteirão e se vissem todo dia, aquele era um evento formal, portanto tomavam chá.

Howard estava sentado ao piano, em um dos cantos da sala comprida, em frente à maior das janelas. Tocava "Humoresque" em um ritmo meticuloso, lento. Eu toquei essa no ano passado, a menininha pensou: é em sol. A sra. Lennon e a sra. Kator ainda seguravam as xícaras de chá, escutavam Howard e olhavam para ele, e vez por outra se entreolhavam e sorriam. Eu ainda saberia tocar se quisesse, pensou a menininha.

Quando Howard acabou de tocar "Humoresque", esgueirou-se do banco do piano, se aproximou e sentou, bem sério, ao lado da menininha, esperando que a mãe lhe dissesse se devia ou não tocar de novo. Ele é maior do que eu, ela pensou, mas sou mais velha. Tenho dez anos. Se me pedirem para tocar piano para elas, vou dizer não.

"Acho que você toca muito bem, Howard", a avó da menininha declarou. Houve alguns instantes de silêncio pesado. Em seguida, a sra. Kator disse, "Howard, a sra. Lennon falou com você". Howard murmurou e olhou para as mãos apoiadas nos joelhos.

"Acho que ele está indo muito bem", a sra. Kator confidenciou à sra. Lennon. "Ele não gosta de praticar, mas acho que está indo bem."

"A Harriet adora praticar", disse a avó da menininha. "Ela passa horas a fio sentada ao piano, inventando musiquinhas e cantando."

"Ela provavelmente tem talento de verdade para a música", comentou a sra. Kator. "Volta e meia me pergunto se o Howard está aproveitando a música tão bem quanto deveria."

"Harriet", a sra. Lennon disse à menininha, "não quer tocar para a sra. Kator? Toca uma das suas musiquinhas."

"Não sei nenhuma", a menininha retrucou.

"É claro que sabe, querida", disse a avó.

"Eu adoraria ouvir alguma musiquinha que você mesma tenha inventado, Harriet", pediu a sra. Kator.

"Não sei nenhuma", a menininha repetiu.

A sra. Lennon olhou para a sra. Kator e encolheu os ombros. A sra. Kator assentiu, balbuciando "É tímida", e se virou para lançar um olhar orgulhoso para Howard.

Os lábios da avó da menininha se firmaram em um sorriso rígido, doce. "Harriet querida", ela disse, "mesmo que a gente não queira tocar nossas musiquinhas, acho que precisamos dizer à sra. Kator que música não é o nosso ponto forte. Acho que precisamos mostrar a ela nossos talentos em outra atividade. A Harriet", ela continuou, se virando para a sra. Kator, "escreveu alguns poemas. Vou pedir que ela recite para você, porque tenho a sensação, ainda que talvez eu seja parcial" — ela riu com modéstia — "ainda que eu provavelmente *seja* parcial, de que eles têm valor de verdade."

"Faça isso, pelo amor de Deus!", a sra. Kator falou. Olhou para Harriet com alegria. "Puxa, minha querida, eu não sabia que você era capaz de algo assim! Eu *amaria* ouvi-los."

"Recite um de seus poemas para a sra. Kator, Harriet."

A menininha olhou para a avó, para seu sorriso doce, e para a sra. Kator, curvada para a frente, e para Howard, sentado de boca aberta e com um enorme deleite crescendo em seus olhos. "Não sei nenhum", ela declarou.

"Harriet", a avó retrucou, "mesmo que você não se lembre de nenhum dos seus poemas, você tem alguns anotados. Tenho certeza de que a sra. Kator não vai se importar se você ler para ela."

O imenso júbilo que aos poucos vinha se apossando de Howard de repente o dominou. "Poemas", ele disse, se curvando de tanto gargalhar no sofá. "A Harriet escreve poemas." Ele contaria para todas as crianças do quarteirão, a menininha pensou.

"Acho que o Howard está com inveja", a sra. Kator disse.

"Ah", Howard exclamou. "Eu não escreveria poemas. Aposto que você não conseguiria *me* forçar a escrever um poema nem se *tentasse*."

"Você também não conseguiria me forçar", a menininha disse. "Essa história de poema é mentira pura."

Houve um longo momento de silêncio. Depois um "Puxa, Harriet!" que a avó da menininha soltou com a voz triste. "Que coisa a se dizer sobre a sua avó!", a sra. Kator repreendeu. "Acho melhor você pedir desculpas, Harriet", a avó da menininha disse. A sra. Kator corroborou, "Pois é, é melhor *mesmo*".

"Não fiz nada", a menininha murmurou. "Desculpa."

O tom da avó estava sério. "Agora vá pegar seus poemas para ler para a sra. Kator."

"Não tenho nenhum, de verdade, vovó", a menininha afirmou, desesperada. "De verdade, não tenho nenhum desses poemas."

"Bom, *eu* tenho", disse a avó. "Pegue para mim na gaveta de cima da escrivaninha."

A menininha titubeou por um instante, observando a boca reta e os olhos franzidos da avó.

"O Howard pega, sra. Lennon", a sra. Kator falou.

"Claro", concordou Howard. Ele deu um salto e correu até a escrivaninha, puxando a gaveta. "Como é que eles são?", ele berrou.

"Estão em um envelope", a avó disse com firmeza. "Em um envelope de papel pardo onde está escrito 'poemas da Harriet'."

"Achei", Howard anunciou. Ele tirou alguns papéis do envelope e os analisou por um instante. "Olha", ele disse. "Os poemas da Harriet — sobre as estrelas." Ele correu até a mãe, dando risadinhas e entregando os papéis. "Olha, mãe, os poemas da Harriet sobre as estrelas!"

"Entregue à sra. Lennon, querido", pediu a mãe de Howard. "Foi muita grosseria sua abrir o envelope primeiro."

A sra. Lennon pegou o envelope e os papéis e os mostrou a Harriet. "Você vai ler ou leio eu?", perguntou em tom gentil. Harriet fez que não. A avó suspirou para a sra. Kator e pegou a primeira folha de papel. A sra. Kator se curvou para a frente, ávida, e Howard se acomodou a seus pés, abraçando os joelhos e enfiando a cara entre as pernas para não rir. A avó pigarreou, sorriu para Harriet e começou a leitura.

"'A estrela vespertina'", anunciou.

Quando as sombras da noite estão caindo,
E a escuridão aos poucos forma o cenário,
E todas as criaturas noturnas estão bramindo,
E o vento faz um barulho solitário,

É que a primeira estrela avança,
E eu procuro seu prateado cintilante,
Quando o crepúsculo azul e verde tudo alcança
E a estrela solitária brilha deslumbrante.

Howard não conseguia mais se conter. "A Harriet escreve poemas sobre as estrelas!"

"Puxa, é lindo, Harriet querida!", a sra. Kator declarou. "Eu achei muito lindo, de verdade. Não entendo por que você fica com tanta vergonha disso."

"Está vendo, Harriet?", disse a sra. Lennon. "A sra. Kator achou sua poesia ótima. Você não se arrepende de ter feito tanto caso por uma coisa tão boba?"

Ele vai contar para todas as crianças do quarteirão, Harriet pensou. "Eu não escrevi isso", ela afirmou.

"Puxa, Harriet!" A avó riu. "Não precisa ser tão modesta, menina. Você escreve poemas ótimos."

"Copiei de um livro", Harriet falou. "Achei em um livro, copiei, dei para a minha avó e falei que eu é que escrevi."

"Eu não acredito que você faria uma coisa dessas, Harriet", a sra. Kator declarou, perplexa.

"Eu fiz, *sim*", Harriet insistiu, teimosa. "Copiei de um livro."

"Harriet, eu não acredito em você", a avó retrucou.

Harriet olhou para Howard, que a fitava com admiração. "Copiei de um livro", repetiu para ele. "Um dia eu achei o livro na biblioteca."

"Não acredito que ela esteja falando que fez uma coisa dessas", a sra. Lennon confessou à sra. Kator. A sra. Kator fez que não com a cabeça.

"Foi um livro chamado" — Harriet pensou por um instante — "chamado *Biblioteca básica do verso*", ela disse. "Foi esse. E eu copiei palavra por palavra. Não inventei nem *umazinha* sequer."

"Harriet, você está falando a verdade?", a avó perguntou. Ela se virou para a sra. Kator. "Acho que eu preciso me desculpar pela Harriet e por ter lido o poema dizendo que era dela. Jamais sonhei que ela fosse me enganar."

"Ah, eles fazem isso", a sra. Kator suspirou em tom depreciativo. "Querem atenção e elogios e às vezes eles fazem praticamente qualquer coisa. Tenho certeza de que a Harriet não teve a intenção de ser... bom, desonesta."

"Eu tive, *sim*", Harriet disse. "Queria que todo mundo achasse que eu tinha escrito. Já disse que fiz de propósito." Ela se aproximou e tirou os papéis da mão da avó, que não impôs resistência. "E você também não pode mais olhar para eles", decretou, e os segurou atrás das costas, longe de todos.

Jardim florido

Depois de morar juntas na velha mansão de Vermont havia quase onze anos, as duas sras. Winning, a sogra e a nora, tinham se tornado bastante parecidas, como acontece com mulheres que compartilham a intimidade do lar, trabalham na mesma cozinha e arrumam as coisas da casa do mesmo jeito. Embora a jovem sra. Winning tivesse sido Talbot, e tivesse um cabelo preto que usava curto, agora era oficialmente Winning, uma parte da família mais antiga da cidade, e seu cabelo começava a ficar branco pela parte em que o cabelo da sogra havia ficado grisalho primeiro, nas têmporas: ambas tinham o rosto fino com feições marcadas e mãos eloquentes, e às vezes, quando estavam lavando a louça, descascando ervilha ou lustrando a prataria juntas, suas mãos, com movimentos ágeis e similares, se comunicavam com mais facilidade e empatia do que suas mentes jamais seriam capazes. A jovem sra. Winning às vezes pensava, ao se sentar à mesa do café da manhã ao lado da sogra, com sua bebê em um cadeirão ali perto, que elas deviam lembrar uma estampa de papel de parede retratando a Nova Inglaterra: mãe, filha e neta, talvez com Plymouth Rock ou Concord Bridge em segundo plano.

Nesta, assim como em outras manhãs de frio, demoravam a tomar o café, relutando em sair da cozinha ampla com fogão a lenha e atmosfera agradável de comida e limpeza, e às vezes continuavam sentadas, em silêncio, quando a bebê já tinha terminado a refeição há tempos e brincava quietinha no canto dedicado a ela, onde incontáveis crianças da família Winning tinham brincado com brinquedos quase idênticos guardados no mesmo caixote de madeira.

"Parece que a primavera não vai chegar nunca", comentou a jovem sra. Winning. "Fico muito cansada do frio."

"Tem que fazer frio de vez em quando", a sogra disse. Começou a se mexer de repente e com pressa, empilhando pratos, indicando que o momento de ficarem ali sentadas estava encerrado e a hora de trabalharem havia chegado. A jovem sra. Winning, se levantando para ajudar no mesmo instante, pensou pela milésima vez que a sogra só abdicaria da posição de autoridade na própria casa quando estivesse velha demais para se mexer antes de qualquer outra pessoa.

"E eu queria que alguém se mudasse para o velho chalé", a jovem sra. Winning acrescentou. Parou no meio do caminho até a despensa com os guardanapos de pano e disse, ávida, "Quem dera *alguém* se mudasse antes da primavera". A jovem sra. Winning almejara, muito tempo atrás, comprar o chalé, pois o marido o transformaria com as próprias mãos em um lar onde pudessem viver com os filhos, mas agora, acostumada que estava com a casa antiga no alto da colina onde a família vivia há gerações, lhe restava apenas um grande apreço pelo chalezinho e o interesse melancólico de ver jovens felizes morando lá. Quando soube que fora vendido, já que todas as casas antigas estavam sendo compradas naquela época em que ninguém parecia conseguir achar um lugar mais novo para morar, ela se permitiu buscar diariamente um sinal de que alguém estivesse chegando; todas as manhãs olhava da varanda dos fundos para ver se saía fumaça da chaminé do chalé, e todos os dias, ao descer a colina a caminho da mercearia, ela hesitava ao passar pelo chalé, atenta à possibilidade de qualquer movimentação lá dentro. O chalé tinha sido vendido em janeiro e agora, quase dois meses depois, embora estivesse mais bonito e menos destruído com a neve cobrindo um pouco do jardim malcuidado e as pontas de gelo em frente às janelas vazias, continuava abandonado e desabitado, esquecido desde o dia, muito tempo antes, em que a sra. Winning perdera toda a esperança de um dia morar nele.

A sra. Winning guardou os guardanapos na despensa e se virou para arrancar a folhinha do calendário da cozinha antes de escolher um pano de prato e se juntar à sogra na pia. "Já é março", disse, desanimada.

"Ontem na mercearia me *contaram*", a sogra disse, "que vão começar a pintar o chalé esta semana."

"Isso *deve* ser um sinal de que alguém está vindo!"

"Não deve levar mais que umas semanas para pintar aquela casinha por dentro", a velha sra. Winning concluiu.

* * *

Era quase abril, entretanto, quando os novos moradores se mudaram. A neve estava quase derretida e escorria pela rua em rios gelados, meio sólidos. O chão estava lamacento e uma desgraça para se andar, o céu cinzento e opaco. Dali a um mês o incrível primeiro verdor surgiria nas árvores e no solo, mas a maior parte de abril ainda seria de chuvas frias e talvez mais neve. O interior do chalé havia sido pintado, e tinham colocado um papel novo nas paredes. Os degraus da entrada haviam sido consertados e foram instaladas vidraças novas nas janelas quebradas. Apesar do céu cinzento e das poças de neve suja, o chalé parecia mais cuidado e mais firme, e os pintores voltariam para fazer a parte externa quando o tempo melhorasse. A sra. Winning, parada no início da calçadinha que levava à porta, tentou imaginar o chalé como estava agora ao lado do retrato do chalé que tinha formado na sua cabeça anos antes, quando torcia para morar nele. Queria rosas na entrada; poderiam fazer isso, e o gracioso jardim colorido que planejara. Teria pintado a fachada de branco, e isso também ainda poderia ser feito. Desde que o chalé fora vendido ela não tinha entrado nele, mas se lembrava dos cômodos pequenos, com janelas para o jardim que ficariam radiantes com cortinas alegres e jardineiras, a cozinha apertada que teria pintado de amarelo, os dois quartos no segundo andar com teto inclinado sob o beiral. A sra. Winning ficou bastante tempo olhando o chalé, parada no caminho molhado, e depois seguiu lentamente até a mercearia.

As primeiras notícias que teve dos novos moradores chegaram, no final das contas, pelo dono da mercearia, alguns dias depois. Enquanto amarrava o barbante em torno do quilo e meio de hambúrguer que a numerosa família Winning consumiria em uma só refeição, ele perguntou com entusiasmo, "Já viu seus vizinhos novos?".

"Eles se mudaram?", a sra. Winning perguntou. "O pessoal do chalé?"

"A senhora veio aqui hoje de manhã", disse o merceeiro. "A senhora e um menininho, parecem ser gente bacana. Dizem que o marido dela morreu. Uma senhora bonita."

A sra. Winning tinha nascido na cidade e o pai do merceeiro lhe dava balas e alcaçuz na mercearia quando o atual dono ainda estava no colegial. Durante um tempo, quando ela tinha doze anos e o filho do dono tinha vinte, a sra. Winning acalentou a esperança secreta de que ele quisesse se casar com ela. Agora estava corpulento e na meia-idade, e embora ele ainda a chamasse de Helen e ela ainda o chamasse de Tom, agora ela fazia parte da família Winning e precisava ser firme com ele, por mais que relutasse, quando a carne estava dura ou o preço da manteiga alto demais. Ela sabia que quando se referia à nova vizinha como "senhora", ele queria dizer algo diferente do que se tivesse falado dela como uma "mulher" ou uma "pessoa". A sra. Winning sabia que aos outros clientes ele se referia às duas sras. Winning como "senhoras". Ela titubeou, depois perguntou, "Eles se mudaram para ficar?".

"Ela vai ter que ficar um tempo", o merceeiro respondeu secamente. "Fez uma compra que dá para a semana toda."

Subindo a colina com sua sacola, a sra. Winning ficou o trajeto inteiro atenta a qualquer sinal de gente nova no chalé. Quando chegou à calçadinha, desacelerou o passo e tentou não parecer tão óbvio que estava olhando. Não saía fumaça da chaminé e não havia indícios de móveis perto da casa, como poderia haver se ainda estivessem fazendo a mudança, mas havia um carro um pouco antigo parado na rua, em frente ao chalé, e a sra. Winning acreditava ter visto pessoas passando pelas janelas. Devido a um ímpeto repentino e irresistível, ela se virou e atravessou a calçadinha em direção ao alpendre, e então, depois de se debater por um instante, subiu os degraus até a porta. Bateu, segurando a sacola de compras no braço, e em seguida a porta se abriu e ela olhou para o menininho, que tinha mais ou menos a mesma idade, pensou com alegria, de seu próprio filho.

"Olá", disse a sra. Winning.

"Olá", disse o menino. Ele a fitava com uma expressão séria.

"Sua mãe está em casa?", a sra. Winning perguntou. "Vim ver se poderia ajudá-la com a mudança."

"Já acabamos a mudança", o menino respondeu. Estava prestes a fechar a porta quando uma voz feminina disse de algum lugar da casa, "Davey? Você está conversando com alguém?".

"É a mamãe", explicou o menino. A mulher apareceu atrás dele e abriu um pouco mais a porta. "Pois não?", ela disse.

A sra. Winning disse, "Meu nome é Helen Winning. Moro a umas três casas daqui, subindo a rua, e pensei que talvez pudesse ajudar".

"Obrigada", a mulher respondeu, desconfiada. É mais nova do que eu, a sra. Winning pensou, ela tem uns trinta anos. E é linda. Por um instante a sra. Winning entendeu por que o merceeiro a havia chamado de senhora.

"É muito bom que alguém esteja morando nesta casa", a sra. Winning acrescentou, acanhada. Atrás da cabeça da mulher, ela via um vestíbulo pequeno seguido por uma sala de estar mais ampla e a porta à esquerda que dava para a cozinha, a escada à direita, com o belo corrimão recém-pintado; tinham pintado o vestíbulo de verde--claro, e a sra. Winning deu um sorriso amistoso para a mulher à porta, pensando, Ela *fez* tudo certo; é assim que tem que ser, afinal, ela sabe como são as casas bonitas.

Passado um instante, a mulher retribuiu o sorriso e convidou, "Quer entrar?".

Quando recuou para deixá-la entrar, a sra. Winning ficou pensando, com a consciência de repente pesada, se não teria sido descarada demais, quase intrometida... "Espero não ser um incômodo", ela disse de repente, virando-se para a outra. "É que faz muito tempo que tenho vontade de morar nesta casa." Por que disse isso?, ela se perguntou; já fazia muito tempo que a jovem sra. Winning não falava a primeira coisa que lhe passava pela cabeça.

"Venha ver o *meu* quarto", o menino chamou, e a sra. Winning sorriu para ele.

"Eu tenho um menino da sua idade", ela disse. "Como você se chama?"

"Davey", respondeu o menino, se aproximando da mãe. "Davey William MacLane."

"O meu filho", a sra. Winning falou, "se chama Howard Talbot Winning."

O menino ergueu os olhos para a mãe, sem saber como agir, e a sra. Winning, que estava pouco à vontade e sem jeito naquela casinha que tanto desejava, perguntou, "Quantos anos você tem? O meu filho tem cinco".

"Tenho cinco", o menino respondeu, como se pela primeira vez se desse conta disso. Ele tornou a olhar para a mãe e ela perguntou, educada, "Quer entrar para ver o que fizemos na casa?".

A sra. Winning deixou a sacola de compras na mesa de pernas palito do vestíbulo verde e seguiu a sra. MacLane até a sala de estar em forma de L e com as janelas que a sra. Winning teria paramentado com cortinas alegres e jardineiras. Quando entrou no quarto, a sra. Winning entendeu, com um alívio rápido e maravilhoso, que tudo ficaria bem, no final das contas. Tudo, das grades da lareira aos livros em cima da mesa, estava exatamente como a sra. Winning poderia ter arrumado se fosse onze anos mais nova; talvez a jovem sra. Winning fosse um pouco mais informal, teria preferido menos sofisticação, mas ainda assim tudo estava esplendidamente, inegavelmente correto. Havia um retrato de Davey no console da lareira, ao lado de um retrato que a sra. Winning supunha ser do pai de Davey; havia uma gloriosa tigela azul na mesinha de centro, e no canto do L ficava uma fileira de pratos cor de laranja em uma prateleira, e a mesa e as cadeiras de bordo envernizado.

"Está linda", disse a sra. Winning. Poderia ser minha, ela pensava, e parou no vão da porta e repetiu, "Está uma lindeza".

A sra. MacLane foi até a poltrona baixa em frente à lareira e pegou o tecido azul e macio que estava no braço. "Estou fazendo as cortinas", ela falou, e tocou na tigela azul com a ponta do dedo. "De uma forma ou de outra, sempre faço do vaso azul o centro da sala", ela explicou. "Vou fazer cortinas desse mesmo tom de azul, e meu tapete — quando chegar! — vai ter o mesmo azul na estampa."

"Combina com os olhos do Davey", a sra. Winning comentou, e quando a sra. MacLane sorriu de novo ela percebeu que também combinavam com os olhos da sra. MacLane. Desconcertada diante de tantas coisas que lhe pareciam mágicas, a sra. Winning perguntou, "Você *pintou* a cozinha de amarelo?".

"Pintei", a sra. Winning respondeu, surpresa. "Venha ver." Ela a conduziu pelo L, passando pelos pratos laranja rumo à cozinha, que refletia o sol do fim da manhã e reluzia com a tinta clara e o alumínio brilhante; a sra. Winning reparou na cafeteira elétrica, na fôrma de waffle, na torradeira, e pensou, *Ela* não devia muito se dar ao trabalho de cozinhar, já que eram só os dois.

"Quando eu tiver um jardim", a sra. MacLane anunciou, "vamos poder vê-lo de quase todas as janelas." Ela apontou para as janelas largas da cozinha e acrescentou, "Adoro jardins. Imagino que eu vá passar a maior parte do meu tempo trabalhando nele, quando o clima estiver bom".

"É uma boa casa para se fazer um jardim", a sra. Winning concordou. "Ouvi falar que tinha um dos jardins mais bonitos do quarteirão."

"Era o que eu imaginava", a sra. MacLane disse. "Vou plantar flores nos quatro lados da casa. Com um chalé assim isso é possível, sabe?"

Ah, eu sei, eu sei, a sra. Winning pensou, melancólica, lembrando-se do belo jardim aconchegante que poderia ter tido, em vez da fileira de capuchinhas na lateral da casa dos Winning, de que cuidava com tanto zelo; flor nenhuma cresceria bem ali por causa dos bordos pesados que faziam sombra no quintal inteiro e que já eram altos quando a casa fora construída.

A sra. MacLane também tinha pintado o banheiro do segundo andar de amarelo, e os dois quartos pequenos com beirais inclinados foram pintados de verde e rosa. "Todas são cores de jardim", ela explicou com alegria à sra. Winning, que, pensando nos quartos desconjuntados, austeros, do casarão dos Winning, suspirou e confessou que seria maravilhoso ter bancos junto às janelas sob o beiral. O quarto de Davey era o verde, e sua caminha ficava perto da janela. "De manhã", ele contou à sra. Winning, num tom solene, "olhei pela janela e vi quatro pontas de gelo do lado da minha cama."

A sra. Winning ficou mais tempo no chalé do que deveria; tinha certeza, apesar de a sra. MacLane ter sido simpática e cordial, de que estava abusando da cortesia e da curiosidade. Ainda assim, foi só a culpa repentina sobre o quilo e meio de hambúrguer e a refeição dos homens da família Winning que a levaram embora. Quando se despediu, acenando para a sra. MacLane e Davey no vão da porta, havia convidado Davey para brincar com Howard, a sra. MacLane para tomar um chá e os dois para irem almoçar em sua casa um dia, tudo isso sem a permissão da sogra.

Relutante, ela chegou ao casarão e passou pela porta principal trancada a caminho da porta dos fundos, que a família toda usava no inverno. A sogra levantou a cabeça quando ela entrou na cozinha e disse, irritada, "Liguei para a mercearia e o Tom falou que faz uma hora que você saiu de lá".

"Parei no chalé", a sra. Winning explicou. Pôs a sacola de compras na mesa e começou a tirar as coisas às pressas, colocando os donuts em uma travessa e o hambúrguer na panela sem perder tempo. Ainda de casaco e de xale na cabeça, ela se mexia o mais rápido possível enquanto a sogra, que fatiava pão na mesa da cozinha, a observava em silêncio.

"Tira o casaco", a sogra disse, por fim. "Seu marido já está chegando."

Ao meio-dia a casa estava barulhenta e o chão da cozinha cheio de rastros de lama. O Howard mais velho, sogro da sra. Winning, veio da fazenda e silenciosamente foi pendurar o chapéu e o casaco no vestíbulo escuro antes de falar com a esposa e a nora; o Howard mais novo, marido da sra. Winning, veio do celeiro depois de estacionar a caminhonete e cumprimentou a esposa e beijou a mãe; e o Howard mais novo de todos, o filho da sra. Winning, irrompeu cozinha adentro, vindo do jardim de infância, bradando "Cadê o almoço?".

A bebê, prevendo comida, batia no cadeirão com o copo de prata que a mãe do Howard Winning mais velho tinha sido a primeira a usar. A sra. Winning e a sogra puseram as travessas na mesa depressa, cientes, depois de muitos anos, do intervalo exato entre a última chegada e o momento de servir a comida, e depois de transcorrido o mínimo de tempo as três gerações da família Winning comiam em silêncio e com eficiência, muito ansiosas para retomar o trabalho: a fazenda, o engenho, o trem elétrico; a louça, a costura, a soneca. A sra. Winning, dando de comer à bebê, tentando antever os gestos da sogra ao servir, pensou, hoje com mais veemência do que nunca, que precisava ao menos lhes dar outro Howard, com os olhos e a boca dos Winning, em troca de sua alimentação e hospedagem.

Após o almoço, quando os homens já tinham voltado ao trabalho e as crianças estavam na cama, a bebê tirando uma soneca e Howard descansando com lápis de cera e um livro de colorir, a sra. Winning se sentou perto da sogra para costurar e tentou descrever o chalé.

"Está uma perfeição", disse, sem conseguir se conter. "Uma lindeza só. Ela nos convidou para ir lá um dia desses e ver a casa terminada, com as cortinas e tudo."

"Eu estava conversando com a sra. Blake", contou a sra. Winning mais velha, como se concordasse. "Ela falou que o marido morreu em um acidente de automóvel. *Ela* tinha um dinheiro no nome dela e imagino que tenha resolvido se instalar no interior por causa da saúde do menino. A sra. Blake disse que ele é um tanto pálido."

"Ela adora jardins", a sra. Winning continuou, a agulha parada na mão por um instante. "Quer fazer um jardinzão em volta da casa."

"Vai precisar de ajuda", a mais velha constatou, muito séria, "vai ser um baita jardim, esse dela."

"Ela tem uma tigela azul que é a coisa *mais* linda, mãe Winning. Você adoraria, é quase um objeto de prata."

"É provável", a sra. Winning idosa disse passado um instante, "é provável que a família dela fosse daqui muito tempo atrás, e *por isso* ela tenha se instalado nesta região."

No dia seguinte a sra. Winning passou devagar pelo chalé, e devagar no outro dia, e no outro, e no outro. No segundo dia ela viu a sra. MacLane na janela, e acenou, e no terceiro dia encontrou Davey na calçada. "Quando é que você vai fazer uma visita ao meu filho?", perguntou, e ele a fitou com ar cerimonioso e disse, "Amanhã".

A sra. Burton, vizinha de porta da família MacLane, foi até a casa deles no terceiro dia em que estavam lá com uma torta fresca de maçã, e em seguida contou a todos os vizinhos sobre a cozinha amarela e os reluzentes aparelhos elétricos. Outra vizinha, cujo marido tinha ajudado a sra. MacLane a ligar a fornalha, explicou que a sra. MacLane tinha acabado de ficar viúva. As moradoras da cidade faziam visitas quase diárias aos MacLane, e volta e meia, quando a jovem sra. Winning passava por ali, ela via rostos conhecidos nas janelas, medindo as cortinas azuis com a sra. MacLane, ou ela acenava para as conhecidas que ficavam batendo papo com a sra. MacLane nos degraus agora firmes. Quando os MacLane já estavam no chalé havia cerca de uma semana, a sra. Winning os encontrou na mercearia e subiram a colina juntas, e falaram sobre matricular Davey no jardim de infância. A sra. MacLane queria segurá-lo em casa até quando fosse possível, e a sra. Winning perguntou, "Você não se sente muito limitada com ele por perto o tempo inteiro?".

"Eu gosto", a sra. MacLane respondeu em tom alegre, "um faz companhia ao outro", e a sra. Winning se sentiu desajeitada e indelicada, lembrando-se da viuvez da sra. MacLane.

À medida que o clima esquentava e os primeiros sinais de verde surgiam nas árvores e na terra úmida, a sra. Winning e a sra. MacLane iam se tornando mais amigas. Encontravam-se quase todos os dias na mercearia e subiam a colina juntas, e duas vezes Davey fora brincar com o trenzinho elétrico de Howard, e uma ocasião a sra. MacLane foi buscá-lo e ficou para tomar um café na cozinha ampla enquanto os meninos corriam em torno da mesa e a sogra da sra. Winning visitava uma vizinha.

"É uma casa tão antiga", a sra. MacLane comentou, olhando para o teto escuro. "Adoro casas antigas: parecem tão seguras e aconchegantes, como se um monte de gente tivesse ficado completamente satisfeito com elas e elas *soubessem* como são úteis. Não é uma sensação que se tenha em uma casa nova."

"Esta casa é sombria", a sra. Winning disse. A sra. MacLane, de suéter cor-de-rosa e o cabelo claro e macio, era um toque de cor na cozinha que a sra. Winning sabia que jamais poderia reproduzir. "Eu daria qualquer coisa para morar na sua casa", declarou a sra. Winning.

"*Eu* amo", disse a sra. MacLane. "Acho que nunca fui tão feliz na minha vida. Todo mundo aqui é tão simpático, e a casa é tão bonita, e plantei um monte de bulbos ontem." Ela riu. "Eu ficava naquele apartamento de Nova York sonhando com o dia em que voltaria a plantar bulbos."

A sra. Winning olhou para os meninos, pensando que Howard era meia cabeça mais alto, e mais forte, e que Davey era miúdo e fraco e venerava a mãe. "Já tem sido bom para o Davey", ela disse. "Ele está com as bochechas coradas."

"O Davey está adorando", a sra. MacLane concordou. Ao ouvir seu nome, Davey se aproximou e pousou a cabeça em seu colo e ela acariciou seu cabelo, claro como o dela. "É melhor a gente ir para casa, Davey querido", ela anunciou.

"Talvez as suas flores tenham crescido um pouco desde ontem", disse Davey.

Pouco a pouco, os dias foram se tornando maravilhosamente longos e quentes, e o jardim da sra. MacLane começou a exibir cores e se tornar uma coisa organizada, ainda um tanto imatura e incerta, mas uma promessa de brilho opulento para o fim do verão, e o verão seguinte, e os verões dali a dez anos.

"Está até melhor do que eu esperava", a sra. MacLane disse à sra. Winning, que estava diante do portão do jardim. "As coisas crescem bem melhor aqui do que nos outros lugares."

Davey e Howard brincavam todos os dias quando a escola entrou em recesso de verão e Howard tinha o tempo inteiro livre. Às vezes Howard ficava para almoçar na casa de Davey e eles plantavam uma horta no quintal da casa dos MacLane. De manhã, a sra. Winning parava para esperar a sra. MacLane a caminho da mercearia e Davey e Howard saltitavam pela rua na frente delas. Buscavam juntas as correspondências e as liam subindo a colina, e a sra. Winning voltava mais alegre para o casarão dos Winning depois de fazer boa parte do trajeto com a sra. MacLane.

Uma tarde, a sra. Winning pôs a bebê no carrinho de Howard e com os dois meninos elas foram dar uma longa caminhada no campo. A sra. MacLane pegou cenouras selvagens e pôs no carrinho junto com a bebê, e os meninos acharam uma cobra e tentaram levá-la para casa. Durante a subida da colina, a sra. MacLane ajudou a puxar o carrinho com a bebê e as cenouras, e pararam no meio do caminho para descansar e a sra. MacLane disse, "Olha, eu acho que dá para ver o meu jardim daqui".

Era um ponto colorido quase no cume da colina e ficaram olhando para ele enquanto a bebê atirava as cenouras para fora do carrinho. A sra. MacLane disse, "Eu sempre gosto de parar aqui pra ver", e então, "Quem é aquela criança *linda*?".

A sra. Winning olhou e riu. "Ele *é* bonito, não é?", declarou. "É o Billy Jones." Ela mesma o olhou com atenção, tentando enxergá-lo como a sra. MacLane devia estar enxergando. Era um menino de uns doze anos, sentado, quieto, em um muro do outro lado da rua, o queixo nas mãos, observando Davey e Howard em silêncio.

"Parece uma jovem estátua", a sra. MacLane comentou. "Uma pele tão marrom, e olha só aquele rosto." Ela voltou a andar para vê-lo com mais nitidez, e a sra. Winning a seguiu. "Eu por acaso conheço a mãe e o pai...?"

"Os filhos dos Jones são metade negros", a sra. Winning explicou. "Mas são crianças lindas; você devia ver a menina. Moram na saída da cidade."

A voz de Howard as alcançou com clareza através do ar de verão. "Crioulo", ele dizia, "crioulo, menino crioulo."

"Crioulo", Davey repetiu, dando risadinhas.

A sra. MacLane perdeu o fôlego e disse, "*Davey*", em um tom que levou Davey a virar a cabeça com apreensão; a sra. Winning nunca tinha visto a amiga usar aquela voz, e ela também ficou olhando a sra. MacLane.

"Davey", a sra. MacLane repetiu, e Davey se aproximou lentamente. "O que foi que você falou?"

"Howard", a sra. Winning disse, "deixe o Billy em paz."

"Vá pedir desculpas", a sra. MacLane ordenou. "Anda logo, pede desculpas para o garoto."

Davey piscou os olhos marejados para a mãe e então foi até o meio-fio e gritou para o outro lado da rua, "Me desculpa".

Howard e a sra. Winning aguardaram, inquietos, e Billy Jones, do outro lado da rua, levantou a cabeça e olhou para Davey e em seguida, por bastante tempo, para a sra. MacLane. Depois tornou a apoiar o queixo nas mãos.

De repente, a sra. MacLane bradou, "Rapazinho — você faria o favor de chegar aqui um minuto?".

A sra. Winning se surpreendeu e fitou a sra. MacLane, mas como o garoto do outro lado não se mexeu, a sra. Winning chamou com rispidez, "Billy! Billy Jones! Venha aqui agora!".

O garoto levantou a cabeça e olhou para eles, e então desceu do muro devagar e andou pela rua. Quando ia atravessar e estava a cerca de um metro e meio deles, ele parou, à espera.

"Olá", a sra. MacLane cumprimentou com delicadeza, "como você se chama?"

O garoto olhou para ela por um tempo e depois para a sra. Winning, e a sra. Winning disse, "Ele é o Billy Jones. Responda quando alguém falar com você, Billy".

"Billy", a sra. MacLane continuou, "me desculpe pelo xingamento do meu filho, mas ele é muito pequeno e nem sempre sabe o que diz. Mas ele também pede desculpas."

"Ok", disse Billy, ainda olhando para a sra. Winning. Usava calça jeans azul velha e camiseta branca rasgada e estava descalço. A pele e o cabelo eram da mesma cor, o tom dourado de um bronzeado intenso, e o cabelo era um pouco cacheado; parecia uma estátua de jardim.

"Billy", a sra. MacLane disse, "você não gostaria de vir trabalhar para mim? Ganhar um dinheirinho?"

"Claro", Billy respondeu.

"Você gosta de jardinagem?", a sra. MacLane perguntou. Billy assentiu, sério. "Porque", a sra. MacLane continuou, entusiasmada, "eu ando precisando de uma ajudinha com o jardim, e seria a tarefa certa pra você." Ela aguardou um instante e então disse, "Você sabe onde eu moro?".

"Claro", disse Billy. Ele tirou os olhos da sra. Winning e por um tempo olhou para a sra. MacLane, os olhos castanhos inexpressivos. Então olhou de novo para a sra. Winning, que olhava para Howard subindo a rua.

"Ótimo", a sra. MacLane falou. "Você vem amanhã?"

"Claro", respondeu Billy. Ele esperou um pouco, olhando da sra. MacLane para a sra. Winning, e então atravessou a rua correndo e subiu no muro onde estivera sentado. A sra. MacLane o observava com admiração. Em seguida, sorriu para a sra. Winning e deu um puxão no carrinho para retomar a subida. Estavam quase no chalé quando a sra. MacLane enfim se pronunciou. "Eu acho intolerável", ela disse, "ouvir as crianças atacando as pessoas por coisas que elas não têm como mudar."

"Eles são estranhos, os Jones", a sra. Winning falou prontamente. "O pai trabalha por aí como faz-tudo; talvez você já o tenha visto. Olha só…", ela abaixou a voz, "a mãe era branca, uma garota daqui. Uma moça da região", repetiu, para deixar a informação mais clara para uma pessoa de fora. "Ela largou a ninhada toda para trás quando o Billy tinha dois anos para fugir com um homem branco."

"Coitadas das crianças", a sra. MacLane lamentou.

"*Elas* estão bem", a sra. Winning explicou. "A igreja cuida delas, é claro, e as pessoas vivem dando coisas. A menina já tem idade para trabalhar. Ela tem dezesseis anos, mas…"

"Mas o quê?", a sra. MacLane insistiu quando a sra. Winning titubeou.

"Bom, as pessoas falam muito dela, sabe?", a sra. Winning respondeu. "Afinal, pensa só na mãe dela. E tem outro garoto, uns dois anos mais velho que o Billy."

Pararam em frente ao chalé e a sra. MacLane tocou no cabelo de Davey. "Pobre criança infeliz", suspirou.

"As crianças xingam *mesmo*", a sra. Winning disse. "Não há muito o que fazer."

"Bom…", a sra. MacLane falou. "Coitado dele."

No dia seguinte, depois que a louça do almoço foi lavada, enquanto a sra. Winning e a sogra a guardavam, a sra. Winning mais velha disse, em tom casual, "A sra. Blake me contou que a sua amiga, a sra. MacLane, estava perguntando aos vizinhos como entrar em contato com o menino da família Jones".

"Ela quer alguém para ajudar com o jardim, acho", a sra. Winning explicou sem dar muita importância. "Precisa de ajuda com aquele jardinzão."

"Não *esse* tipo de ajuda", a sra. Winning mais velha retrucou. "Você falou da família dele?"

"Ela pareceu sentir pena deles", a sra. Winning respondeu, das profundezas da despensa. Demorou bastante tempo para organizar os pratos em pilhas regulares a fim de organizar as próprias ideias. Ela *não* devia ter feito isso, ela pensava, mas sua cabeça se recusava a lhe explicar o porquê. Ela devia ter perguntado primeiro para mim, concluiu por fim.

No dia seguinte, a sra. Winning parou no chalé com a sra. MacLane depois de subirem a colina na volta da mercearia. Sentaram-se na cozinha amarela e tomaram café enquanto os meninos brincavam no quintal. Quando estavam discutindo a possibilidade de pôr uma rede entre as macieiras, ouviram uma batida na porta dos fundos, e quando a sra. MacLane a abriu, deparou com um homem, por isso disse, "Pois não?", educadamente, e aguardou.

"Bom dia", o homem cumprimentou. Tirou o chapéu e assentiu para a sra. MacLane. "O Billy me contou que a senhora está procurando alguém pra cuidar do jardim", ele disse.

"Por que…", a sra. MacLane começou, olhando de soslaio, com inquietação, para a sra. Winning.

"Sou o pai do Billy", explicou o homem. Ele indicou o quintal com a cabeça e a sra. MacLane viu Billy Jones sentado debaixo de uma das macieiras, os braços cruzados diante do peito, os olhos no gramado sob os pés.

"Como vai?", a sra. MacLane disse, sem jeito.

"O Billy me contou que a senhora falou para ele vir trabalhar no seu jardim", o homem continuou. "Pois bem, eu acho que talvez um trabalho temporário seja demais para um menino da idade dele, ele tem que aproveitar o clima bom para brincar. E esse é o tipo de trabalho que eu faço, em todo caso, então pensei em vir aqui e ver se a senhora já achou alguém."

Era um homem parrudo, bastante parecido com Billy, mas se o cabelo de Billy era só um pouco cacheado, o do pai era crespo, com uma linha em torno da cabeça no lugar onde sempre ficava o chapéu, e se a pele de Billy era de um castanho dourado, a do pai era mais escura, quase bronze. Quando se movimentava, era com elegância, assim como Billy, e seus olhos tinham aquele mesmo castanho insondável. "Eu gostaria de cuidar desse jardim", o sr. Jones declarou, olhando ao redor. "Pode ficar bem bonito."

"Foi muita gentileza sua vir aqui", a sra. MacLane agradeceu. "Eu preciso de ajuda, sem sombra de dúvida."

A sra. Winning permaneceu sentada, calada, sem querer falar na frente do sr. Jones. Ela pensava, Queria que ela pedisse minha opinião antes, que coisa inacreditável... e o sr. Jones ficou em silêncio, ouvindo educadamente, com os olhos castanhos na sra. MacLane enquanto ela falava. "Acho que boa parte do trabalho seria demais para um garoto feito o Billy", ela concordou. "Tem um monte de coisas que nem eu mesma consigo fazer, e eu estava mesmo querendo alguém para me dar uma ajuda."

"Então está ótimo", o sr. Jones disse. "Acho que eu aguento a maior parte", ele completou e sorriu.

"Bom", a sra. MacLane falou, "acho que então está combinado. Quando você quer começar?"

"Que tal agora?", ele sugeriu.

"Maravilha", a sra. MacLane disse, entusiasmada, e então pediu "Me dê licença um minutinho" à sra. Winning, virando-se para trás. Ela pegou as luvas de jardinagem e o chapéu de palha de abas largas da prateleira ao lado da porta. "O dia não está lindo?", ela perguntou ao sr. Jones quando saiu para o jardim, enquanto ele dava um passo para trás para deixá-la passar.

"Você agora pode ir para casa, Bill", o sr. Jones disse quando chegaram à lateral da casa.

"Ah, mas por que não deixar ele ficar?", a sra. MacLane perguntou. A sra. Winning ouvia sua voz à medida que sumiam de vista. "Ele pode brincar no jardim, e é provável que ele goste..."

Por um instante, a sra. Winning ficou olhando para o jardim, para o canto aonde o sr. Jones seguira a sra. MacLane, e então o rosto de Howard apareceu na porta e ele perguntou, "Oi, já está na hora de comer?".

"Howard", a sra. Winning chamou baixinho, e ele entrou e se aproximou dela. "Está na hora de você ir correndo pra casa", a sra. Winning disse. "Eu já vou em um instantinho."

Howard começou a protestar, mas ela acrescentou, "Eu quero que você vá agora. Leve a sacola de compras se você achar que consegue carregar".

Howard ficou impressionado com a noção que a mãe tinha de sua força e pegou a sacola; os ombros, já desproporcionais de tão largos, assim como os do pai e do avô, estremeceram sob o peso, e então ele se equilibrou sobre as pernas. "Não sou forte?", ele perguntou, exultante.

"*Muito* forte", a sra. Winning concordou. "Diga à vovó que eu já estou chegando. Vou só me despedir da sra. MacLane."

Howard desapareceu dentro da casa; a sra. Winning o escutava se arrastando sob o peso das compras, saindo pela porta da frente e descendo os degraus. A sra. Winning se levantou e estava junto à entrada dos fundos quando a sra. MacLane voltou.

"Você já vai?", a sra. MacLane exclamou quando viu a sra. Winning de casaco. "Sem terminar o seu café?"

"É melhor eu ir atrás do Howard", a sra. Winning disse. "Ele saiu correndo na minha frente."

"Desculpe ter largado você desse jeito", a sra. MacLane se desculpou. Estava no vão da porta, ao lado da sra. Winning, olhando para o jardim. "Que *maravilha* é isso tudo", ela disse, e deu uma risada feliz.

Elas percorreram a casa juntas: as cortinas azuis já estavam instaladas e o tapete com um toque de azul na estampa já estava no chão.

"Tchau", a sra. Winning se despediu na entrada da casa.

A sra. MacLane sorria, e seguindo seu olhar a sra. Winning se virou e viu o sr. Jones sem camisa e com as costas fortes brilhando ao sol, curvado com uma foice sobre o longo gramado na lateral da casa. Billy estava deitado ali perto, à sombra dos arbustos; brincava com um gatinho cinzento. "Vou ter o jardim mais bonito da cidade", a sra. MacLane afirmou, orgulhosa.

"Você não vai pedir que ele volte outro dia para trabalhar aqui, não é?", a sra. Winning perguntou. "Imagino que você só queira que ele venha hoje."

"Mas é claro…", a sra. MacLane começou, com um sorriso tolerante, e a sra. Winning, depois de encará-la durante um minuto de incredulidade, se virou e partiu, indignada e constrangida, colina acima.

Howard tinha chegado são e salvo com as compras e a sogra já estava arrumando a mesa.

"O Howard falou que você mandou ele voltar dos MacLane para cá", a sogra disse, e a sra. Winning respondeu, sucinta, "Achei que estava ficando tarde".

* * *

Na manhã seguinte, quando a sra. Winning passou pelo chalé a caminho da mercearia, viu o sr. Jones balançando a foice habilmente na lateral da casa, e Billy Jones e Davey o observando sentados nos degraus da entrada. "Bom dia, Davey", a sra. Winning o chamou, "a sua mãe está pronta para descer até o centro?"

"Cadê o Howard?", Davey perguntou, sem se mexer.

"Hoje ele ficou em casa com a avó", a sra. Winning explicou em tom alegre. "A sua mãe está pronta?"

"Ela está fazendo limonada pro Billy e pra mim", Davey contou. "Vamos tomar no jardim."

"Então fale para ela", a sra. Winning disse, abrupta, "fale para ela que eu disse que estava com pressa e tive que ir na frente. Nos vemos mais tarde." Ela apertou o passo colina abaixo.

Na mercearia, encontrou a sra. Harris, uma senhora cuja mãe havia trabalhado para a sra. Winning mais velha quase quarenta anos antes. "Helen", a sra. Harris comentou, "a cada ano que passa você fica mais grisalha. Você tem que parar de ficar correndo pra lá e pra cá."

A sra. Winning, que não ia à mercearia sem a sra. MacLane havia semanas, deu um sorriso acanhado e disse que imaginava precisar de férias.

"Férias!", a sra. Harris retrucou. "Deixe que aquele seu marido cuide das tarefas domésticas para variar. Ele não tem mais o que fazer."

Ela gargalhou e balançou a cabeça. "Não tem mais o que fazer!", ela riu. "A família Winning!"

Antes que a sra. Winning pudesse se afastar, a sra. Harris acrescentou, sua risada atravessada por uma súbita curiosidade ferina: "Cadê aquela sua amiga toda bem-vestida? Vocês costumam vir ao centro juntas, não é?".

A sra. Winning deu um sorriso cortês e a sra. Harris disse, rindo outra vez, "Achei inacreditáveis aqueles sapatos dela, da primeira vez que vi. Que sapatos!".

Enquanto ria de novo a sra. Winning escapou para o balcão de carnes e começou a discutir seriamente as potencialidades da paleta de porco com o vendedor. A sra. Harris só diz o que todo mundo diz, ela pensou, será que as pessoas estão falando assim da sra. MacLane? Estão rindo dela? Quando pensava na sra. MacLane, ela pensava na casa sossegada, nas cores claras, na mãe com o filho no jardim; os calçados da sra. MacLane eram plataformas verdes e amarelas, sem dúvida estranhos em comparação com o oxford todo branco da sra. Winning, mas tão perfeitos para a casa da sra. MacLane, e o jardim dela… A sra. Harris chegou por trás e disse, rindo outra vez, "O que houve, aquele tal do Jones está trabalhando pra ela agora?".

Quando a sra. Winning chegou em casa, depois de passar correndo pelo chalé, onde não viu ninguém, a sogra a esperava na frente de casa, vendo-a subir os últimos metros do trajeto. "Hoje você chegou cedo", a sogra comentou. "A MacLane está viajando?"

Aborrecida, a sra. Winning disse apenas, "A sra. Harris quase me expulsou da mercearia com as piadas dela".

"Não tem nada de ruim com a Lucy Harris que não se resolva quando ela largar aquele homem", a sra. Winning mais velha falou. Juntas, começaram a dar a volta na casa rumo à porta dos fundos. Enquanto andavam, a sra. Winning reparava que a grama debaixo das árvores tinha um belo tom de verde, e as capuchinhas na lateral da casa estavam radiantes.

"Tenho uma coisa a lhe dizer, Helen", a sra. Winning mais velha enfim anunciou.

"Sim?", a nora disse.

"É a MacLane, isto é, a moça. Você a conhece tão bem, precisa falar com ela sobre aquele homem de cor que está trabalhando lá."

"Creio que sim", a sra. Winning concordou.

"Você *tem certeza* de que contou para ela? Contou para ela quem é essa gente?"

"Eu contei", a sra. Winning afirmou.

"Ele está lá todo santo dia", a sogra disse. "E trabalhando sem camisa do lado de fora. Ele entra na casa."

Naquele fim de tarde, o sr. Burton, vizinho de porta da sra. Mac-Lane, apareceu para falar com os Howard Winning sobre trocar as telhas do engenho; ele se virou de repente para a sra. Winning, que estava costurando ao lado da sogra em uma mesa da sala, e levantou um pouco a voz ao dizer, "Helen, eu gostaria que você pedisse à sua amiga, a sra. MacLane, que ela proibisse o menino de chegar perto das minhas hortaliças".

"O Davey?", a sra. Winning perguntou sem se dar conta.

"Não", o sr. Burton respondeu, enquanto a família Winning inteira olhava para a sra. Winning mais nova, "não, o outro, o menino de cor. Ele fica correndo solto pelo nosso quintal. Me deixa irritado ver aquele menino entrar estragando a propriedade dos outros. Sabe", ele acrescentou, se virando para os Howard Winning, "sabe, isso deixa a pessoa irritada." Houve um silêncio, e então o sr. Burton acrescentou, levantando-se com dificuldade, "Acho que é hora de dar boa-noite".

Todos o acompanharam até a porta e voltaram ao trabalho em silêncio. Preciso fazer alguma coisa, a sra. Winning pensava, daqui a pouco vão parar de recorrer primeiro a mim, vão pedir a alguém que venha falar *comigo*. Levantou a cabeça, viu a sogra olhando-a e ambas abaixaram a cabeça depressa.

Por isso a sra. Winning foi à mercearia mais cedo no dia seguinte, e ela e Howard atravessaram a rua pouco antes de passarem pelo chalé dos MacLane e desceram a colina pela outra calçada.

"A gente não vai ver o Davey?", Howard perguntou, e a sra. Winning respondeu, sem pensar muito, "Hoje não, Howard. Talvez de tarde o seu pai leve você ao engenho".

Ela evitou olhar para a casa da família MacLane e apertou o passo para acompanhar o ritmo de Howard.

Depois disso, a sra. Winning às vezes se encontrava com a sra. MacLane na mercearia ou na agência dos correios, e tinham conversas agradáveis. Quando a sra. Winning passava pelo chalé depois da primeira semana, mais ou menos, já não ficava com vergonha de passar direto, e chegou a olhar sem comedimento uma ou duas vezes. O jardim estava ficando lindo; podia ver as costas largas do sr. Jones entre os arbustos, e Billy Jones sentado na entrada ou deitado na grama com Davey.

Um dia de manhã, ao descer a colina, a sra. Winning escutou uma conversa entre Davey MacLane e Billy Jones; estavam em meio aos arbustos e ouviu a voz conhecida de Davey dizer, "Billy, quer construir uma casa comigo hoje?".

"Pode ser", Billy disse. A sra. Winning desacelerou o passo um pouquinho para escutá-los melhor.

"Vamos construir uma casa grandona com galhos", Davey disse, animado, "e quando a gente acabar, vamos perguntar pra mamãe se a gente não pode almoçar aqui fora."

"Não dá pra fazer uma casa só de galho", Billy disse. "Tem que ter madeira e tábuas".

"E cadeiras, mesas, pratos", Davey concordou. "E paredes."

"Pergunta pra sua mãe se a gente não pode trazer duas cadeiras aqui pra fora", Billy sugeriu. "Aí a gente finge que o jardim inteiro é a nossa casa."

"E também vou arrumar biscoito pra gente", Davey falou. "E vamos convidar a minha mãe e o seu pai para virem na nossa casa." A sra. Winning os ouvia berrar enquanto descia pela calçada.

Você precisa admitir, ela disse para si mesma como se estivesse sendo justíssima, você precisa admitir que ele está cuidando muito bem do jardim: é o jardim mais bonito da rua. E Billy age como se tivesse tanto direito de estar ali quanto Davey.

À medida que o verão se arrastava, com longos dias de calor indistintos uns dos outros, a ponto de ser impossível dizer com precisão absoluta se a chuvinha fina tinha caído ontem ou no dia anterior, os Winning passaram a ficar no quintal depois do jantar, e na noite morna a sra. Winning às vezes tinha a oportunidade de sentar ao lado do marido e poder tocar em seu braço; nunca conseguira ensinar Howard a correr até ela e deitar a cabeça em seu colo, ou instilar nele algo além da afeição mecânica dos Winning, mas se consolava com a ideia de que pelo menos eram uma família, algo respeitável e sólido.

O clima escaldante continuou, e a sra. Winning começou a passar mais tempo na mercearia, protelando a longa e dolorosa caminhada colina acima debaixo do sol. Parava para conversar com o merceeiro, com as outras jovens mães da cidade, com as amigas mais velhas de sua sogra, falando do tempo, da relutância da prefeitura em criar uma piscina decente, do trabalho que teriam até que a escola recomeçasse no outono, de catapora, de reuniões de pais e professores. Houve uma manhã em que se encontrou com a sra. Burton na mercearia, e falaram dos maridos, do calor, das atividades das crianças naquele clima quente, até que a sra. Burton disse: "Aliás, o Johnny vai fazer seis anos no sábado e vamos dar uma festinha de aniversário; o Howard não gostaria de vir?".

"Maravilha", a sra. Winning disse, pensando, O belo short branco, a camiseta azul-marinho, um presente bem embrulhado.

"São só umas oito crianças", a sra. Burton explicou, com a despreocupação carinhosa que as mães empregam no planejamento das festas de aniversário dos filhos. "Eles ficam pra jantar, é claro — fale para o Howard descer por volta das três e meia."

"Me parece uma ótima ideia", a sra. Winning disse. "Ele vai ficar muito feliz quando eu contar para ele."

"Pensei em deixá-los a maior parte do tempo brincando ao ar livre", a sra. Burton disse. "Aproveitando o clima bom. E depois, talvez uns jogos dentro de casa, e jantar. Coisa simples — *você* sabe." Ela titubeou, passando o dedo na borda de uma lata de café. "Escuta", ela disse, "espero que você não se incomode com a pergunta, mas tudo bem se eu não convidar o MacLane?"

Por um instante, a sra. Winning sentiu náuseas, e teve que esperar a voz se firmar para responder, em tom despreocupado, "Está tudo bem por mim se estiver tudo bem por *você*; por que é que você acha que precisa perguntar isso para *mim*?".

A sra. Burton riu. "É que eu achei que talvez você ficasse incomodada se ele não fosse."

A sra. Winning refletiu. Algo ruim havia acontecido, por alguma razão as pessoas acreditam saber algo a meu respeito que elas não dizem o que é, todos fingem que não é nada, mas isso nunca tinha me acontecido; eu vivo com os Winning, não é? "De verdade", ela pensou, descarregando o peso do velho casarão dos Winning na voz, "por que *cargas-d'água* eu ficaria incomodada?" Será que levei a sério demais, ela se questionava, será que pareci aflita demais, devo deixar isso para lá?

A sra. Burton ficou constrangida, pôs a lata de café de volta na prateleira e começou a examinar minuciosamente as outras prateleiras. "Me desculpe por ter mencionado esse assunto", ela falou.

A sra. Winning sentiu que precisava dizer algo mais, algo que apresentasse sua posição de forma definitiva, para que pelo menos a sra.

Burton não tivesse mais a audácia de usar aquele tom com um membro da família Winning, não ousasse introduzir um questionamento com "espero que você não se incomode com a pergunta". "Afinal", a sra. Winning disse com bastante cuidado, medindo as palavras, "ela é como uma segunda mãe para o Billy."

A sra. Burton, virando-se para encarar a sra. Winning em busca de confirmação, fez uma careta e disse, "Meu Deus, Helen!".

A sra. Winning encolheu os ombros e sorriu e a sra. Burton sorriu e então a sra. Winning continuou, "Mas eu morro de pena do garoto, sim".

A sra. Burton concordou, "E ele é um docinho".

A sra. Winning tinha acabado de dizer, "Agora ele e o Billy ficam o tempo *inteiro* juntos", quando levantou a cabeça e viu a sra. Mac-Lane fitando-a da outra ponta do corredor cheio de prateleiras; era impossível saber se as ouvira ou não. Por um instante, a sra. Winning fixou o olhar na sra. MacLane, e então falou, com o grau certo de cordialidade, "Bom dia, sra. MacLane. Onde está o seu filhinho hoje?".

"Bom dia, sra. Winning", a sra. MacLane respondeu, e seguiu adiante pelo corredor, e a sra. Burton pegou o braço da sra. Winning e tampou o rosto e, incapazes de se conter, ela e a sra. Winning caíram na risada.

Pouco tempo depois, embora o gramado do jardim dos Winning, sob os bordos, continuasse macio e esverdeado, a sra. Winning começou a reparar durante os passeios diários, ao passar pelo chalé, que o jardim da sra. MacLane sofria por conta do calor. As flores murchavam sob o sol da manhã e já não estavam mais viçosas e radiantes; o gramado parecia um pouco amarronzado e era visível que as roseiras que a sra. MacLane tinha plantado com tanto otimismo estavam definhando. O sr. Jones parecia sempre tranquilo, trabalhando sem parar; às vezes curvado com as mãos na terra, às vezes de pé diante da lateral da casa, instalando treliças ou podando árvores, mas as cortinas azuis permaneciam nas janelas, inertes. A sra. MacLane ainda sorria para a sra. Winning na mercearia, e então um dia elas se encontraram no portão do jardim da sra. MacLane e, depois de titubear por um instante, a sra. MacLane pediu, "Você poderia entrar um minutinho? Eu queria conversar, se você estiver com tempo".

"Claro", a sra. Winning respondeu, educada, e seguiu a sra. MacLane pela calçadinha, ainda suntuosamente ladeada por arbustos floridos, mas um tanto sem encanto, como se o calor do verão tivesse fritado a vivacidade do solo. Na conhecida sala de estar, a sra. Winning se sentou em uma cadeira reta, mantendo-se educadamente empertigada, e a sra. MacLane se sentou na poltrona, como sempre.

"Como está o Davey?", a sra. Winning enfim perguntou, já que a sra. MacLane não parecia disposta a entabular conversa nenhuma.

"Ele está muito bem", a sra. MacLane declarou, e sorriu como sempre acontecia ao falar do filho, "Ele está lá no quintal com o Billy."

Ficaram caladas por um tempo, e então a sra. MacLane disse, fitando a tigela azul na mesa de centro, "O que eu queria te perguntar é, o que foi que deu errado?".

A sra. Winning vinha mantendo a postura, preparada para uma pergunta como aquela, e quando disse, "Não sei do que você está falando", ela pensou, Eu sou igualzinha à mãe Winning, e se deu conta, Estou gostando disso tal como *ela* gostaria; e a despeito do que pensasse de si mesma, foi incapaz de não acrescentar, "*Tem* alguma coisa errada?".

"É claro que tem", a sra. MacLane respondeu. Fitava a tigela azul, e continuou devagar, "Quando eu cheguei, todo mundo foi muito simpático, e parecia gostar do Davey e de mim e querer ajudar a gente".

Que erro, a sra. Winning pensou, você não pode dizer se as pessoas gostam de você, é de mau gosto.

"E o jardim estava indo tão bem", a sra. MacLane não pôde deixar de comentar. "E agora ninguém nunca fala com a gente — eu dizia 'Bom dia' à sra. Burton da cerca, e ela se aproximava para a gente conversar sobre o jardim, e agora ela só responde 'Dia' e entra em casa — e ninguém nunca sorri nem nada."

Que pavoroso, a sra. Winning pensou, que infantilidade, quanta reclamação. As pessoas tratam você como você as trata; queria muito chegar perto e pegar a mão da sra. MacLane e pedir que ela voltasse a ser uma das pessoas boas; mas apenas se empertigou mais na cadeira e disse, "Tenho certeza de que é um engano. Nunca ouvi ninguém falar sobre isso".

"*Tem* certeza?", a sra. MacLane se virou e olhou para ela. "Tem certeza de que não é porque o sr. Jones trabalha aqui?"

A sra. Winning ergueu um pouco mais o queixo e declarou, "Por que cargas-d'água alguém daqui seria grosseira com você por causa do Jones?".

A sra. MacLane a acompanhou até a porta, ambas elaborando grandes planos para os dias da semana seguinte, quando todos iriam nadar, fariam um piquenique, e a sra. Winning desceu a colina pensando, Que coragem a dela, tentando jogar a culpa no pessoal de cor.

Mais para o final do verão, um forte temporal rompeu a onda prolongada de calor. A fúria da ventania e da chuva retumbou na cidade a noite inteira, varrendo árvores sem misericórdia, arrancando impiedosamente jovens arbustos e flores; um celeiro fora atingido de um lado da cidade, a rede elétrica derrubada do outro. De manhã, a sra. Winning abriu a porta dos fundos e deparou com o quintal da casa tomado pelos galhos dos bordos, a grama quase achatada contra o solo.

A sogra foi até a porta atrás dela. "Que tempestade", ela disse, "acordou você?"

"Eu acordei uma vez e fui dar uma olhada nas crianças", a sra. Winning falou. "Deve ter sido por volta das três."

"Eu acordei depois", a sogra contou. "Também fui olhar as crianças: os dois estavam dormindo."

Elas se viraram juntas e entraram para começar o café da manhã.

Mais tarde, a sra. Winning desceu em direção à mercearia; estava quase no chalé quando viu a sra. MacLane diante do jardim da entrada com o sr. Jones ao lado e Billy Jones com Davey à sombra do alpendre. Olhavam em silêncio para o enorme galho de uma das árvores dos Burton caído bem ali no meio, amassando a maioria dos arbustos floridos e arruinando o que teria sido um glorioso canteiro de tulipas. Quando a sra. Winning parou para observar, a sra. Burton saiu no alpendre de sua casa para averiguar o estrago causado pelo temporal, e a sra. MacLane a chamou, "Bom dia, sra. Burton, parece que uma parte da sua árvore veio parar aqui".

"Parece que sim", a sra. Burton respondeu, entrou em casa e fechou a porta com força.

A sra. Winning ficou olhando a sra. MacLane ali parada, quieta por um instante. Em seguida olhou para o sr. Jones, quase esperançosa, e ela e o sr. Jones se olharam por bastante tempo. Então a sra. MacLane disse, a voz cristalina transportada pelo ar purificado pela tempestade: "O senhor acha que eu devo desistir, sr. Jones? Voltar para a cidade e nunca mais ver um jardim pela frente?".

O sr. Jones fez que não, abatido, e a sra. MacLane, os ombros caídos, andou devagar e sentou nos degraus da entrada e Davey foi sentar ao lado dela. O sr. Jones segurou o galho com raiva e tentou tirá-lo do lugar, sacudindo-o e puxando-o até o limite das suas forças, mas o galho só se mexeu um pouco e se firmou, agarrado ao jardim.

"Deixa para lá, sr. Jones", a sra. MacLane disse por fim. "Deixa isso para os próximos moradores!"

No entanto, o sr. Jones continuava puxando o galho, e de repente Davey se levantou e bradou, "Olha lá a sra. Winning! Olá, sra. Winning!".

A sra. MacLane e o sr. Jones se viraram, e a sra. MacLane acenou e disse, "Olá!".

A sra. Winning deu as costas sem falar nada e começou, com muita dignidade, a subir a colina rumo ao velho casarão dos Winning.

Dorothy e minha avó
e os marinheiros

Havia uma época do ano em San Francisco — no final de março, eu acho — em que fazia um clima agradável com longas ventanias, e o ar da cidade inteira tinha um toque de sal e do frescor do mar. E então, um tempo depois que os ventos começavam a soprar, podia-se olhar da Market Street, da Van Ness e da Kearney e ver que a frota tinha chegado. Isso, é claro, foi um tempo atrás, mas podia-se avistar os arredores da Golden Gate, naquela época sem ponte, e lá estariam os navios de guerra. Talvez houvesse porta-aviões e destróieres, e creio me recordar de um submarino, mas para Dot e para mim, naquela época, eram todos navios de guerra, todos eles. Ficavam boiando na água, discretos e convenientemente cinzentos, e as ruas ficavam repletas de marinheiros caminhando com a ondulação do mar e olhando as vitrines das lojas.

Nunca soube por que a frota vinha; minha avó dizia sem titubear que era para reabastecer; mas a partir do momento em que os ventos começavam a soprar, Dot e eu ficávamos mais atentas, andávamos mais grudadas e falávamos mais baixo ao conversar. Apesar de cinquenta quilômetros nos separarem do lugar onde a frota ficava ancorada, quando caminhávamos de costas para o mar sentíamos os navios de guerra parados atrás de nós, e quando olhávamos em direção ao oceano, semicerrávamos os olhos, quase conseguindo enxergar cinquenta quilômetros além e ver o rosto de um marinheiro.

Eram marinheiros, é claro. Minha mãe nos contava do tipo de garotas que corriam atrás dos marinheiros, e minha avó nos contava do tipo de marinheiros que corriam atrás das garotas. Quando falávamos para a mãe de Dot que a frota tinha chegado, ela dizia, muito séria, "Vocês duas não cheguem perto dos marinheiros". Uma vez, quando Dot e eu já tínhamos passado dos doze anos e a frota estava ancorada, minha mãe nos passou em revista e nos olhou intensamente por um minuto, depois se virou para a minha avó e declarou, "Não acho aceitável moças indo ao cinema sozinhas à noite", e minha avó rebateu, "Que bobagem, eles não vão entrar tanto assim na península; eu *conheço* os marinheiros".

Dot e eu só tínhamos permissão para ir ao cinema à noite uma vez por semana, de qualquer forma, e ainda assim mandavam meu irmão de dez anos nos acompanhar. Na primeira vez em que nós três íamos sair para o cinema juntos, minha mãe olhou para Dot e de novo para mim e depois, com ar especulativo, para o meu irmão, que tinha cachos ruivos, e começou a falar alguma coisa, mas olhou para a minha avó e mudou de ideia.

Morávamos em Burlingame, longe de San Francisco o suficiente para haver palmeiras nos jardins, mas tão perto que Dot e eu éramos levadas a San Francisco, ao Emporium, todos os anos, para comprar nossos casacos de primavera. A mãe de Dot costumava lhe dar o dinheiro, que Dot entregava à minha mãe, e Dot e eu comprávamos casacos idênticos, com minha mãe como juíza. Era assim porque a mãe de Dot nunca estava bem para ir fazer compras em San Francisco, sobretudo com Dot e comigo. Portanto, todo ano, um tempinho depois de os ventos começarem a soprar e a frota chegar, Dot e eu, em meias-calças de seda resistentes que reservávamos para a ocasião, e cada uma com uma bolsinha de papelão contendo um espelho, uma moeda da sorte e com um lenço de chiffon amarrado de um lado, nos acomodávamos no banco de trás do carro da minha mãe, com ela e a minha avó na frente, e íamos rumo a San Francisco e à frota.

Sempre comprávamos nossos casacos de manhã, almoçávamos no Pig'n'Whistle e em seguida, enquanto Dot e eu terminávamos nossos sorvetes de chocolate com calda de chocolate e nozes, minha avó telefonava para o meu tio Oliver e combinava um encontro com ele na lancha para ver a frota.

Meu tio Oliver ia junto porque era homem e porque na guerra anterior tinha sido operador de rádio em um navio de guerra e porque outro tio meu, um tal de tio Paul, continuava na Marinha (minha avó achava que ele tinha algo a ver com um navio de guerra chamado *Santa Volita*, ou *Bonita*, ou talvez *Carmelita*) e meu tio Oliver podia perguntar às pessoas que pareciam conhecer meu tio Paul se o conheciam de fato. Assim que embarcávamos minha avó dizia, como se nunca tivesse pensado naquilo antes, "Olha, aquele ali parece ser oficial; Ollie, chega perto dele como quem não quer nada e pergunta se ele não conhece o Paul".

Oliver, já tendo sido oficial, não considerava os marinheiros muito perigosos para Dot e para mim caso minha mãe e minha avó estivessem conosco, mas ele amava navios, e por isso ia com a gente e nos largava assim que embarcávamos; enquanto nós pisávamos com cautela no convés limpo, mirando os botes salva-vidas com apreensão, meu tio Oliver acarinhava a tinta cinza e ia em busca dos aparelhos de rádio.

Quando nos encontrávamos com meu tio Oliver na lancha, ele comprava uma casquinha de sorvete para Dot e outra para mim e da lancha nos apontava vários barcos ao redor e dizia seus nomes. Normalmente entabulava uma conversa com o marinheiro que conduzia a lancha, e mais cedo ou mais tarde conseguia dizer, modesto, "Eu estive no mar, nos idos de 17", e o marinheiro assentia demonstrando respeito. Quando chegava a hora de sair da lancha e subir uma escada rumo ao navio de guerra, minha mãe cochichava para Dot e para mim, "Cuidado com as saias", e Dot e eu subíamos os degraus nos segurando com uma das mãos e com a outra prendendo a saia num bolinho rente ao corpo. Minha avó sempre entrava no navio antes e minha mãe e o tio Oliver atrás de nós. Ao embarcarmos, minha mãe pegava uma de nós pelo braço e minha avó pegava a outra e devagar percorríamos todas as partes do navio que nos permitiam ver, menos os andares mais baixos, que assustavam minha avó. Olhávamos com cerimônia as cabines, os conveses que minha avó dizia ser de popa, e as luzes que ela dizia serem de bombordo (ambos os lados eram bombordo para a minha avó: ela acreditava que o estibordo ficava em cima, seguindo a ideia de que o mastro mais alto sempre apontava para a estrela Polar). Víamos canhões — todas as armas eram canhões — que meu tio Oliver, no que devia ser uma brincadeira inofensiva, garantia estarem sempre carregados. "Em caso de motim", explicava à minha avó.

Toda vez havia um monte de visitantes nos navios de guerra, e meu tio Oliver gostava de reunir um grupinho de garotos e rapazes ao seu redor para explicar como funcionava o sistema de rádio. Quando dizia que tinha sido operador de rádio em 17, alguém sempre lhe perguntava, "O senhor alguma vez mandou um sos?" e meu tio assentia muito sério, e dizia, "Mas vivi pra contar a história".

Uma vez, quando meu tio Oliver falava de 17 e minha mãe e minha avó e Dot estavam na amurada olhando o mar, vi um vestido parecido com o da minha mãe e o segui pelo navio até a senhora se virar e eu perceber que não era minha mãe e que eu estava perdida. Lembrando o que minha avó tinha me dito, que estaria sempre a salvo se não perdesse a cabeça, eu parei e olhei ao redor até reparar em um homem alto com uma farda cheia de cordões. Esse é o capitão, concluí, e ele sem dúvida vai cuidar bem de mim. Ele foi muito educado. Eu lhe disse que estava perdida e achava que minha mãe e minha avó e minha amiga Dot e meu tio Oliver estavam nas profundezas do navio mas que tinha medo de voltar sozinha. Ele disse que me ajudaria a achá-los, e segurou meu braço e me conduziu pelo navio. Pouco depois encontramos minha mãe e minha avó correndo à minha procura com Dot atrás das duas, andando o mais rápido que conseguia. Quando minha avó me viu, correu em minha direção e tomou meu braço, me arrancando do capitão e me sacudindo. "Você matou a gente de susto", ela disse.

"Ela só se perdeu, foi isso", o capitão disse.

"Que bom que nós a achamos a tempo", minha avó respondeu, indo comigo para perto da minha mãe.

O capitão fez uma mesura e foi embora, e minha mãe me pegou pelo outro braço e me sacudiu. "Você não tem vergonha?", ela perguntou. Dot me fitava solenemente.

"Mas ele era o capitão...", comecei.

"Ele pode até ter *falado* que é o capitão", minha avó rebateu, "mas é um fuzileiro."

"Um fuzileiro!", minha mãe repetiu, olhando para o lado para ver se a lancha estava lá para nos levar de volta. "Vá falar com o Oliver que a gente já viu o suficiente", ela disse à minha avó.

Devido ao que aconteceu naquele fim de tarde, esse foi o último ano em que pudemos ver a frota. Deixamos o tio Oliver em casa, como de praxe, e minha mãe e minha avó levaram Dot e eu para jantar no

Merry-Go-Round. Sempre jantávamos em San Francisco depois da frota, e íamos assistir a um filme e chegávamos a Burlingame tarde da noite. Sempre jantávamos no Merry-Go-Round, onde a comida vinha em uma esteira rolante e a pessoa ia pegando à medida que ela passava. Íamos lá porque Dot e eu adorávamos, e junto com os navios de guerra era o lugar mais perigoso de San Francisco, pois o cliente tinha que pagar quinze centavos por todos os pratos que pegasse e não terminasse, e a condição era que Dot e eu pagássemos pelos erros com nossas mesadas. Nessa última noite, Dot e eu perdemos quarenta e cinco centavos, principalmente por causa de uma sobremesa de café que Dot não sabia que era cheia de coco. O filme que Dot e eu escolhemos estava lotado, embora o lanterninha do lado de fora tivesse dito à minha avó que havia muitos lugares vazios. Como minha mãe se recusou a esperar na fila para pegar nosso dinheiro de volta, minha avó disse que tínhamos que entrar e tentar a sorte com os assentos. Assim que duas cadeiras vagaram, minha avó empurrou Dot e eu na direção delas e nos sentamos. O filme já estava bem adiantado quando as duas cadeiras ao lado de Dot vagaram, e estávamos procurando minha avó e minha mãe quando Dot de repente olhou ao redor e pegou meu braço. "Olha", ela exclamou em uma espécie de gemido, e lá vinham dois marinheiros atravessando as fileiras rumo aos lugares vazios. Chegaram no exato instante em que minha mãe e minha avó apareceram do outro lado da fileira e minha avó teve a chance de dizer, bem alto, "Vocês dois deixem as meninas em paz", antes de duas cadeiras a algumas fileiras dali serem desocupadas e elas serem obrigadas a se sentar.

Dot foi para o cantinho de sua cadeira mais junto de mim e se agarrou ao meu braço.

"O que é que você está fazendo?", sussurrei.

"Eles estão sentados ali", Dot disse. "O que é que você acha que eu devo fazer?"

Eu me inclinei cautelosamente para a frente e olhei. "Não dá atenção", sugeri. "Quem sabe eles não vão embora."

"É fácil pra *você* falar", Dot declarou, em tom trágico, "eles não estão do *seu* lado."

"Eu estou do *seu* lado", retruquei com sensatez, "já estou bem perto."

"O que é que eles estão fazendo agora?", Dot perguntou.

Eu me curvei para a frente outra vez. "Estão vendo o filme", informei.

"Eu não estou aguentando", Dot falou. "Quero ir pra casa."

O pânico dominou as duas ao mesmo tempo, e por sorte minha mãe e minha avó nos viram atravessando o corredor às pressas e nos encontraram do lado de fora.

"O que foi que eles falaram?", minha avó exigia saber. "Vou contar para o lanterninha."

Minha mãe disse que se Dot se acalmasse para nos contar ela nos levaria à casa de chá que havia ao lado e pagaria um chocolate quente para cada uma. Quando entramos e estávamos sentadas, dissemos à minha mãe e à minha avó que agora estávamos bem e, em vez do chocolate quente, queríamos um sundae de chocolate para cada uma. Dot estava até começando a se animar um pouco quando a porta do salão de chá se abriu e os dois marinheiros entraram. Com um salto tresloucado, Dot foi para trás da cadeira da minha avó, apavorada, segurando o braço dela. "Não deixa eles me pegarem", ela gemeu.

"Eles nos seguiram", minha mãe concluiu, tensa.

Minha avó passou os braços em volta de Dot. "Pobrezinha", ela disse, "você está segura com a gente."

Dot teve que passar a noite na minha casa. Mandamos meu irmão até a casa de Dot para avisar à mãe dela que Dot ficaria comigo e que ela havia comprado um casaquinho cinza de tweed com corte clássico, muito prático e com forro quentinho. Ela o usou o ano inteiro.

III

A confissão de *Margaret Jackson*, relicta de *Stuart* em *Shaws*, que ao ser examinada pelos Juízes a propósito de ser culpada de Bruxaria, declara [...]. Que há quarenta anos, aproximadamente, ela estava em *Pollockshaw-croft*, com algumas estacas nas costas, e que o homem Negro se aproximou dela, e que ela se entregou ao homem Negro, do alto da cabeça até a sola dos pés; e que isso se deu após a Declarante renunciar a seu Batismo; e que o nome Espiritual, que ele lhe conferiu, era *Locas*. E que no terceiro ou quarto dia de *janeiro*, instantaneamente ou algo assim, à noite, quando despertou, percebeu que estava na cama com o Homem, a quem supunha ser seu Esposo; embora o Esposo estivesse morto havia vinte anos ou algo assim, e o Homem desapareceu imediatamente: E declara que este Homem que desapareceu era o Diabo.

Joseph Glanvil, *Sadducismus Triumphatus*

Colóquio

O médico tinha um ar competente e respeitável. A sra. Arnold se sentiu um tanto reconfortada por sua aparência, e sua agitação se atenuou um pouco. Sabia que ele tinha reparado em sua mão trêmula quando se inclinou para a frente para que ele acendesse seu cigarro, e deu um sorriso para se desculpar, mas ele a olhou de um jeito sério.

"A senhora parece estar perturbada", disse, circunspecto.

"Estou muito perturbada", a sra. Arnold respondeu. Tentava falar com a voz lenta e inteligível. "Esse é dos motivos para eu ter procurado o senhor em vez do dr. Murphy — isto é, o nosso médico de sempre."

O médico franziu um pouquinho a testa. "Meu marido", a sra. Arnold prosseguiu. "Eu não quero que ele saiba que estou preocupada, e o dr. Murphy provavelmente se sentiria na obrigação de falar com ele." O médico assentiu, sem se comprometer, a sra. Arnold percebeu.

"Qual lhe parece ser o problema?"

A sra. Arnold respirou fundo. "Doutor", ela perguntou, "como uma pessoa pode saber se está enlouquecendo?"

O médico levantou a cabeça.

"Não é uma bobagem", a sra. Arnold disse. "Eu não queria falar desse jeito. Já é bem difícil de explicar sem tornar a coisa tão dramática."

"A insanidade é mais complicada do que a senhora imagina", o médico declarou.

"Eu *sei* que é complicada", a sra. Arnold falou. "Essa é a única coisa sobre a qual eu tenho *certeza* absoluta. A insanidade é uma das coisas de que estou falando."

"Como assim?"

"Esse é o meu problema, doutor." A sra. Arnold se recostou, tirou as luvas de debaixo da bolsa e as pôs em cima dela com muito cuidado. Depois as pegou e pôs debaixo da bolsa outra vez.

"Que tal a senhora me contar tudo?", o médico sugeriu.

A sra. Arnold suspirou. "Todo mundo parece entender", ela disse, "e eu não. Veja." Ela se curvou para a frente e gesticulou com a mão enquanto falava. "Eu não entendo o jeito como as pessoas vivem. Antes era tudo tão simples. Quando menina eu vivia em um mundo em que um monte de gente também vivia e eles todos viviam juntos e as coisas seguiam assim sem alvoroço." Ela olhou para o médico. Ele franzia a testa de novo, e a sra. Arnold continuou, levantando um pouco a voz. "Escuta. Ontem de manhã meu marido parou a caminho do escritório para comprar o jornal. Ele sempre compra o *Times* e sempre compra do mesmo vendedor, e ontem o vendedor não tinha o *Times* do meu marido e ontem à noite, quando chegou para jantar em casa, ele falou que o peixe estava queimado e a sobremesa doce demais e passou a noite inteira falando sozinho."

"Ele poderia ter tentado comprar de outro vendedor", o médico disse. "É muito comum que os vendedores do centro recebam o jornal depois dos vendedores de bairro."

"Não", a sra. Arnold falou, com lentidão e clareza, "acho que é melhor eu recomeçar do zero. Quando eu era menina…", ela começou. Então parou. "Escuta", ela disse, "palavras como medicina psicossomática existiam? Ou cartéis internacionais? Ou centralização burocrática?"

"Bom", o médico começou.

"O que elas *querem dizer*?", a sra. Arnold insistiu.

"Em uma época de crise internacional", o médico explicou com delicadeza, "quando vemos, por exemplo, padrões culturais se desintegrando rapidamente…"

"Crise internacional", a sra. Arnold repetiu. "Padrões." Ela começou a chorar baixinho. "Ele falou que o vendedor não tinha o *direito* de não guardar o *Times* dele", disse descontrolada, revirando a bolsa em busca de um lenço, "e começou a falar de planejamento social no nível local e encargos tributários sobre renda líquida e conceitos geopolíticos e inflação deflacionária." A voz da sra. Arnold se transformou em um lamento. "Ele falou mesmo em inflação deflacionária."

"Sra. Arnold", o médico disse, dando a volta na mesa, "não vamos melhorar a situação desse jeito."

"O que é que vai melhorar a situação?", a sra. Arnold questionou. "Está todo mundo louco menos eu?"

"Sra. Arnold", o médico pediu em tom sério, "eu quero que a senhora se acalme. Em um mundo desorientado como o nosso de hoje, é normal que a alienação da realidade..."

"Desorientado", a sra. Arnold repetiu. Ela se levantou. "Alienação", ela continuou. "Realidade." Antes que o médico pudesse detê-la, ela foi à porta e a abriu. "Realidade", ela disse, e foi embora.

Elizabeth

Pouco antes de o despertador tocar ela estava deitada em um jardim ensolarado e quente, cercada de um gramado verde que ia até onde a vista alcançava. A campainha do relógio era um incômodo, um aviso que precisava enfrentar; inquietou-se no sol quente e percebeu que estava acordada. Quando abriu os olhos e estava chovendo e viu o contorno branco da janela contra o céu cinza, tentou se virar e enfiar o rosto na grama verde, mas era de manhã e o hábito a fazia se levantar e se arrastar rumo ao dia escuro e chuvoso.

Sem dúvida nenhuma já passava das oito. O relógio dizia que sim, o aquecedor começava a chiar, e da rua, dois andares abaixo, ela ouvia os barulhos matinais desagradáveis das pessoas agitadas, saindo para o trabalho. A contragosto, tirou os pés de debaixo das cobertas e pisou no chão, e se sentou na beirada da cama. Quando já estava de pé e de roupão, o dia já havia caído na rotina: depois da primeira rebelião involuntária contra o despertador de todo dia, ela sucumbia sempre ao roteiro de banho, maquiagem, vestimentas, desjejum, que a conduzia pelo início do dia e manhã adentro, em que poderia se esquecer do gramado verde e do sol quente e começar a aguardar o jantar e a noite.

Como chovia e o dia parecia desimportante, vestiu as primeiras coisas que viu: um terninho cinza de tweed que sabia que ficava disforme e pesado nela agora que estava tão magra, e uma blusa azul que nunca achara confortável. Conhecia o próprio rosto bem demais para apreciar a longa e minuciosa inspeção que passar maquiagem acarretava; perto das quatro horas da tarde suas bochechas pálidas e estreitas ficariam mais coradas e arredondadas, e o batom que parecia muito arroxeado com o cabelo e os olhos pretos adquiririam um toque mais rosado apesar da blusa azul, mas nesta manhã ela pensou, assim como pensava quase todas as manhãs diante do espelho, Eu queria ser loura, sem nunca se dar conta de que era porque havia alguns poucos sinais de cabelos brancos.

Andava rápido pela quitinete, com uma segurança que vinha do costume, não da convicção; depois de mais de quatro anos naquela mesma casa, ela conhecia todas as suas possibilidades, sabia que ela podia lhe dar uma falsa impressão de aconchego e acolhimento quando precisava de um lugar onde se esconder, que lhe servia de abrigo quando ela acordava de repente durante a noite, que podia relaxar em um estado de desarrumação e desorganização em manhãs como aquela, em que ficava ansiosa para expulsá-la e voltar a dormir. O livro que estivera lendo na noite anterior estava aberto com a capa para cima na mesinha de canto, o cinzeiro ao lado, imundo: as roupas que tinha tirado estavam nas costas de uma cadeira, para serem levadas à lavanderia nesta manhã.

Vestida com seu casaco e chapéu, ela arrumou a cama às pressas, alisando a coberta sobre os vincos do lençol, enfiou as roupas que iriam para a lavanderia no fundo do armário e pensou, Vou espanar e arrumar e talvez lavar o banheiro hoje à noite, vou chegar em casa e tomar um banho quente e lavar meu cabelo e fazer as unhas; depois de trancar a porta do apartamento e começar a descer a escada, ela estava pensando, Quem sabe hoje eu não entro e compro um tecido claro para a capa do sofá e as cortinas. Eu poderia cuidar disso à noite e aí a casa não me pareceria tão sombria quando eu acordo de manhã; amarelo, eu podia comprar uns pratos amarelos e deixá-los enfileirados na parede. Como a gente vê na revista *Mademoiselle* ou coisa do tipo, ela disse para si mesma com ironia quando parou na porta do prédio, a jovem mulher de negócios dinâmica e sua quitinete. Adequada para receber jovens homens de negócios. Eu queria ter um móvel que de um lado se desdobrasse em uma estante de livros e do outro em uma escrivaninha que quando aberta virasse uma mesa de jantar tão grande que pudesse acomodar doze pessoas.

Enquanto estava junto ao portão, vestindo as luvas e torcendo para que a chuva parasse naqueles poucos segundos, a porta ao lado da escada se abriu e a mulher perguntou, "Quem está aí?".

"É a srta. Style", ela disse, "sra. Anderson?"

A porta foi escancarada e uma senhora pôs a cabeça para fora. "Achei que fosse aquele sujeito que mora no apartamento em cima do seu", ela explicou. "Estou querendo falar com ele porque ele deixa o esqui do lado da porta. Quase quebrei a perna."

"Eu queria não ter que sair. Que dia horrível."

A senhora saiu do apartamento e foi até o portão. Puxou a cortina da porta e olhou para fora, passando os braços em torno do próprio corpo. Usava um vestido sujo de ficar em casa e sua aparência de repente fez o terninho cinza de tweed da srta. Style parecer limpo e quentinho.

"Já faz dois dias que estou tentando encontrar aquele sujeito", a velha continuou. "Ele entra e sai sem fazer barulho." Ela deu uma risadinha, olhando de soslaio para a srta. Style. "Eu quase esbarrei naquele seu homem anteontem à noite", ela disse. "Ele também desce a escada sem fazer barulho. Acabei vendo quem era", e deu outra risadinha. "Acho que todo homem desce a escada sem fazer barulho. Todos eles têm medo de alguma coisa."

"Bom, se é para eu sair, é melhor eu ir de uma vez", a srta. Style disse. Ficou parada no vão da porta por um instante, titubeando antes de enfrentar o dia e a chuva e as pessoas. Morava em uma rua bastante sossegada, onde mais tarde haveria crianças berrando e em dias agradáveis um tocador de realejo, mas hoje, na chuva, tudo parecia sujo. Detestava usar galochas, pois tinha pés finos e graciosos; em dias como esse ela andava devagar, tomando o cuidado de pisar entre uma poça e outra.

Era bem tarde: só umas poucas pessoas ainda estavam sentadas no balcão da loja de conveniência da esquina. Ela se instalou em uma banqueta, conformada com o horário, e esperou pacientemente que o atendente aparecesse no balcão com seu suco de laranja. "Olá, Tommy", ela disse, melancólica.

"Bom dia, srta. Style", ele respondeu, "que dia horroroso."

"Não é mesmo?", ela concordou. "Um belo dia para não sair de casa."

"Eu cheguei bem cedo", Tommy disse. "Teria dado meu braço direito para ficar em casa, na cama. Devia existir uma lei que proibisse a chuva."

Tommy era mirrado, feio e assustado; olhando para ele, a srta. Style pensou, Ele precisa se levantar e vir trabalhar que nem eu e que nem todo mundo; a chuva é só mais uma perturbação entre os milhões de coisas horrorosas de ter que acordar e ir para o trabalho.

"Não ligo para a neve", Tommy continuava, "nem ligo para o calor, mas detesto chuva."

Ele se virou de repente quando alguém o chamou, e foi dançando até a outra ponta do balcão, terminando com um floreio diante do cliente. "Dia horroroso, né?", ele disse. "Quem dera eu estivesse na Flórida."

A srta. Style tomou o suco de laranja, recordando-se do sonho. Uma lembrança vívida de flores e calor lhe veio à cabeça, e se perdeu perante o aguaceiro frio lá fora.

Tommy voltou com seu café e um prato de torradas. "Nada como um café para animar de manhã", ele declarou.

"Obrigada, Tommy", ela agradeceu, sem entusiasmo. "Como vai a sua peça, aliás?"

Tommy ergueu os olhos com avidez. "Ei", ele falou, "eu terminei, estava para te contar. Terminei ela de vez e mandei anteontem."

Que engraçado, ela pensou, o cara é um atendente de loja de conveniência, se levanta de manhã e come e anda por aí e escreve uma peça como se fosse tudo de verdade, assim como nós, assim como eu. "Que bom", ela disse.

"Mandei para um agente que um cara me falou, ele disse que é o melhor agente que ele conhece."

"Tommy", ela disse, "por que você não me mostrou?"

Ele riu, olhando para o açucareiro que segurava para ela. "Escuta", ele explicou, "meu amigo falou que você não quer coisas que nem as minhas, você quer gente, tipo, de fora da cidade ou sei lá, que não sabem se são bons ou não são. Poxa", ele prosseguiu, apreensivo, "não sou um desses caras que se deixam levar por anúncios de revista."

"Entendi", ela falou.

Tommy se debruçou no balcão. "Não fica chateada", ele pediu. "Você entendeu o que eu estou querendo dizer, você conhece o ramo melhor do que eu."

"Não estou chateada", ela disse. Observou Tommy se afastar às pressas de novo, e pensou, Espera só até eu contar pro Robbie. Espera só até eu contar pra ele que o babaca da lanchonete acha que ele é um vagabundo.

"Escuta", Tommy chamou, do meio do balcão, "quanto tempo você acha que eu tenho que esperar? Quanto tempo leva até eles lerem, esses agentes?"

"Algumas semanas, talvez", ela disse. "Talvez um pouco mais."

"Imaginei que fosse por aí", ele falou. "Vai querer mais café?"

"Não, obrigada", ela respondeu. Desceu da banqueta e foi até o outro lado da loja pagar a conta. Eles provavelmente vão comprar a peça, ela pensava, e eu vou passar a comer na lanchonete do outro lado da rua.

Saiu na chuva outra vez e viu seu ônibus parando do outro lado da rua. Correu até ele, avançando o sinal aberto, e se enfiou no grupo de pessoas que embarcavam. Com uma fúria que restou da história de Tommy e sua peça, ela abriu caminho entre as pessoas, e uma mulher se virou e disse, "Quem você acha que está empurrando?". Vingativa, deu com o cotovelo nas costelas da mulher e entrou primeiro no ônibus. Enfiou sua moeda e pegou o último banco disponível, e ouviu a mulher às suas costas. "Essa gente que acha que pode sair empurrando as pessoas, que fica se achando importante." Ela olhou ao redor para ver se alguém sabia a quem a mulher se referia; o homem a seu lado, sentado à janela, olhava para a frente com a expressão de cansaço infinito típica do passageiro de ônibus do começo da manhã; duas garotas do banco da frente olhavam pela janela depois de um homem passar, e no corredor a seu lado a mulher estava de pé, ainda reclamando dela. "Pessoas que acham que os negócios delas são a única coisa importante do mundo. Elas pensam que podem sair empurrando qualquer um." Ninguém no ônibus lhe dava ouvidos: todos estavam molhados e incomodados e apertados, mas a mulher continuava sua arenga: "Acham que ninguém mais tem o direito de andar de ônibus".

Ela olhava adiante do homem, para a janela, até a multidão que entrava no ônibus empurrar a mulher corredor adentro. Quando chegou ao ponto, por um instante se acanhou de empurrar as pessoas para sair, e quando chegou à porta a mulher estava perto, fitando-a como se quisesse memorizar seu rosto. "Solteirona encarquilhada", a mulher disse bem alto, e as pessoas ao redor riram.

A srta. Style fez uma expressão de desdém, pisando com cuidado em direção ao meio-fio, erguendo os olhos no momento em que o ônibus partia e vendo o rosto da mulher ainda a observando da janela. Andou debaixo de chuva rumo ao prédio antigo onde ficava seu escritório, pensando, A mulher estava só esperando alguém cruzar o caminho dela, eu queria ter respondido alguma coisa.

"Bom dia, srta. Style", o ascensorista disse.

"Bom dia", ela falou. Entrou no elevador de ferro vazado e apoiou as costas contra a parede.

"Dia ruim", o ascensorista comentou. Ele aguardou um instante e então fechou a porta. "Perfeito para não sair de casa", ele disse.

"É mesmo", ela concordou. Eu queria ter dito alguma coisa para a mulher do ônibus, ela pensava. Não devia ter deixado ela escapar ilesa, deixado o dia começar desse jeito, com um incidente detestável, eu devia ter revidado para me sentir bem, satisfeita comigo mesma. Para começar o dia com o pé direito.

"Pronto", o ascensorista anunciou. "Não vai precisar sair por um bom tempo."

"Que bom", ela disse. Desceu do elevador e atravessou o corredor rumo ao escritório. Havia luz lá dentro, o que fazia o letreiro ROBERT SHAX, AGENTES LITERÁRIOS se destacar na porta. Parece até um ambiente alegre, ela pensou, Robbie deve ter chegado cedo.

Ela trabalhava para Robert Shax fazia quase onze anos. Quando chegou a Nova York, no Natal em que estava com vinte anos, uma garota de pele escura e magra com roupas e cabelo elegantes e ambição moderada que segurava a bolsa com ambas as mãos, com medo do metrô, ela respondeu a um anúncio e conheceu Robert Shax antes mesmo de encontrar um canto para morar. Tinha sido um daqueles golpes de sorte, uma vaga de assistente em uma agência literária, e não havia ninguém por perto para dizer a Elizabeth Style, que perguntava timidamente às pessoas como achar o endereço, que se ela conseguisse o emprego ele não valeria a pena. A agência literária era Robert Shax e um astuto homem magro que detestava tanto Elizabeth que dois anos depois de ela conseguir a vaga ele saiu para abrir a própria agência. Robert Shax estava na porta e em todos os cheques, e Elizabeth Style se escondia na própria sala, escrevia as cartas, organizava os documentos e de vez em quando saía para consultar os arquivos que permitia que Robert Shax deixasse à mostra.

Tinham passado muito tempo daqueles oito anos tentando fazer com que aquele escritório parecesse o ambiente sério de um negócio próspero: um lugar lamentável cujos donos estavam atarefados demais para embelezar além do suficiente para cumprir os objetivos dos clientes. A porta se abria para uma recepção apertada, pintada de bege no ano anterior, com duas cadeiras baratas cromadas e marrons, um assoalho de linóleo marrom e um retrato emoldurado de um vaso de flores acima da mesinha que cinco tardes por semana era ocupada pela srta. Wilson, uma moça pálida que atendia o telefone fungando. Atrás da mesa da srta. Wilson havia duas portas, que não davam a impressão de salas intermináveis, que se estendiam prédio adiante, como Robert Shax esperava que dessem; a da esquerda tinha, na porta, ROBERT SHAX, e a da direita tinha, na porta, ELIZABETH STYLE, e pelas portas de vidro corrugado era possível ver, vagamente, o contorno da janela estreita que cada sala tinha, próxima o bastante da porta e das paredes para que se admitisse que as duas salas juntas não eram mais amplas do que a recepção, e para insinuar sinistramente que a única coisa que protegia a privacidade do sr. Shax e da srta. Style era uma divisória de compensado pintada para ficar parecida com as paredes.

De manhã, Elizabeth Style sempre entrava no escritório com a ideia de que algo ainda poderia ser feito nele, de que haveria algum modo de lhe dar um ar respeitável, com venezianas ou lambris ou uma estante de livros que aparentasse eficiência, com séries de clássicos e os últimos livros que se supunha que Robert Shax tivesse vendido para editoras. Ou até uma mesa de canto com revistas caras. A srta. Wilson achava até que seria bom terem um rádio, mas Robert Shax queria um escritório luxuoso com tapetes grossos e mesas afixadas ao chão e um batalhão de secretárias.

Nesta manhã, o escritório parecia mais alegre do que de hábito, provavelmente porque ainda chovia lá fora, ou talvez porque as luzes já estivessem acesas e os aquecedores ligados. Elizabeth Style foi até a porta de sua sala e a abriu, dizendo "Bom dia, Robbie" porque, já que não havia ninguém no escritório, não havia necessidade de fingir que as divisórias de compensado eram paredes.

"Bom dia, Liz", Robbie respondeu, e então, "Faça o favor de vir logo."

"Vou tirar o meu casaco", ela explicou. Havia um armário minúsculo no canto da sua sala, onde pendurava o casaco, tendo que se espremer atrás da mesa para fazer isso. Reparou que havia correspondência em cima da mesa, quatro ou cinco cartas e um envelope volumoso que devia ser um manuscrito. Espalhou as cartas para verificar se não havia nada que interessasse e em seguida saiu da sua sala e abriu a porta da sala de Robbie.

Ele estava debruçado sobre a mesa, em uma postura que deveria demonstrar uma concentração extrema; o cocuruto um pouco careca apontava na direção dela e os ombros pesados e redondos cortavam a metade inferior da janela. A sala dele era quase idêntica à dela: tinha um pequeno arquivo e uma fotografia autografada de um dos poucos escritores de sucesso razoável que a firma havia agenciado. Na fotografia, lia-se "Para Bob, com profunda gratidão, Jim", e Robert Shax gostava de usá-la como um exemplo feliz de suas conversas profissionais com autores ansiosos. Quando fechava a porta, Elizabeth ficava a apenas um passo da cadeira para visitas apoiada contra a mesa; ela se sentou e esticou as pernas.

"Fiquei encharcada vindo para cá", ela disse.

"Está um dia horrível", Robbie comentou, sem levantar a cabeça. Quando estava a sós com ela, abrandava o entusiasmo que geralmente carregava na voz: permitia que seu rosto parecesse cansado e preocupado. Usava seu terno cinza bom naquele dia, e mais tarde, com outras pessoas por perto, pareceria um jogador de golfe, um homem que comia rosbife malpassado e gostava de garotas bonitas. "Que dia infernal", ele repetiu. Ergueu os olhos para ela. "Liz", ele disse, "o maldito clérigo está na cidade de novo."

"Não admira que você pareça tão preocupado", ela falou. Estivera a ponto de se queixar com ele, de contar da mulher do ônibus, de pedir que se sentasse direito e se comportasse, mas não havia nada a dizer. "Pobre Robbie", ela suspirou.

"Tem um recado dele", Robbie disse. "Vou ter que ir lá agora de manhã. Ele está naquela porcaria de pensão outra vez."

"O que é que você pretende falar para ele?"

Robbie se levantou e se virou para a janela. Quando se levantava da cadeira, só tinha espaço para se virar e chegar à janela ou ao arquivo; em um dia mais agradável, talvez fizesse um comentário amistoso sobre seu peso. "Sei lá que porcaria eu pretendo falar", Robbie disse. "Vou prometer alguma coisa pra ele."

Eu sei que vai, ela pensou. Tinha uma imagem já familiar das artimanhas de Robbie para escapar de situações complicadas no fundo de sua mente: ela via Robbie apertando depressa a mão do homem, chamando-o de "senhor" e, com os ombros voltados para trás, dizendo que os poemas do velho eram "ótimos, senhor, realmente magníficos", prometendo qualquer coisa, sem parar de falar, só para poder escapar. "Você vai acabar se metendo em apuros", ela disse num tom delicado.

Robbie de repente riu, feliz. "Mas ele vai passar um tempo sem incomodar a gente."

"Você precisa ligar para ele ou algo assim. Escreve uma carta", ela disse.

"Por quê?" Ela percebia que ele estava satisfeito com a ideia de se meter em apuros, de ser irresponsável e o que chamaria de descontraído; faria o longo percurso até Uptown, rumo à pensão do clérigo, de metrô, e pegaria um táxi para cruzar os dois últimos quarteirões e fazer a chegada triunfal, e passaria uma hora exaustiva conversando com o velho, só para parecer descontraído e o que talvez ele chamasse de cavalheiro.

Faça com que ele se sinta bem, ela pensou. Ele é que tem de ir, não eu. "Não se pode confiar em você para administrar um negócio sozinho", ela disse. "Você é bobo demais."

Ele riu de novo e deu a volta na mesa para afagar a cabeça dela. "A gente se dá muito bem, não é, Liz?"

"Muito bem", ela disse.

Ele agora começava a pensar no assunto; estava de cabeça erguida e sua voz estava plena. "Vou falar que alguém quer um dos poemas para uma antologia", ele declarou.

"Só não dê dinheiro a ele", ela pediu. "Ele agora tem mais do que a gente."

Ele voltou ao armário e pegou o paletó, hoje era o paletó bom, e o jogou de qualquer jeito no braço. Pôs o chapéu na cabeça e pegou a pasta da mesa. "Estou com todos os poemas do velho aqui", falou. "Imaginei que poderia matar o tempo lendo para ele."

"Tenha uma boa viagem", ela disse.

Ele afagou a cabeça dela outra vez e em seguida esticou o braço para abrir a porta. "Você cuida de tudo por aqui?"

"Vou tentar dar conta", ela disse.

Ela o seguiu porta afora e se dirigiu à própria sala. No meio da recepção, ele parou sem dar meia-volta. "Liz?", ele chamou.

"Sim?"

Ele pensou por um instante. "Acho que tinha alguma coisa que eu queria te dizer", ele disse. "Não tem importância."

"Te vejo no almoço?", ela perguntou.

"Chego por volta de meio-dia e meia", ele respondeu.

Ele fechou a porta e ela ouviu seus passos se dirigindo firmes até o elevador; passos de pessoa ocupada, ela pensou, para o caso de alguém estar prestando atenção naquele prédio antigo pavoroso.

Ela se sentou por um momento à mesa, fumando e desejando poder pintar as paredes da sala de verde-claro. Se quisesse ficar até tarde da noite, poderia fazer isso sozinha. Bastaria uma lata de tinta, disse a si mesma com amargura, para pintar um escritório como aquele, e sobraria o suficiente para pintar a fachada do prédio. Em seguida apagou o cigarro e pensou, Eu já trabalho nisso há tanto tempo, quem sabe um dia a gente não arruma um cliente milionário e consegue se mudar para um prédio comercial de verdade, que tenha paredes com isolamento acústico.

A correspondência em cima da mesa era ruim. Uma conta do dentista, uma carta de um cliente do Oregon, algumas propagandas, uma carta do pai e o envelope volumoso que sem dúvida era um manuscrito. Jogou fora as propagandas e a conta do dentista, que estava assinalada "Favor pagar", pôs o manuscrito e a outra carta de lado e abriu a carta do pai.

Era escrita em seu estilo peculiar, começando com "Caríssima Filha" e terminando com "S. Afet. Pai", e contava que a loja de ração ia de mal a pior, que a irmã dela que morava na Califórnia estava grávida de novo, que a velha sra. Gill tinha perguntado por ela outro dia, e que se sentia muito só desde que a mãe dela havia morrido. E que esperava que ela estivesse bem. Jogou a carta no lixo, em cima da conta do dentista.

A carta do cliente do Oregon era um pedido de que lhe dissessem o que tinha acontecido com um manuscrito enviado três meses antes; o envelope volumoso continha um manuscrito escrito em letra cursiva, de um jovem de Allentown que queria que o vendessem imediatamente e a comissão fosse descontada do cheque do editor. Ela deu uma olhada desatenta no manuscrito, virando as páginas e lendo algumas palavras de cada uma delas; na metade, parou e leu uma folha inteira, depois voltou um pouco e leu mais. Ainda com o olhar fixo no manuscrito, ela pegou um caderninho de dez centavos cheio de anotações até certo ponto. Abriu o caderno em uma folha em branco, copiou um parágrafo do manuscrito, pensando, Posso trocar, pôr uma mulher em vez de um homem; e fez outra anotação, "trocar por M, usar qualquer nome menos Helen", que era o nome da mulher da história. Então guardou o caderno e pôs o manuscrito de lado sobre a mesa para puxar a tábua da mesa que levantava a máquina de escrever. Puxou uma folha de papel de carta onde se lia ROBERT SHAX, AGENTES LITERÁRIOS, ELIZABETH STYLE, DEPARTAMENTO DE FICÇÃO, e a enfiou na máquina: estava justamente datilografando o nome do rapaz e o endereço: Posta-restante, Allentown, quando ouviu a porta do escritório abrir e fechar.

"Olá", ela chamou, sem levantar a cabeça.

"Bom dia."

Ela então ergueu os olhos: era uma voz tão aguda, tão feminina. A garota que tinha entrado era grande e loura, e atravessou a estreita recepção como se estivesse pronta para se impressionar com qualquer coisa que acontecesse ali.

"Você queria falar comigo?", Elizabeth perguntou, as mãos ainda pousadas nas teclas da máquina de escrever. Se Deus me mandou uma cliente, ela pensou, mal não vai fazer eu parecer literária.

"Queria falar com o sr. Shax", a garota explicou. Aguardou no vão da porta da sala de Elizabeth.

"Ele teve que sair para resolver um assunto muito urgente", Elizabeth disse. "Você tinha marcado hora?"

A garota hesitou, como se desconfiasse da autoridade de Elizabeth. "Não exatamente", disse por fim. "Era para trabalhar aqui, acho eu."

Acho que tinha alguma coisa que ele queria me dizer, Elizabeth pensou, aquele covarde. "Entendo", ela disse. "Entre e sente-se."

A garota entrou acanhada, mas sem timidez aparente. Ela sabe que era um dever dele me avisar, não dela, Elizabeth pensou. "O sr. Shax disse que era para você vir trabalhar aqui?"

"Bom", a garota começou, decidindo que não havia problema em confiar em Elizabeth, "na segunda-feira, por volta das cinco, eu estava pedindo um emprego em todos os escritórios do prédio e entrei aqui e o sr. Shax me mostrou o escritório e falou que achava que eu daria conta do trabalho sem problemas." Ela repensou o que tinha dito. "A senhorita não estava aqui", acrescentou.

"Não teria como estar", Elizabeth concordou. Ele sabia desde segunda-feira e eu fico sabendo, ela pensou, que dia é hoje, quarta-feira? Eu fico sabendo na quarta-feira, quando ela aparece para trabalhar. "Não perguntei o seu nome."

"Daphne Hill", a garota disse em tom dócil.

Elizabeth escreveu "Daphne Hill" no memorando e olhou para ele, em certa medida para dar a impressão de que tomava uma decisão importante, mas também para ver como "Daphne Hill" ficava no papel.

"O sr. Shax falou", a garota começou, mas se calou. Sua voz era aguda, e quando estava ansiosa arregalava os pequenos olhos castanhos e piscava. A não ser pelo cabelo, que era louro-claro e cacheado no alto da cabeça, era sem jeito e estabanada, toda emperiquitada para o primeiro dia de trabalho.

"O que foi que o sr. Shax falou?", Elizabeth perguntou depois que a garota já parecia ter se acalmado de fato.

"Falou que não estava satisfeito com a garota atual e que eu iria aprender a fazer o trabalho dela e que eu tinha que vir hoje porque ontem ele avisaria a ela que eu viria."

"Ótimo", Elizabeth disse. "Imagino que você saiba datilografar."

"Acho que sim", a garota respondeu.

Elizabeth olhou para a carta na máquina de escrever e disse, "Bom, você pode sair e se sentar à mesa que fica ali fora e, se o telefone tocar, você atende. Pode ficar lendo, sei lá."

"Sim, srta. Style", a garota disse.

"E por favor feche a porta da minha sala", Elizabeth pediu. Ficou olhando a garota sair e fechar a porta com delicadeza. As coisas que tinha vontade de dizer à garota esperavam para ser ditas: talvez pudesse reformular algumas delas para Robbie durante o almoço.

O que isso quer dizer, ela pensou, de repente em pânico, a srta. Wilson está aqui faz quase tanto tempo quanto eu. Ele está tentando, a seu próprio estilo, com a mão pesada, embelezar o escritório? Talvez fosse melhor ele comprar uma estante; quem vai ensinar essa garota incrível a atender o telefone e escrever cartas, mesmo que tão bem quanto a srta. Wilson? Eu, pensou por fim. Eu vou ter que impedir Robbie de levar a cabo esse último gesto impulsivo e belo, como sempre; as coisas que eu não faço por esse escritoriozinho desgraçado e a chance de ganhar dinheiro. Em todo caso, quem sabe Daphne não me ajuda a pintar as paredes um dia, depois das cinco; quem sabe Daphne não saiba acima de tudo pintar.

Ela voltou a atenção para a carta na máquina de escrever. Uma carta de incentivo a um novo cliente; encaixava-se em uma fórmula simples dentro de sua cabeça e ela a escreveu sem titubear, datilografando de forma tosca e amadora, mas com agilidade. "Caro sr. Burton", ela escreveu. "Lemos sua história com bastante interesse. O enredo é bem pensado, e acreditamos que a personagem da..." Ela parou por um instante e se voltou para o manuscrito, abrindo-o numa página qualquer — "Lady Montague, em especial, tem um brilho além do habitual. Naturalmente, a fim de atrair mercados que paguem melhor, a história precisa dos retoques de um editor profissional, um serviço decisivo para a venda e que podemos oferecer a nossos clientes. Nossas tarifas..."

"Srta. Style?"

Apesar das divisórias de compensado, Elizabeth pediu, "Se quiser falar comigo, srta. Hill, venha até aqui".

Um minuto depois a srta. Hill abriu a porta e entrou. Elizabeth viu a bolsa dela sobre a mesa da recepção, o batom e o pó compacto ao lado. "Quando é que o sr. Shax volta?"

"Só de tarde, provavelmente. Ele foi tratar de um assunto importante com um cliente", Elizabeth disse. "Por que, alguém ligou?"

"Não, só estava querendo saber", a srta. Hill falou. Fechou a porta e voltou até sua mesa se arrastando. Elizabeth olhou outra vez para a carta na máquina de escrever e girou a cadeira para pôr os pés ainda molhados no aquecedor debaixo da janela. Um instante depois, abriu a última gaveta da mesa de novo e dessa vez pegou uma edição de bolso de uma história de suspense. Com os pés no aquecedor acomodou-se para ler.

Como chovia, e como estava deprimida e mal-humorada, e como Robbie ainda não tinha chegado às quinze para uma, Elizabeth se deu ao luxo de tomar um martíni enquanto esperava, desconfortável na cadeira estreita do restaurante, observando outras pessoas sem graça entrando e saindo. O restaurante estava cheio, o assoalho molhado por conta dos pés que vinham da chuva, e era escuro e lúgubre. Elizabeth e Robbie iam almoçar ali duas ou três vezes por semana, desde que tinham inaugurado o escritório no prédio vizinho. A primeira vez havia sido no verão, e Elizabeth, de vestido preto simples — ainda se lembrava dele: agora estava magra demais para usá-lo — e um chapeuzinho branco e luvas brancas, ficara animada e feliz porque uma nova e excelente carreira se revelava para ela. Ela e Robbie deram-se as mãos por cima da mesa e conversaram com entusiasmo: só ficariam no prédio antigo por um ano, no máximo dois, e então teriam dinheiro suficiente para se mudarem para Uptown; os clientes bons que iriam à nova Agência Robert Shax seriam escritores sérios, bem conceituados, com manuscritos que seriam grandes best-sellers; editores almoçariam com eles em restaurantes elegantes de Uptown, um drinque antes do almoço não seria algo extraordinário. A primeira encomenda de materiais de escritório com ROBERT SHAX, AGENTES LITERÁRIOS, ELIZABETH STYLE, DEPARTAMENTO DE FICÇÃO ainda não tinha sido entregue: planejaram o cabeçalho no almoço daquele dia.

Elizabeth pensou em pedir outro martíni e então viu Robbie atravessando com impaciência os corredores lotados. Ele a viu do outro lado do salão e acenou, ciente de que os outros o observavam, um executivo atrasado para um almoço agendado, ainda que fosse num restaurante duvidoso.

Quando chegou à mesa, de costas para o salão, estava com o rosto cansado e a voz baixa. "Finalmente cheguei", ele anunciou. Pareceu surpreso com a taça de martíni vazia. "Ainda nem tomei o café da manhã", ele disse.

"O encontro com o clérigo foi ruim?"

"Péssimo", ele respondeu. "Quer um livro com os poemas dele publicado ainda este ano."

"O que foi que você falou pra ele?" Elizabeth tentou evitar que sua voz parecesse tensa. Vamos ter bastante tempo para isso depois, ela pensou, quando ele estiver com vontade de me responder.

"Sei lá", Robbie falou. "Como é que eu vou saber o que eu falei para aquele velho idiota?" Ele desmoronou na cadeira. "Que nós vamos fazer o possível."

Isso significa que ele realmente fez muita besteira, Elizabeth pensou. Se tivesse se saído bem, me contaria os detalhes. De repente ela se sentiu tão exausta que deixou os ombros despencarem e continuou sentada, fitando atônita as pessoas que entravam e saíam pela porta. O que vou dizer para ele, ela pensou, que palavras Robbie vai entender melhor?

"Por que você está com essa cara tão amarrada?", Robbie questionou de súbito. "Ninguém te obrigou a ir até aquele inferno de Uptown sem nem tomar o café."

"Tive uma manhã difícil também", Elizabeth disse. Robbie ergueu os olhos, à espera. "Precisei lidar com uma nova funcionária."

Robbie continuou esperando, o rosto um pouco corado, semicerrando os olhos; estava esperando para ver o que ela diria antes de se desculpar, ou se aborrecer, ou tentar fingir que a situação toda não passava de uma boa piada.

Elizabeth o observava: ele é o Robbie, ela pensava, eu sei o que ele vai fazer e o que vai dizer e qual gravata vai usar em cada dia da semana, e há onze anos eu sei disso tudo e há onze anos venho me perguntando como dizer as coisas de uma forma que ele entenda; e há onze anos nos sentamos aqui e nos demos as mãos e ele disse que seríamos bem-sucedidos. "Eu estava pensando no dia em que nós almoçamos aqui, assim que começamos a trabalhar juntos", ela falou baixinho, e Robbie ficou desconcertado. "O dia em que começamos a trabalhar juntos", ela repetiu com mais clareza. "Lembra do Jim Harris?" Robbie fez que sim, a boca entreaberta. "Íamos ganhar rios de dinheiro porque o Jim traria todos os amigos dele para nós e então você teve uma briga com o Jim e não vemos ele desde então e nenhum dos amigos dele veio nos procurar e agora você tem o seu amigo clérigo como cliente e um belo retrato do Jim na parede da sua sala. Autografado", ela disse. "Autografado, com 'gratidão', e se ele estivesse ganhando alguma grana nós estaríamos rondando, tentando até agora pegar um pouco emprestado."

"Elizabeth", Robbie disse. Estava sem saber se tentava parecer magoado ou se tentava ver se alguém tinha escutado o que ela dizia.

"Até o garoto da loja de conveniência da minha esquina." Elizabeth o fitou por um instante. "Daphne Hill", ela comentou. "Deus do céu."

"Entendi", Robbie disse com um sorriso sugestivo. "Daphne Hill." Ele se virou quando viu a garçonete se aproximar. "Senhorita", ele chamou alto, e para Elizabeth, "Acho que você devia tomar outro drinque. Pra se animar um pouco." Quando a garçonete olhou, ele pediu, "Dois martínis", e se virou para Elizabeth, sorrindo outra vez. "Vou beber o meu café da manhã", ele falou, e então esticou o braço e tocou na mão de Elizabeth. "Escuta", ele disse, "Liz, se é só isso o que está te incomodando. Eu fui um cretino, imaginei que você fosse perceber que eu tinha feito algo errado em relação ao clérigo. Escuta, a Daphne é legal. Achei que a gente precisava de alguém para dar uma animada no ambiente."

"Você poderia ter pintado a parede", Elizabeth falou com a voz apagada. Como Robbie a fitava, ela disse, "Nada", e ele prosseguiu, se inclinando para a frente, muito sério.

"Escuta", ele prometeu, "se você não gostar da tal da Daphne, ela cai fora. Não há dúvida nenhuma quanto a isso, no final das contas. Estamos nesse negócio juntos." Ele olhou para o nada e sorriu, recordando o passado. "Eu me lembro daquela época, sim. Nós íamos fazer coisas incríveis." Ele abaixou a voz e olhou com carinho para Elizabeth. "Acho que ainda vamos fazer", declarou.

Elizabeth não teve como conter a risada. "Você vai ter que ser mais silencioso na hora de descer a escada", ela disse. "A esposa do zelador achou que você era o cara que deixa o esqui no corredor. Ela quase quebrou a perna."

"Não zombe da minha cara", Robbie falou. "Elizabeth, me dói muito ver que você deixa alguém feito a Daphne Hill te aborrecer."

"É claro que aborrece", Elizabeth respondeu. De repente Robbie lhe pareceu engraçado. Se ao menos eu conseguisse continuar me sentindo desse jeito, ela pensou, enquanto ria dele. "Aí vem o seu café da manhã, pra você beber", ela comentou.

"Moça", Robbie falou para a garçonete. "Gostaríamos de pedir os pratos, por favor."

Ele entregou o cardápio a Elizabeth com ar cerimonioso e disse à garçonete, "Croquetes de frango com batata frita". Elizabeth pediu, "O mesmo pra mim, por favor", e devolveu o cardápio. Depois que a garçonete se afastou, Robbie pegou um dos martínis e o entregou a Elizabeth. "Você está precisando disso, minha cara", ele disse. Pegou a outra taça e olhou para ela; em seguida adotou o mesmo tom de voz grave e afetuoso, e brindou, "A você e ao nosso futuro sucesso".

Elizabeth sorriu para ele e provou o drinque. Percebia que Robbie estava dividido entre tomar tudo de uma vez ou dar golinhos despreocupados como se não precisasse dele.

"Se você beber rápido demais, vai passar mal, querido", ela disse. "Sem ter tomado o café."

Ele o provou devagarinho e o pôs na mesa. "Agora vamos falar sério sobre a Daphne", ele falou.

"Achei que ela fosse embora", Elizabeth retrucou.

Ele ficou assustado. "Naturalmente, se é isso o que você quer", ele disse friamente. "Me parece meio infame contratar a garota e demiti-la no mesmo dia porque você está com ciúmes."

"Não estou com ciúmes", Elizabeth rebateu. "Eu nunca disse que estava."

"Se eu não posso ter uma garota bonita dentro do escritório", Robbie falou.

"Você pode", disse Elizabeth. "Mas eu queria uma que soubesse datilografar."

"A Daphne dá conta do trabalho sem problemas."

"Robbie", Elizabeth começou, e em seguida se calou. Já basta, ela pensou, não quero mais rir dele; eu queria poder me sentir sempre como me senti um minuto atrás, não deste jeito. Ela o examinou, o rosto vermelho e o cabelo grisalho que rareava, além dos ombros pesados acima da mesa; ele estava de cabeça erguida e queixo firme porque sabia que ela o fitava. Ele acha que estou impressionada, ela pensou, que ele é homem e me intimidou. "Deixa ela ficar", Elizabeth decretou.

"Afinal", Robbie se recostou para que a garçonete pusesse o prato na frente dele, "afinal", ele prosseguiu depois que a garçonete foi embora, "não me falta autoridade para contratar alguém no meu próprio escritório."

"Eu sei", Elizabeth respondeu, esgotada.

"Se você vai começar a criar caso por coisas sem importância", Robbie disse. Os cantos da boca estavam voltados para baixo e ele se recusava a olhá-la nos olhos. "Eu sei administrar meu próprio escritório", ele repetiu.

"Você morre de medo de que um dia eu te deixe", Elizabeth falou. "Coma."

Robbie pegou o garfo. "Naturalmente", ele disse, "acho que seria uma pena romper uma boa parceria só porque você está com ciúmes."

"Deixa pra lá", Elizabeth pediu, "eu não vou a lugar nenhum."

"Espero que não", Robbie disse. Ele passou um minuto comendo com afinco. "Vou te falar uma coisa", ele anunciou de repente, largando o garfo no prato, "vamos testá-la por uma semana e aí, se você não achar ela melhor do que a srta. Wilson, ela cai fora."

"Mas eu não…", Elizabeth começou. Então disse, "Está bem. Assim a gente pode ver como ela se adapta a nós."

"É uma ideia esplêndida", Robbie concordou. "Agora me sinto melhor." Ele esticou o braço e dessa vez deu tapinhas na mão dela. "Liz velha de guerra", disse.

"Sabe", Elizabeth disse, "estou com uma sensação muito esquisita." Ela olhava para a porta. "Achei que tinha visto uma pessoa."

Robbie se virou e olhou para a porta. "Quem?"

"Você não conhece", Elizabeth explicou. "Um garoto da minha cidade. Mas não era ele."

"Você vive achando que viu gente conhecida em Nova York", Robbie comentou, voltando ao garfo.

Elizabeth pensava, Deve ter sido a conversa sobre os velhos tempos com Robbie e os dois drinques que eu tomei, fazia anos que eu não pensava no Frank. Ela deu uma gargalhada e Robbie interrompeu a refeição: "O que é que está acontecendo contigo? As pessoas vão achar que tem algo errado".

"Só estava pensando", Elizabeth falou. De repente sentiu que precisava conversar com Robbie, tratá-lo como trataria qualquer pessoa que conhecesse bem, quase como um marido. "Fazia anos que eu não pensava nesse cara", ela explicou. "Milhares de coisas me vieram à cabeça."

"É um namorado de antigamente?", Robbie indagou sem interesse.

Elizabeth sentiu a mesma pontada de terror que teria sentido quinze anos antes diante dessa sugestão. "*Não*", ela disse. "Ele me levou para dançar uma vez. Minha mãe ligou para a mãe dele e pediu que ele me levasse."

"Sorvete de chocolate com calda de chocolate", Robbie pediu à garçonete.

"Só um café", Elizabeth falou. "Ele era um rapaz maravilhoso", disse para Robbie. Por que não consigo me segurar? ela refletia, Eu não pensava nisso há anos.

"Escuta", Robbie perguntou, "você falou para a Daphne que ela podia sair para almoçar?"

"Eu não falei nada para ela", Elizabeth respondeu.

"Então é melhor a gente correr", Robbie disse. "A pobre coitada deve estar morrendo de fome."

Frank, Elizabeth pensou. "Falando sério", ela disse, "o que foi que você e o clérigo resolveram?"

"Eu te conto depois", Robbie falou, "quando eu botar as ideias em ordem. No momento, não sei direito o que foi que a gente resolveu."

E ele vai despejar isso em cima de mim de repente, Elizabeth pensou, para eu não ter tempo de pensar; ele acabou de prometer que publicaria os poemas do clérigo às próprias custas; ou ele vai viajar e eu é que vou ter de lidar com a situação; ou alguém vai nos processar. Frank não estaria num lugar como este, de qualquer forma, e se estiver comendo vai ser em um lugar desses com ambiente sossegado e onde o chamam de "senhor" e todas as mulheres são lindas. "Bom, não tem importância", ela disse.

"Claro que não", Robbie confirmou. Era evidente que ele achava necessário dar um último toque definitivo antes que voltassem a Daphne Hill. "Enquanto conseguirmos lutar juntos, tudo vai acabar bem", ele disse. "Trabalhamos bem juntos, Liz." Ele se levantou e se virou para pegar o paletó e o chapéu. O terno estava amarrotado e ele parecia desconfortável, via-se pela forma como mexia os ombros, inquieto.

Elizabeth tomou o último gole de café. "Você está ficando cada dia mais gordo", comentou.

Ele olhou ao redor, assustado. "Você acha que eu devia voltar a fazer dieta?", perguntou.

Subiram juntos no elevador, em cantos opostos, ambos olhando para o nada através do gradil de ferro, para algo particular e secreto. Tinham subido e descido naquele elevador quatro ou seis ou oito ou dez vezes por dia desde que haviam se mudado para o prédio, às vezes felizes, às vezes com uma raiva fria do outro, às vezes rindo ou brigando furiosamente com frases ligeiras e violentas; o ascensorista provavelmente sabia mais sobre eles do que a dona do apartamento de Elizabeth ou o jovem casal que morava no apartamento em frente ao de Robbie, e no entanto entravam no elevador todos os dias e o ascensorista se dirigia a eles com civilidade e permanecia de costas, subindo e descendo, participando brevemente de suas brigas, talvez sorrindo atrás das costas viradas.

Hoje ele perguntou, "O tempo continua feio?", e Robbie respondeu, "Está pior do que nunca", e o ascensorista disse, "Devia ter uma lei contra isso", e os deixou no andar deles.

"Fico aqui pensando o que ele acha da gente, o homem do elevador", Elizabeth disse, seguindo Robbie pelo corredor.

"É provável que ele tenha vontade de sair daquele elevador por um tempo e ficar em um escritório", Robbie falou. Ele abriu a porta do escritório e chamou, "Srta. Hill?"

Daphne Hill estava sentada à mesa da recepção, lendo o romance policial que Elizabeth tinha largado para ir almoçar. "Olá, sr. Shax", ela cumprimentou.

"Você pegou isso aí na minha mesa?", Elizabeth questionou, por um instante tão surpresa que falou sem pensar.

"Não podia?", Daphne indagou. "Eu não tinha nada pra fazer."

"Vamos achar muita coisa para você fazer, moça", Robbie disse com entusiasmo, voltando a ser um homem de negócios dinâmico. "Desculpe se a deixamos esperando para almoçar."

"Eu saí e arrumei o que comer", Daphne declarou.

"Que bom", Robbie falou, olhando de soslaio para Elizabeth. "Vamos precisar arranjar um esquema para o futuro."

"Daqui pra frente", Elizabeth disse com rispidez, "não entre na minha sala sem permissão."

"Claro", Daphne concordou, assustada. "Quer o livro de volta?"

"Pode ficar com ele", Elizabeth respondeu. Entrou na sala e fechou a porta. Ouviu Robbie dizer, "A srta. Style não gosta que mexam nas coisas dela, srta. Hill", e em seguida, "Venha à minha sala, por favor". Como se fossem divisórias de verdade, Elizabeth pensou. Ela escutou Robbie entrar depressa na sala e Daphne ir atrás dele com passos cautelosos, e a porta se fechar.

Ela suspirou e pensou, Vou fingir que são divisórias de verdade; é o que Robbie vai fazer. Reparou em um bilhete apoiado na máquina de escrever, onde estava a carta ao sr. Burton ainda pela metade. Pegou o bilhete e o leu muito concentrada para abafar a voz de patrão de Robbie do outro lado da divisória. O bilhete era da srta. Wilson, e dizia:

"Srta. Style, você não me avisou que haveria uma garota nova e, como eu trabalho aqui há tanto tempo, acho que deveria ter me falado. Imagino que ela consiga aprender a função sozinha. Por favor diga ao sr. Shax que mande meu dinheiro para a minha casa, o endereço está no arquivo, como ele já sabe. Um tal sr. Robert Hunt ligou para você, você precisa telefonar para o hotel dele, Addison House. Por favor diga ao sr. Shax que envie o dinheiro, são duas semanas de trabalho e mais uma de aviso prévio. Alice Wilson."

Ela deve ter ficado revoltada, Elizabeth pensou, para nem esperar o dinheiro, deve ter ficado furiosa, imagino que Daphne tenha sido a primeira a contar e ela se sentiu como eu; ele jamais vai mandar o dinheiro dela. Ouvia a voz de Robbie dizendo, "É um ramo terrível, o mais doloroso que eu conheço". Ele está falando do trabalho de escritor freelance, ela pensou, Daphne provavelmente quer vender sua própria história.

Ela saiu pela porta de sua sala, foi à de Robbie e bateu. Se Robbie perguntar "Quem é?", ela pensou, vou responder, "O homem do elevador, que subiu para ficar um pouquinho". Então Robbie chamou, "Entra, Liz, larga de ser boba".

"Robbie", ela disse, abrindo a porta, "a srta. Wilson esteve aqui e deixou um bilhete."

"Esqueci de avisar", explicou Daphne, "e eu ainda não tinha tido tempo pra isso, de qualquer forma. Ela mandou eu pedir que o sr. Shax envie o dinheiro dela."

"Lamento pela situação", Robbie declarou. "Ela deveria ter sido avisada ontem. É uma grande pena ela ter ficado sabendo desse jeito." Daphne estava sentada na única outra cadeira da sala e ele titubeou antes de falar, "Senta aqui, Elizabeth".

Elizabeth esperou que ele se levantasse e então disse, "Não precisa, Robbie, eu vou voltar ao trabalho".

Robbie leu a carta da srta. Wilson com atenção. "Srta. Hill", ele pediu, "anote o recado para mandar à srta. Wilson o salário e a semana a mais que ela mencionou."

"Eu não tenho onde anotar recados", Daphne disse. Elizabeth pegou um bloquinho e um lápis da mesa de Robbie e os entregou a ela, e Daphne escreveu uma frase solene na primeira página do bloco.

"Quem é esse Hunt?", Robbie perguntou a Elizabeth. "Seu antigo namorado?"

Eu sabia que não devia ter contado para ele, Elizabeth pensou. "Acho que é um amigo de longa data do meu pai, lá da minha cidade", ela explicou.

"Melhor ligar para ele", Robbie disse, entregando o recado a ela.

"Vou ligar", Elizabeth falou. "Você não acha melhor escrever para a srta. Wilson explicando o que aconteceu?"

Robbie ficou consternado, e então disse, "A srta. Hill pode fazer isso de tarde".

Elizabeth, tomando o cuidado de não olhar para Daphne, concordou, "Boa ideia. Assim ela vai ter o que fazer".

Ela fechou a porta com delicadeza ao sair e fechou a porta da própria sala para criar a ilusão de privacidade. Sabia que Robbie a ouviria falando ao telefone; formou uma imagem esquisita de Robbie e Daphne sentados em silêncio, um de cada lado da mesa de Robbie, dois rostos gordos e sérios meio que virados para a divisória, escutando a conversa de Elizabeth com o velho amigo de seu pai.

Ela procurou o número do hotel nas páginas amarelas, ouvindo Robbie falar, "Diga a ela que lamentamos sinceramente, mas que por conta de circunstâncias que fogem ao meu controle, e assim por diante. Seja o mais agradável possível. Lembre-se de dizer que vamos considerá-la para a primeira vaga que surgir".

Elizabeth discou o número, aguardando o silêncio súbito da sala de Robbie. Pediu ao recepcionista para falar com o sr. Robert Hunt, e quando ele atendeu, ela baixou a voz e disse, "Tio Robert? É a Beth".

Ele respondeu com animação, "Beth! Que bom ouvir sua voz. A mamãe achou que você estaria ocupada demais para responder à ligação".

"Ela está contigo? Que bom", Elizabeth disse. "Como vocês dois estão? E o papai?"

"Está tudo bem", ele disse. "Como vai você, Beth?"

Ela manteve a voz baixa, "Ótima, tio Robert, indo muito bem. Quanto tempo faz que você chegou? E por quanto tempo vai ficar? E quando eu posso te ver?"

Ele riu. "A mamãe está falando comigo de um lado e você falando do outro", ele disse. "E eu não escuto nem uma palavra do que vocês duas estão dizendo. Bom, como você está?"

"Estou ótima", ela repetiu.

"Beth", ele disse, "estamos loucos para te ver. Tenho um monte de recados de casa pra você."

"Ando bastante ocupada", ela disse, "mas adoraria ver vocês. Quanto tempo vão ficar?"

"Até amanhã", ele respondeu. "Só viemos passar uns dias."

Ela calculava às pressas, mesmo enquanto sua voz dizia, "Ah, não", com grande desalento. "*Por que* você não me avisou?", perguntou.

"A mamãe pediu para avisar que todo mundo mandou lembranças", ele disse.

"Eu estou me sentindo mal", ela disse. A culpa a levou a enfatizar as palavras violentamente. "Não sei *como* vou fazer pra ver vocês. Quem sabe amanhã de manhã?"

"Bom", ele falou devagar, "a mamãe meio que estava decidida a ir a Long Island amanhã pra ver a irmã, e depois vamos direto para o trem. A gente tinha pensado que você poderia vir com a gente hoje à noite."

"Poxa vida", Elizabeth disse, "tenho um jantar que eu não posso faltar. É um cliente", ela explicou, "você sabe como é."

"Mas que pena", ele lamentou. "Nós vamos a um espetáculo; achei que você poderia vir junto. Mamãe", ele chamou, "qual é o espetáculo que nós vamos ver?" Ele esperou um instante e então disse, "Ela também não se lembra. O hotel arrumou os ingressos pra gente".

"Eu gostaria tanto de ir", ela falou, "eu gostaria tanto." A contragosto, pensou no ingresso extra que tinham tido o cuidado de comprar, os dois idosos jantando sozinhos, fingindo estar comemorando em uma cidade estranha. Eles reservaram esta noite para mim, ela pensou. "Se fosse qualquer outra pessoa no mundo, eu poderia desmarcar, mas é um dos nossos melhores clientes e não tenho coragem."

"Claro que não." Fez-se um silêncio tão longo que Elizabeth perguntou, de repente, "Bom, como vai o papai?".

"Bem", ele disse. "Está todo mundo bem. Acho que ele queria que você estivesse lá."

"Imagino que ele se sinta só", Elizabeth falou, atenta para não deixar seu tom de voz comprometê-la. Estava ansiosa para encerrar aquele telefonema, dissociar-se da família Hunt e do pai e das insinuações torturantes de que devia voltar para sua cidade. Agora eu moro em Nova York, disse a si mesma enquanto a voz do velho desfiava uma série monótona de histórias sobre seu pai e pessoas que ela conhecera tempos atrás; moro sozinha em Nova York e não tenho que me lembrar de nenhuma dessas pessoas; tio Robert já devia ficar contente só de eu falar com ele.

"Fico muito feliz que você tenha ligado", ela disse de repente, cortando o discurso dele. "Preciso voltar ao trabalho."

"É claro", ele falou, em tom de quem se desculpa. "Bom, Beth, escreve para a gente, está bem? A mamãe está pedindo para eu te mandar lembranças."

Eles se agarram a mim, ela pensou; eles ficam me segurando com suas cartas e "S. Afet. Pai", e as lembranças para lá e para cá. "Tchau", ela disse.

"Venha nos fazer uma visita logo", ele continuou.

"Vou assim que der. Tchau", Elizabeth se despediu. Desligou durante o "Tchau" dele e então um "Ah, espera, Beth", quando se lembrou de algo. Eu não conseguiria escutar mais nada sem ser grosseira, ela pensou.

Ouviu a voz de Robbie recomeçando na sala ao lado, "E imagino que você entenda de coisas como atender o telefone e tarefas do tipo".

"Acho que sim", Daphne respondeu.

Elizabeth retomou a carta ao sr. Burton, que ficou toda enrolada por ter passado tanto tempo na máquina de escrever, e escutou Robbie e Daphne Hill conversando por um tempo, sobre nomes de clientes e a extensão telefônica de dois botões da mesa da recepção, e então ouviu os dois saindo da sala, indo até a mesa da recepção para testar a extensão, duas crianças, ela pensou, brincando de escritório. Às vezes ouvia a gargalhada sonora de Robbie, e então, passado um instante, Daphne rindo também, lenta e surpresa. Apesar de todas as tentativas de se concentrar nos valores para o sr. Burton, ela se pegou prestando atenção, seguindo os barulhos de Robbie e Daphne ao se movimentarem pelo escritório. Uma hora, mais alto do que o murmúrio baixinho que trocavam, ela ouviu a voz de homem-muito-experiente de Robbie dizer, "Um restaurante pequeno e sossegado", e então, quando a voz readquiriu o tom cauteloso, ela completou consigo mesma, Onde eles possam conversar. Ela aguardou, para não parecer uma intrusa, até Daphne se acomodar pesadamente à mesa da recepção e Robbie se dirigir à própria sala. Então chamou, "Robbie?".

Houve um momento de silêncio e em seguida ele deu a volta e abriu a porta da sala dela. "Você sabe que eu não gosto que você berre no escritório", ele disse.

Ela se calou por um instante porque queria ser cordial. "Nós vamos sair para jantar esta noite?", ela perguntou. Jantavam juntos quatro ou cinco vezes por semana, em geral no restaurante onde haviam almoçado ou em algum lugarzinho perto do apartamento de Robbie ou de Elizabeth. Quando viu os cantos da boca de Robbie se voltarem para baixo e o leve giro de sua cabeça em direção à outra sala, levantou um pouco a voz. "Consegui escapar de um encontro com uns idiotas hoje", ela disse. "Tenho muito o que conversar com você."

"Sabe, Liz", Robbie começou, falando bem rápido e em voz baixa, "Eu acho que não vou ter como sair pra jantar." Sem perceber que ele repetia o que a ouvira dizer ao telefone alguns minutos antes, ele prosseguiu, fazendo cara de aborrecido, "Tenho um jantar que não posso faltar, com um cliente". Quando Elizabeth demonstrou surpresa, ele disse, "O clérigo, prometi a ele hoje de manhã que nos reuniríamos de novo esta noite. Eu ainda não tinha conseguido te avisar".

"Claro que você não pode faltar", Elizabeth falou, tranquila. Ficou aguardando, observando Robbie. Ele estava sentado, inquieto, no canto da mesa dela, distraído, brincando com um lápis, querendo sair mas com medo de ser muito abrupto. O que é que eu estou fazendo, Elizabeth pensou, brincando de esconde-esconde? "Por que você não vai ao cinema, sei lá?", ela sugeriu.

Robbie deu uma risada pesarosa. "Eu bem que queria", ele falou.

Elizabeth esticou o braço e arrancou o lápis da mão dele. "Pobre Robbie", ela disse. "Você parece bem chateado. Precisa ir a algum lugar e relaxar."

Robbie franziu a testa, angustiado. "Por que eu faria isso?", ele perguntou. "O escritório não é meu?"

Elizabeth adotou um tom terno. "Você precisa ficar algumas horas afastado daqui, Robbie, estou falando sério. Não vai poder trabalhar esta tarde." Ela resolveu se permitir uma leve alfinetada vingativa. "Sobretudo se tiver que encontrar aquele horroroso esta noite", ela disse.

A boca de Robbie se abriu e se fechou, e então ele disse, "Eu não consigo pensar direito nesse clima horrível. A chuva me tira do sério".

"Eu sei", Elizabeth falou. Ela se levantou. "Ponha o chapéu e o paletó e deixe a pasta e tudo aqui", ela ordenou, empurrando-o porta afora, "e volte depois de ter passado umas horinhas no cinema que aí você vai se sentir outra pessoa para sair e convencer o clérigo."

"Não quero sair de novo nesse tempo", Robbie retrucou.

"Pare para fazer a barba", Elizabeth aconselhou. Ela abriu a porta da sala e viu Daphne Hill encarando-a. "Corte o cabelo", ela acrescentou, tocando na parte de trás da cabeça dele. "A srta. Hill e eu vamos ficar muito bem sem você. Não é, srta. Hill?"

"Claro", Daphne respondeu.

Robbie entrou na própria sala a contragosto e saiu logo depois segurando o paletó úmido e o chapéu. "Não sei por que você quer que eu saia", ele disse.

"Não sei por que você quer ficar", Elizabeth rebateu, escoltando-o até a porta do escritório. "Você não serve pra nada quando está desse jeito." Abriu a porta da frente e ele saiu. "Até mais tarde."

"Até mais tarde", disse Robbie, atravessando o corredor.

Elizabeth ficou observando até ele entrar no elevador, fechou a porta e se virou para Daphne Hill. "A carta para a srta. Wilson já está pronta?", indagou.

"Eu estava escrevendo", Daphne respondeu.

"Traz para mim quando você terminar." Elizabeth foi até a própria sala, fechou a porta e se sentou à mesa. Frank, ela pensava, não poderia ser Frank. Ele teria dado um oi ou algo assim. Eu não mudei tanto assim. Se era Frank, o que ele estava fazendo por ali? Não adianta, ela pensou, não tenho como achá-lo mesmo.

Ela pegou a lista telefônica do canto da mesa e procurou o nome de Frank; não constava ali, e ela virou mais folhas até chegar ao H, correndo o dedo pela página até encontrar Harris, James. Puxando o telefone, discou o número e aguardou. Quando um homem atendeu, ela perguntou, "É Jim Harris quem fala?".

"Ele mesmo", respondeu.

"Aqui é a Elizabeth Style."

"Olá", ele disse. "Como vai?"

"Estava esperando você entrar em contato comigo", ela falou. "Faz tanto tempo."

"Eu sei que faz", ele disse. "De uma forma ou de outra, parece que eu nunca consigo…"

"Vou te contar por que estou telefonando", ela disse. "Você se lembra do Frank Davis?"

"Claro", ele respondeu. "O que ele anda fazendo?"

"Era isso o que eu queria te perguntar", ela disse.

"Ah. Bom…"

Ela esperou um instante e depois prosseguiu, "Um dia desses eu vou aceitar aquele seu convite para jantar".

"Espero que você aceite", ele falou. "Eu te ligo."

Ai, não, ela pensou. "Já faz muito tempo que a gente se viu. Escuta." Ela falou como se tivesse tido uma ideia repentina, uma ideia genial e inesperada, "Por que a gente não sai esta noite?" Ele começou a dizer alguma coisa e ela continuou, "Estou morrendo de vontade de te ver".

"É que a minha irmã caçula está na cidade", ele disse.

"Ela não pode vir junto?", Elizabeth perguntou.

"Bom", ele disse, "acho que pode."

"Ótimo", Elizabeth falou. "Primeiro você passa na minha casa para tomar um drinque, e traz a caçula, e nós podemos ter uma bela conversa sobre os velhos tempos."

"Posso te ligar mais tarde?", ele perguntou.

"Estou saindo do escritório agora", Elizabeth disse sem mudar de tom. "Vou passar a tarde inteira na rua. Então vamos combinar por volta das sete?"

"Está bem", ele disse.

"Estou muito contente por termos conseguido marcar esta noite", Elizabeth concluiu. "Até mais tarde."

Depois que desligou ela passou um instante com a mão no telefone, pensando, Harris velho de guerra, ele não tem chance nenhuma se você fala rápido; ele deve acabar metido em todos os rolos desta cidade. Ela riu, satisfeita, e parou de repente ao ouvir Daphne bater à porta; quando Elizabeth disse, "Entra", Daphne abriu com cuidado e enfiou a cabeça.

"Terminei a carta, srta. Style", anunciou.

"Traz aqui", Elizabeth pediu, e acrescentou, "por favor."

Daphne entrou e esticou bem o braço para entregar a carta. "Não está muito boa", ela disse. "Mas é a primeira carta que escrevo por conta própria."

Elizabeth deu uma olhada na carta. "Não importa", ela disse. "Sente-se, Daphne."

Daphne se sentou cautelosamente na beirada da cadeira. "Apoia as costas", Elizabeth mandou. "Essa é a única cadeira que eu tenho e não quero que você a quebre."

Daphne se recostou e arregalou os olhos.

Elizabeth abriu a bolsa com delicadeza, pegou um maço de cigarros e procurou um fósforo. "Só um instante", Daphne disse, ávida, "eu tenho." Ela correu até a recepção e voltou com uma caixa de fósforos. "Pode ficar", ela falou, "eu tenho mais."

Elizabeth acendeu o cigarro e deixou os fósforos no cantinho da mesa. "Pois bem", ela disse, e Daphne se inclinou para a frente. "Onde você trabalhou antes daqui?"

"Este é o meu primeiro emprego", ela respondeu. "Acabei de chegar a Nova York."

"De onde você veio?"

"De Buffalo", Daphne falou.

"Então você veio para Nova York para fazer fortuna?", Elizabeth indagou. É aí que eu ganho da Daphne, ela pensava, eu já fiz a minha fortuna.

"Sei lá", Daphne respondeu. "Meu pai nos trouxe pra cá porque o irmão precisava dele nos negócios. Nos mudamos há poucos meses."

Se eu tivesse uma família para cuidar de mim, Elizabeth pensou, não trabalharia para Robert Shax. "Que tipo de formação você teve?"

"Fiz o colegial em Buffalo", Daphne contou. "Fiquei um tempo na faculdade de administração."

"Você quer ser escritora?"

"Não", respondeu Daphne, "quero ser agente, como o sr. Shax. E como você", acrescentou.

"É um ramo muito bom", Elizabeth declarou. "E dá pra ganhar muito dinheiro."

"Foi o que o sr. Shax falou. Ele foi muito bacana."

Daphne parecia mais corajosa. Estava de olho no cigarro de Elizabeth e havia se acomodado na cadeira.

De repente, Elizabeth se sentiu exausta; não estava mais se divertindo com Daphne. "O sr. Shax e eu estávamos conversando sobre você no almoço", disse deliberadamente.

Daphne sorriu. Quando sorria, e quando estava sentada, sem a imagem daquele corpo volumoso se apoiando precariamente sobre os pezinhos, Daphne era uma garota atraente. Apesar dos olhinhos castanhos, com aquela massa inacreditável de cabelo, Daphne era muito atraente. Sou tão magricela, Elizabeth pensou, e disse com deleite, "Acho melhor você reescrever a carta para a srta. Wilson, Daphne".

"Sem problemas", assentiu Daphne.

"Dizendo a ela", Elizabeth prosseguiu, "que volte ao trabalho assim que possível."

"Volte para cá?", Daphne indagou, com um comecinho de preocupação.

"Volte para cá", confirmou Elizabeth. Ela sorriu. "Acho que o sr. Shax não teve coragem de dizer", ela declarou. "O sr. Shax e eu, além de sócios", ela continuou, "somos grandes amigos. É normal o sr. Shax se aproveitar da nossa amizade para deixar as tarefas desagradáveis na minha mão."

"O sr. Shax não me falou nada", Daphne respondeu.

"Imaginei que não", Elizabeth disse, "quando vi você seguindo em frente como se fosse continuar aqui."

Daphne ficou assustada. Ela é burra demais para chorar, Elizabeth pensou, mas vai precisar que tudo seja explicado tim-tim por tim-tim. "Naturalmente", Elizabeth continuou, "eu não gosto de fazer isso. Talvez eu possa facilitar as coisas pra você tentando ajudá-la a arrumar outro emprego."

Daphne fez que sim.

"Talvez isso te ajude", Elizabeth disse, "porque o sr. Shax comentou mais cedo, e é o tipo de coisa a que os homens dão muita atenção. Sua aparência."

Daphne olhou para a ampla parte da frente do vestido.

"Provavelmente", Elizabeth continuou, "você já sabe, e é uma enorme grosseria eu comentar, mas acho que você causaria uma impressão melhor e, conseguindo um emprego, ficaria mais à vontade para trabalhar se usasse uma roupa mais adequada a um escritório em vez de um vestido de seda. Faz parecer, de certa forma, que você acabou de chegar de Buffalo."

"Você quer que eu use um terninho, algo assim?", Daphne indagou. Falava devagar e sem malícia.

"Uma roupa mais discreta, em todo caso", Elizabeth respondeu.

Daphne olhou Elizabeth da cabeça aos pés. "Um terninho que nem o seu?", perguntou.

"Um terninho seria ótimo", Elizabeth concordou. "E tente pentear o cabelo para baixo."

Daphne tocou no alto da cabeça delicadamente.

"Tente ser mais organizada, de modo geral", Elizabeth prosseguiu. "Você tem um cabelo lindo, Daphne, mas ficaria mais condizente com um escritório se você o usasse mais preso."

"Feito o seu?", perguntou Daphne, olhando para os fios grisalhos do cabelo de Elizabeth.

"Como você quiser", disse Elizabeth, "contanto que não pareça uma vassoura." Ela se voltou enfaticamente para a própria mesa e um minuto depois Daphne se levantou. "Leve isso de volta", Elizabeth ordenou, entregando a carta destinada à srta. Wilson, "e reescreva como eu mandei."

"Sim, srta. Style", Daphne disse.

"Pode ir para casa assim que terminar a carta", Elizabeth concluiu. "Deixe em cima da sua mesa, junto com o seu nome e endereço, que o sr. Shax te manda o pagamento da diária."

"Não importa se ele vai mandar ou não", Daphne respondeu bruscamente.

Elizabeth ergueu a cabeça por um instante e olhou fixo para Daphne. "Você acha que tem algum direito de criticar as decisões do sr. Shax?", perguntou.

Elizabeth ficou alguns minutos sentada à mesa, esperando para ver o que Daphne faria; depois que ela fechou a porta da sala com delicadeza e voltou à mesa da recepção, fez-se um silêncio carregado; ela está sentada na mesa lá fora, Elizabeth pensou, reflexiva. Então, por fim, ouviu o barulhinho da bolsa de Daphne, o estalo do fecho se abrindo, o movimento da mão tateante contra chaves, papéis; ela está pegando o pó compacto, Elizabeth pensou, está tentando ver se o que eu falei sobre sua aparência é verdade; está ponderando se Robbie disse alguma coisa, de que forma disse, se eu piorei a situação ou a amenizei a favor dela. Eu devia ter falado que ele a chamou de baleia, ou da coisa mais feia que já viu na vida; talvez ela nem percebesse que era mentira. O que ela estará fazendo agora?

Daphne exclamou "Droga" de forma bem clara; Elizabeth se inclinou na cadeira, sem querer que qualquer ato ínfimo lhe escapasse. Em seguida ouviu o som abafado da máquina de escrever: Daphne estava datilografando a carta para a srta. Wilson. Elizabeth balançou a cabeça devagar e riu. Acendeu um cigarro com um dos fósforos de Daphne, ainda no cantinho da mesa, e olhou desinteressadamente para a carta ao sr. Burton, que continuava na máquina de escrever. Sentada com o braço jogado no espaldar da cadeira e o cigarro na boca, datilografou devagar, com um dedo, "Que o diabo te carregue, Burton", e então arrancou a folha da máquina, rasgou e jogou na lixeira. Esse foi o único trabalho que eu fiz hoje, ela disse para si mesma, e não importa nem um pouco depois de eu ver a cara da Daphne quando falei com ela. Olhou para a mesa, as cartas aguardando resposta, as críticas de um editor profissional esperando para serem escritas, as reclamações a serem sanadas, e pensou, vou para casa. Posso tomar um banho e fazer uma faxina e comprar coisas para Jim e a irmã caçula; vou só esperar Daphne ir embora.

"Daphne?", ela chamou.

Após certa hesitação: "Sim, srta. Style?".

"Você ainda não terminou?", Elizabeth questionou; agora podia se permitir ser delicada. "A carta para a srta. Wilson devia ser coisa rápida."

"Estava me aprontando para ir embora", Daphne declarou.

"Não se esqueça de deixar seu nome e endereço."

Fez-se silêncio na outra sala, e Elizabeth falou para a porta fechada, levantando a voz outra vez, "Escutou o que eu disse?".

"O sr. Shax sabe meu nome e endereço", Daphne respondeu. A porta do escritório se abriu e Daphne disse, "Tchau".

"Tchau", respondeu Elizabeth.

Ela desceu do táxi na esquina de casa, e depois de pagar ao motorista, restavam uma nota de dez dólares e uns trocados na bolsa; essa quantia, junto com os vinte dólares que tinha em casa, era o único dinheiro que teria até poder pedir mais a Robbie. Fazendo cálculos rápidos, resolveu pegar dez dólares do dinheiro que tinha em casa para aquela noite; Jim Harris teria que pagar o jantar dela; dez dólares, então, para táxis e emergências; pediria mais para Robbie no dia seguinte. O dinheiro da bolsa seria gasto em bebidas e ingredientes para fazer drinques; parou na loja da esquina e comprou uma garrafa de uísque, assim teria o que oferecer a Robbie da próxima vez que ele fosse lá. Com a garrafa debaixo do braço, entrou na delicatéssen e comprou um refrigerante; hesitante, escolheu um saco de batatinhas e uma caixa de torradas e um patê de fígado para passar nelas.

Não estava acostumada a receber: ela e Robbie passavam as noites juntos, sossegados, raramente viam outras pessoas, com exceção de um ou outro cliente e, às vezes, um amigo de longa data que os convidava para sair. Como não eram casados, Robbie relutava em levá-la a qualquer lugar onde pudesse se constranger com sua presença. Comiam em restaurantes pequenos, os raros momentos em que bebiam eram em casa ou no bar da esquina, assistiam a filmes na vizinhança. Quando Elizabeth tinha que convidar alguém para visitá-la, Robbie não aparecia; uma vez, deram uma festa no apartamento de Robbie, que era maior, para celebrar alguma ocasião especial, provavelmente homenagear um cliente qualquer, e a festa havia sido tão miserável e o convidado ficara tão pouco à vontade que nunca mais fizeram outra e foram convidados só para uma ou duas.

Portanto Elizabeth, embora falasse tão informalmente de "passar lá em casa para tomar um drinque", ficava quase perdida quando alguém ia de fato. Ao subir a escada até o apartamento, as compras aninhadas entre o braço e o queixo, não parava de se inquietar com o andamento dos drinques, a circulação dos biscoitos, a tirada dos casacos.

O aspecto do ambiente lhe provocou um choque: tinha se esquecido da saída apressada pela manhã e de como deixara as coisas; além disso, o apartamento fora criado e planejado para Elizabeth: isto é, a saída apressada de todas as manhãs de uma jovem bastante infeliz e angustiada com pouca ou nenhuma capacidade de tornar as coisas agradáveis, as tardinhas feias solitárias em uma poltrona com um livro e um cinzeiro, as noites que passava sonhando com grama quente e sol forte. Não havia arranjo possível desses objetos que permitissem a reunião improvisada de três ou quatro pessoas, sentadas à vontade com suas taças na mão, falando de amenidades. No fim da tarde, com uma luminária acesa e as sombras nos cantos, parecia aconchegante e suave, mas bastava se sentar na única poltrona, ou tocar na mesinha de canto de madeira cinza que parecia envernizada, para ver que a poltrona era dura e barata, e a pintura estava lascada.

Por um instante Elizabeth permaneceu no vão da porta, segurando as compras, tentando imaginar com exatidão como seu apartamento poderia ser transformado por uma mão carinhosa, mas o barulho de passos descendo do andar de cima a levou a entrar e fechar a porta e, uma vez lá dentro, não havia visão clara; estava com os pés no assoalho áspero; havia marcas de dedos sujos na maçaneta de dentro. De Robbie, Elizabeth pensou.

Abriu as portas de vidro que davam para a cozinha e largou as compras; a cozinha era parte de uma parede, com um fogãozinho embutido debaixo de um armário, a pia instalada em cima da geladeira pequena, e, sobre a pia, duas prateleiras onde ficava toda a sua louça: dois pratos, duas xícaras com pires, quatro copos. Também tinha uma caçarola pequena, uma frigideira e uma cafeteira. Fazia alguns anos que comprara todos os apetrechos de sua casinha em uma loja de bugigangas, planejando uma cozinha minúscula completa, onde poderia fazer miniaturas de assados para si e para Robbie, e até assar uma tortinha ou cookies, usando um avental amarelo e cometendo erros engraçados na primeira tentativa. Embora fosse uma cozinheira razoavelmente competente ao chegar a Nova York, capaz de fritar costeletas e batatas, nos muitos anos transcorridos desde que chegara perto de um fogão de verdade tinha perdido todo o seu conhecimento, a não ser pela brincadeira de fazer calda de chocolate à qual se entregava de vez em quando. Cozinhar era, como tudo o que ela já soubera, uma habilidade digna e honrada que faria dela uma mulher eficiente e feliz ("o caminho para o coração de um homem", a mãe costumava dizer), e que, com o restante de sua vida cotidiana, havia se reduzido a uma miniatura que só era útil como curiosidade em raras ocasiões.

Precisava pegar os quatro copos e lavá-los; estavam empoeirados por terem ficado tanto tempo sem uso na prateleira aberta. Olhou a geladeira. Durante algum tempo, havia guardado a manteiga e os ovos na geladeira, e o pão e o café no armário, mas tinham mofado e ficado rançosos antes que conseguisse preparar mais de um café da manhã com eles; era muito comum que estivesse atrasada e muito raro que sentisse vontade de gastar tempo com o próprio café da manhã.

Eram apenas quatro e meia; tinha tempo para arrumar as coisas e tomar banho e se vestir. Sua primeira providência foi cuidar das partes fáceis: passou o espanador nas mesas e esvaziou o cinzeiro, parando para largar a flanela e endireitar a roupa de cama, alisando a coberta até esticá-la. Ficou tentada a pegar os três tapetinhos e sacudi-los, depois limpar o chão, mas foi desencorajada por uma olhada no banheiro; eles sem dúvida entrariam ali, e o chão e a banheira e até as paredes precisavam muito de uma faxina. Usou a flanela embebida em água quente da torneira, limpando o chão por último; pegou toalhas limpas do pequeno estoque que tinha e deixou a água correndo para encher a banheira enquanto voltava para terminar a sala.

Mesmo depois daquela trabalheira caótica, o ambiente parecia o mesmo: ainda cinzento e inóspito sob a luz da tarde chuvosa. Por um instante ficou em dúvida se não devia descer correndo para comprar flores frescas, mas concluiu que o dinheiro não daria; passariam pouco tempo no apartamento, de qualquer forma, e tendo o que beber e o que comer qualquer ambiente pareceria simpático.

Quando terminou o banho, já eram quase seis e estava escuro o bastante para acender o abajur da mesa de canto. Atravessou a sala descalça, sentindo-se limpa e refrescada, com a colônia que havia passado, o cabelo cacheando um pouco por causa da água quente. A sensação de limpeza trouxe empolgação: seria feliz naquela noite, seria bem-sucedida, aconteceria algo maravilhoso que mudaria sua vida. Para combinar com aquele clima, pegou um vestido de seda vinho do guarda-roupa; tinha um estilo jovial, e fora as mechas grisalhas de seu cabelo fazia com que ela parecesse mais estar na faixa dos vinte do que já ter passado dos trinta. Escolheu uma corrente grossa de ouro para usar junto, e pensou, Posso usar o casaco preto bom, mesmo se estiver chovendo é ele que vou usar para me sentir bem.

Enquanto se vestia, pensava em sua casa. Refletindo honestamente, não havia nada a fazer naquele apartamento, nenhuma cortina amarela ou quadro ajudaria. Precisava de um apartamento novo, um espaço aberto e agradável com janelões e móveis claros, onde o sol batesse o dia inteiro. Para arrumar um apartamento novo, precisava de mais dinheiro, precisava de um novo emprego, e Jim Harris teria que ajudá-la; aquele seria apenas o primeiro de muitos jantares animados que fariam, construindo uma bela amizade que lhe traria um emprego e um apartamento ensolarado; enquanto planejava sua nova vida, ela se esqueceu de Jim Harris, o rosto gordo, a voz fina; ele era um estranho, um moreno educado com olhos sábios que a observavam do outro lado do salão, ele era alguém que a amava, ele era um homem problemático e tranquilo que precisava de sol, um jardim quente, gramados verdes...

Uma firma boa e tradicional

A sra. Concord e sua filha mais velha, Helen, estavam sentadas na sala de casa, costurando, conversando e tentando se manter aquecidas. Helen tinha acabado de largar as meias que vinha remendando e fora até as portas de vidro que se abriam para o jardim. "Quem dera a primavera se apressasse para chegar logo", dizia quando a campainha tocou.

"Deus do céu", disse a sra. Concord, "se for visita! O tapete está coberto de fios soltos." Curvou-se na poltrona e começou a catar os retalhos de tecido à sua volta enquanto Helen ia atender à porta. Ela a abriu e ficou sorrindo enquanto a mulher à sua frente lhe estendia a mão e começava a falar rápido. "Você é a Helen? Eu sou a sra. Friedman", ela disse. "Espero que você não me ache uma intrometida, mas eu estava louca para conhecer você e sua mãe."

"Como vai?", Helen cumprimentou. "Não quer entrar?" Ela abriu mais a porta e a sra. Friedman entrou. Era miúda e de pele escura e usava um elegantíssimo casaco de leopardo. "Sua mãe está em casa?", ela perguntou a Helen no instante em que a sra. Concord vinha da sala de estar.

"Eu sou a sra. Concord", falou a mãe de Helen.

"Eu sou a sra. Friedman", disse a sra. Friedman. "Mãe do Bob Friedman."

"Bob Friedman", a sra. Concord repetiu.

A sra. Friedman se desculpou com um sorriso. "Eu tinha certeza de que o seu filho teria mencionado o Bobby", ela disse.

"Claro que mencionou", Helen falou de repente. "É sobre ele que o Charlie *vive* escrevendo, mãe. É muito difícil fazer essa correlação", ela explicou à sra. Friedman, "porque a gente tem a sensação de que o Charlie está muito longe."

A sra. Concord assentia. "Claro", ela disse. "Entre e venha se sentar."

A sra. Friedman seguiu as duas sala adentro e se sentou em uma das poltronas não ocupadas por materiais de costura. A sra. Concord gesticulou para o ambiente. "Faz uma bagunça danada", ela disse, "mas de vez em quando eu e a Helen pomos mãos à obra e fazemos as coisas. São cortinas para a cozinha", acrescentou, pegando o tecido que andara costurando.

"São muito bonitas", a sra. Friedman disse, educada.

"Bom, nos conte do seu filho", a sra. Concord prosseguiu. "Estou impressionada de não ter reconhecido o nome logo de cara, mas de certo modo eu ligo Bob Friedman com o Charles e com o Exército, e me pareceu estranho que a mãe dele estivesse aqui na cidade."

A sra. Friedman riu. "Foi exatamente assim que me senti", declarou. "O Bobby escreveu que a mãe do amigo dele morava aqui, a alguns quarteirões da gente, e fiquei me perguntando por que eu não vinha dar um oi."

"Que bom que veio", a sra. Concord disse.

"Acho que a esta altura a gente já sabe tanto sobre o Bob quanto a senhora", Helen falou. "O Charlie vive falando dele nas cartas."

A sra. Friedman abriu a bolsa. "Eu até recebi uma carta do Charlie", disse. "Achei que vocês gostariam de dar uma olhadinha."

"O Charles escreveu para você?", a sra. Concord perguntou.

"Foi só um bilhete. Ele gostou tanto do tabaco para cachimbo que eu mandei para o Bobby", a sra. Friedman explicou, "que pus uma latinha para ele da última vez que mandei um pacote para o Bobby." Ela entregou a carta à sra. Concord e disse a Helen, "Acho que já sei tudo sobre vocês, de tanto que o Bobby falou da família".

"Bom", Helen falou, "eu sei que o Bob comprou uma catana para dar de Natal à senhora. Deve ter ficado *linda* debaixo da árvore. O Charlie o ajudou a comprar do rapaz que tinha a espada — a senhora soube disso, e que eles quase se meteram numa briga com o rapaz?"

"O *Bobby* quase se meteu numa briga", a sra. Friedman corrigiu. "O Charlie foi esperto e ficou de fora."

"Não, nós ouvimos falar que foi o *Charlie* quem arrumou encrenca", Helen falou. Ela e a sra. Friedman riram.

"Talvez seja melhor a gente não comparar as histórias", a sra. Friedman disse. "Eles não parecem coincidir nelas." Ela se voltou para a sra. Concord, que tinha terminado de ler a carta e passado o papel para Helen. "Eu estava justamente falando para a sua filha quantas coisas positivas ouvi a seu respeito."

"Também ouvimos muito sobre você", a sra. Concord disse.

"O Charlie mostrou ao Bob uma foto sua com suas duas filhas. A caçula se chama Nancy, não é isso?"

"É Nancy, sim", a sra. Concord respondeu.

"Bom, o Charlie sem dúvida pensa muito na família", a sra. Friedman disse. "Não foi uma simpatia ele me escrever?", ela perguntou a Helen.

"O tabaco deve ser ótimo", Helen disse. Titubeou por um instante e devolveu a carta à sra. Friedman, que a guardou na bolsa.

"Eu adoraria conhecer o Charlie uma hora dessas", a sra. Friedman comentou. "Parece até que já o conheço bem."

"Tenho certeza de que ele vai querer te conhecer quando voltar", a sra. Concord falou.

"Tomara que não demore muito", a sra. Friedman disse. As três se calaram por um tempo, e então a sra. Friedman continuou, animada, "É tão esquisito que a gente more na mesma cidade e só com os nossos filhos indo tão longe tenhamos nos conhecido".

"É uma cidade onde é muito difícil conhecermos outras pessoas", a sra. Concord comentou.

"Faz muito tempo que vocês moram aqui?" A sra. Concord sorriu como se pedisse desculpas. "É claro que sei do seu marido", acrescentou. "Os filhos da minha irmã estão no colégio do seu marido e falam muitíssimo bem dele."

"Sério?", a sra. Concord perguntou. "Meu marido vive aqui desde sempre. Eu vim do Oeste quando me casei."

"Então não foi difícil para você se instalar e fazer amizades", a sra. Friedman disse.

"Não, não tive muita dificuldade", a sra. Concord falou. "Claro que nossos amigos, em geral, são as pessoas que estudaram com o meu marido no colégio."

"Que pena que o Bobby não teve a oportunidade de ter aulas com o sr. Concord", a sra. Friedman lamentou. "Bom…" Ela se levantou. "Adorei finalmente conhecer vocês."

"Fico contente que você tenha vindo", a sra. Concord disse. "Foi que nem receber uma carta do Charles."

"E eu sei como uma carta é recebida de bom grado, pois eu fico ansiosa pelas cartas do Bobby", a sra. Friedman acrescentou. Ela e a sra. Concord se dirigiram à porta e Helen se levantou e foi atrás delas. "Meu marido está muito interessado no Charlie, sabia? Desde que descobriu que o Charlie estava estudando direito quando entrou para o Exército."

"Seu marido é advogado?", a sra. Concord perguntou.

"Ele é o Friedman da Grunewald, Friedman & White", disse a sra. Friedman. "Quando o Charlie estiver pronto para começar, quem sabe meu marido não consegue uma vaga para ele?"

"Quanta gentileza a sua", a sra. Concord agradeceu. "O Charles vai ficar com muita pena quando eu falar isso para ele. É que sempre ficou meio que combinado que ele viraria sócio do Charles Satterthwaite, o amigo mais antigo do meu marido. Da Satterthwaite & Harris."

"Acredito que o sr. Friedman conheça a firma", a sra. Friedman disse.

"Uma firma boa e tradicional", a sra. Concord falou. "O avô do sr. Concord era sócio."

"Mande nossas carinhosas lembranças ao Bob quando a senhora escrever para ele", Helen pediu.

"Mando, sim", a sra. Friedman disse. "Vou contar do meu encontro com vocês nos mínimos detalhes. Foi ótimo", ela falou, estendendo a mão para a sra. Concord.

"Eu gostei muito", a sra. Concord afirmou.

"Diga ao Charlie que vou enviar mais tabaco para ele", a sra. Friedman pediu a Helen.

"Digo, sim", Helen disse.

"Bom, então tchau", a sra. Friedman falou.

"Tchau", a sra. Concord se despediu.

O boneco

Era um restaurante razoável, bem aconchegante, com um bom chef e um grupo de artistas que faziam um show de variedades; as pessoas que o frequentavam riam baixinho e comiam tudo o que tinham direito, cientes de que a conta sempre era um pouco mais alta do que o restaurante e os artistas e a companhia valiam; era um restaurante razoável, simpático, e duas mulheres poderiam entrar nele sozinhas com total decoro e aproveitar um jantar animado. Quando a sra. Wilkins e a sra. Straw entraram, fazendo barulho ao descer a escada atapetada, nenhum dos garçons levantou a cabeça mais de uma vez, poucos clientes se viraram e o maître se aproximou com discrição e fez uma agradável mesura antes de se voltar para o salão e as poucas mesas vazias no fundo.

"Você *liga* de ficar assim tão longe de tudo, Alice?", a sra. Wilkins, que era quem convidava, perguntou à sra. Straw. "Podemos esperar uma mesa, se você quiser. Ou ir a outro lugar."

"Claro que não." A sra. Straw era uma mulher bastante corpulenta de chapéu todo florido, e olhou com carinho para os pratos enormes servidos nas mesas ao redor. "Não me importa onde vamos nos sentar; é um lugar muito simpático."

"Qualquer lugar serve", a sra. Wilkins disse ao maître. "Não *lá* no fundo, se possível."

O maître assentiu, postando-se entre as mesas bem no fundo, perto da porta por onde os artistas entravam e saíam, próximo da mesa onde a senhora que era dona do restaurante tomava cerveja, ao lado da cozinha. "Não tem nada mais perto?", a sra. Wilkins perguntou, franzindo a testa para o maître.

O maître encolheu os ombros, indicando as outras mesas vazias. Uma ficava atrás de uma coluna, outra estava reservada para um grupo grande, uma terceira ficava atrás da pequena orquestra.

"Esta aqui vai ser ótima, Jen", a sra. Straw disse. "Vamos nos sentar de uma vez."

A sra. Wilkins ainda hesitou, mas a sra. Straw puxou a cadeira para o lado da mesa e sentou dando um suspiro antes de acomodar as luvas e a bolsa na cadeira vazia a seu lado e abrir a gola do casaco.

"Não dá para dizer que eu *gosto* daqui", a sra. Wilkins falou, sentando-se na cadeira à frente dela. "Não sei se dá para ver alguma coisa."

"Claro que dá", a sra. Straw declarou. "Dá para ver tudo o que está acontecendo, e é claro que vai dar para a gente ouvir. Você prefere se sentar aqui?", propôs a contragosto.

"Claro que não, Alice", a sra. Wilkins falou. Ela aceitou o cardápio que o garçom lhe oferecia e o pôs em cima da mesa, examinando-o depressa. "A comida daqui é muito boa", ela disse.

"Ensopado de camarão", a sra. Straw disse. "Frango frito." Ela suspirou. "Estou com fome, sem sombra de dúvida."

A sra. Wilkins pediu logo, sem hesitar, e em seguida ajudou a sra. Straw a escolher. Depois que o garçom foi embora, a sra. Straw se recostou, à vontade, e se virou na cadeira para ver o restaurante inteiro. "É um lugar lindo", disse.

"As pessoas parecem ser muito simpáticas", a sra. Wilkins comentou. "A dona está sentada ali, atrás de você. Sempre achei que ela parece zelosa e digna."

"Ela provavelmente se certifica de que os copos sejam lavados", a sra. Straw disse. Voltou-se para a mesa e pegou a bolsa, enfiando a mão lá no fundo para pegar o maço de cigarros e a caixinha de fósforos, que pôs em cima da mesa. "Gosto de ver os lugares que servem comida sempre bonitos e bem limpos", disse.

"Ganham dinheiro à beça com este lugar", a sra. Wilkins comentou. "Eu vinha aqui com o Tom há alguns anos, antes da reforma. Era muito agradável na época, mas agora atrai uma clientela com mais categoria."

A sra. Straw olhou para o coquetel de caranguejo que agora tinha diante de si com enorme satisfação. "É verdade", disse.

A sra. Wilkins pegou o garfo com indiferença, observando a sra. Straw. "Recebi uma carta do Walter ontem", ela anunciou.

"O que foi que ele contou?", a sra. Straw perguntou.

"Ele parece estar bem", a sra. Wilkins disse. "Acho que tem muita coisa que ele não fala pra gente."

"O Walter é um bom menino", a sra. Straw concluiu. "Você esquenta demais a cabeça."

A orquestra começou a tocar de repente e furiosamente e as luzes se apagaram, restando apenas o holofote do palco.

"Detesto comer no escuro", a sra. Wilkins reclamou.

"Não vai nos faltar luz com essas portas aqui atrás", a sra. Straw respondeu. Ela largou o garfo e se virou para olhar a orquestra.

"Deram ao Walter a função de monitor", a sra. Wilkins contou.

"Ele vai ser o primeiro da classe", a sra. Straw disse. "Olha o vestido daquela moça."

A sra. Wilkins se virou disfarçadamente, olhando para a moça que a sra. Straw apontara com a cabeça. A jovem tinha saído pela porta que dava nos camarins; era alta e de pele bem escura, com cabelo preto volumoso e sobrancelhas grossas, e o vestido era de um cetim verde elétrico, bastante decotado, com uma flor laranja berrante em um dos ombros. "Eu nunca tinha visto um vestido que nem esse", a sra. Wilkins disse. "Ela provavelmente vai dançar, sei lá."

"Não é uma moça muito bonita", a sra. Straw comentou. "E olha o sujeito que está com ela!"

A sra. Wilkins se voltou de novo, e virou a cabeça rápido para sorrir para a sra. Straw. "Ele parece um macaco", disse.

"Tão baixinho", a sra. Straw falou. "Detesto esses homenzinhos louros e frouxos."

"Eles faziam um belo show de variedades aqui", a sra. Wilkins disse. "Com música, dançarinos, e às vezes tinha um rapaz simpático que cantava as músicas que a plateia pedia. Já tiveram um organista, se bem me lembro."

"É o nosso jantar que está chegando", a sra. Straw se alegrou. O volume da música havia diminuído, e o regente da orquestra, que atuava como mestre de cerimônias, apresentou o primeiro número, uma dupla de bailarinos de dança de salão. Quando os aplausos começaram, um rapaz alto e uma moça também alta surgiram da porta dos artistas e chegaram à pista de dança cortando caminho entre as mesas; durante o percurso, acenaram com a cabeça para a jovem de verde elétrico e o homem que estava com ela.

"Não são uma graça?", a sra. Wilkins disse quando a dança começou. "Eles sempre são lindos, esses bailarinos."

"Precisam ficar de olho na balança", a sra. Straw criticou. "Olha o corpo da moça de verde."

A sra. Wilkins se virou outra vez. "Espero que não sejam comediantes."

"Não estão me parecendo muito engraçados", a sra. Straw comentou. Ela olhou a manteiga que ainda lhe restava no prato. "Sempre que eu janto muito bem", ela disse, "penso no Walter e na comida que nos serviam na escola."

"O Walter escreveu que a comida é ótima", a sra. Wilkins contou. "Ele ganhou mais ou menos um quilo e meio."

A sra. Straw levantou os olhos. "Pelo amor de Deus!"

"O que foi?"

"Acho que ele é ventríloquo", a sra. Straw disse. "Acredito que seja mesmo."

"Eles andam muito populares", a sra. Wilkins comentou.

"Eu não via um desde que era criança", a sra. Straw disse. "Tem um homenzinho — como é que chamam isso? — naquela caixa ali." Ela continuou observando, a boca entreaberta. "Olha lá, Jen."

A moça de verde e o homem tinham se sentado à mesa ao lado da porta dos artistas. Ela estava inclinada para a frente, examinando o boneco, agora sentado no colo do homem. Era uma grotesca cópia de madeira do homem — se um era louro, o cabelo do outro tinha um tom amarelo extravagante, com cachos e costeletas reluzentes de madeira; se o homem era pequenino e feio, o boneco era ainda menor e mais feio, com a mesma boca larga, o mesmo olhar fixo, uma paródia tenebrosa das roupas de noite, arrematadas por sapatinhos pretos.

"Fico me perguntando como é que tem um ventríloquo *aqui*", a sra. Wilkins disse.

A moça de verde se debruçava sobre a mesa na direção do ventríloquo, arrumando sua gravata, afivelando um dos sapatos, alisando os ombros do paletó. Quando ela tornou a se recostar, o homem falou com ela, que deu de ombros com indiferença.

"Não consigo tirar os olhos daquele vestido verde", a sra. Straw comentou. Ela se assustou quando o garçom se aproximou delicadamente com o cardápio, inquieto à espera dos pedidos de sobremesa, de olho no palco em que a orquestra terminava um número que servia de intervalo entre as apresentações. Quando a sra. Straw já tinha se decidido pela torta de maçã com sorvete de chocolate, o mestre de cerimônias estava apresentando o ventríloquo: "... e Marmaduke: filho de peixe, peixinho é!".

"Espero que não seja muito longo", a sra. Wilkins resmungou. "Já que nem dá para ouvir daqui."

O ventríloquo e o boneco estavam sentados sob o holofote, ambos de sorriso largo, falando rápido; o rosto louro e frágil do homem estava próximo ao sorriso fixo do boneco, seus ombros pretos encostados. A conversa era ligeira: a plateia soltava risadas carinhosas, já adivinhando a maioria das piadas antes que o boneco acabasse de falar, calada por um instante e então rindo outra vez antes que as palavras fossem enunciadas.

"Estou achando horrível", a sra. Wilkins disse à sra. Straw durante uma gargalhada ruidosa. "Eles são sempre tão toscos."

"Olha só a nossa amiga de vestido verde", a sra. Straw falou. A moça estava curvada para a frente, acompanhando cada palavra, nervosa e animada. Por um instante, a expressão pesada no rosto dela se dissipou; estava rindo junto com todo mundo, os olhos iluminados. "*Ela* acha graça", a sra. Straw se surpreendeu.

A sra. Wilkins encolheu os ombros e tremeu. Atacou o prato de sorvete com vontade.

"Sempre me pergunto", ela começou um minuto depois, "por que lugares feito este, sabe, com uma comida ótima, nunca pensam na sobremesa. É sempre sorvete ou algo assim."

"Não existe nada melhor do que sorvete", a sra. Straw declarou.

"Seria de se imaginar que teriam doces de confeitaria, ou um bom pudim", a sra. Wilkins continuou. "Eles parecem nunca *parar* pra pensar nisso."

"Nunca vi nada parecido com aquele pudim de figo com tâmara que você faz, Jen", a sra. Straw elogiou.

"O Walter sempre dizia que era o melhor...", a sra. Wilkins começou, mas foi interrompida por um estrondo da orquestra. O ventríloquo e o boneco faziam uma reverência, o homem se curvando da cintura para baixo e o boneco balançando a cabeça educadamente; a orquestra então começou uma música dançante, e o homem e o boneco se viraram e saíram trotando do palco.

"Graças a Deus", a sra. Wilkins disse.

"Fazia anos que eu não via um desses", a sra. Straw falou.

A moça de verde havia se levantado, à espera de que o homem e o boneco voltassem à mesa. O homem desabou na cadeira, o boneco ainda em cima do joelho, e a moça se sentou outra vez, na beirada da cadeira, perguntando-lhe alguma coisa com insistência.

"O que é que *você* acha?", ele falou alto, sem olhar para ela. Acenou para um garçom, que hesitou, olhando para trás, para a mesa onde a dona do restaurante estava sozinha. Passado um instante, o garçom se aproximou do homem, e a moça disse, sua voz nítida apesar da valsa suave que a orquestra tocava. "Não toma mais nada, Joey, a gente vai comer em outro lugar."

O homem se dirigiu ao garçom, ignorando a mão da moça no braço. Ele se virou para o boneco, falando em tom brando, e o rosto e o sorriso largo do boneco se voltaram para a moça e depois para o homem. A moça se recostou, olhando de soslaio para a dona do restaurante.

"Eu odiaria ter me casado com um homem feito esse", a sra. Straw disse.

"Ele não é um comediante muito bom, sem sombra de dúvida", a sra. Wilkins concordou.

A moça estava inclinada para a frente de novo, discutindo, e o homem falava com o boneco, fazendo-o concordar com a cabeça. Quando a moça pôs a mão em seu ombro, o homem o mexeu para se desvencilhar sem se virar para ela. A moça ergueu a voz de novo. "Escuta, Joey", ela dizia.

"Um instantinho", o homem respondeu. "Quero só tomar um drinque."

"É, que tal você deixar ele em paz?", o boneco disse.

175

"Você não precisa de outro drinque agora, Joey", a moça insistiu. "Você pode tomar outro mais tarde."

O homem disse, "Escuta, meu bem, eu já pedi o drinque. Não posso ir embora antes de ele chegar".

"Por que você não faz essa velha tonta calar a boca?", o boneco disse ao homem. "Ela sempre faz um estardalhaço quando vê alguém se divertindo. Por que você não manda ela calar a boca?"

"Você não devia falar desse jeito", o homem repreendeu o boneco. "Não é gentil."

"*Eu* posso falar se eu quiser", retrucou o boneco. "Ela não pode *me* obrigar a parar."

"Joey", a moça falou, "eu quero conversar com você. Escuta, vamos a algum lugar pra gente conversar."

"Cala a boca um minutinho", o boneco disse à moça. "Pelo amor de Deus, por que você não cala a boca um minutinho?"

As pessoas das mesas ao redor estavam começando a se virar, interessadas na voz alta do boneco, e já aos risos, ouvindo-o falar. "*Por favor*, fica quieto", a moça pediu.

"É, não faz escândalo", o homem disse ao boneco. "Vou tomar só um drinquezinho. Ela não liga."

"Ele não vai te trazer drinque nenhum", a moça disse, impaciente. "Disseram a ele para não trazer. Não vão te servir drinque nenhum aqui, do jeito como você está se comportando."

"Estou me comportando direito", o homem rebateu.

"Sou *eu* que estou fazendo o escândalo", o boneco disse. "Já estava na hora de alguém lhe dizer, querida, que você vai arrumar encrenca agindo feito uma estraga-prazeres o tempo todo. Não tem homem que aguente isso para sempre."

"Fica quieto", a moça falou, apreensiva depois de olhar ao redor. "Está todo mundo ouvindo."

"Que ouça", o boneco disse. Ele virou o rosto sorridente para a plateia e ergueu a voz. "Ela vira uma geladeira só porque o cara quer se divertir."

"Olha, Marmaduke", o homem disse ao boneco, "é melhor você ser mais educado ao falar com a sua mãe."

"Mas eu não falaria nem a hora certa para essa bruxa", declarou o boneco. "Se ela não gosta daqui, que volte a trabalhar na rua."

A boca da sra. Wilkins se abriu e se fechou; ela deixou o guardanapo na mesa e se levantou. Com a sra. Straw observando, sem reação, ela se dirigiu à outra mesa e deu um tapa vigoroso no rosto do boneco.

Quando ela se virou e voltou à própria mesa, a sra. Straw já estava encasacada e de pé.

"Vamos pagar na saída", a sra. Wilkins disse, sucinta.

Ela pegou o casaco e as duas foram até a porta com uma postura digna. Por um instante, o homem e a moça ficaram olhando para o boneco tombado, a cabeça torta. Então a jovem estendeu o braço e endireitou a cabeça de madeira.

Sete tipos de ambiguidade

O porão da livraria parecia imenso; estendia-se em longos corredores de livros, ambas as extremidades na penumbra, com livros forrando as estantes altas junto às paredes e livros empilhados no chão. Ao pé da escada em caracol que descia da lojinha organizada de cima, o sr. Harris, dono e vendedor da livraria, tinha uma mesa pequena, abarrotada de catálogos, iluminada por um lustre sujo que pendia do teto. O mesmo lustre servia para iluminar as prateleiras que se amontoavam em volta da mesa do sr. Harris; mais afastados, ao longo das fileiras de mesas com livros, havia outros lustres sujos, que eram acesos puxando-se uma cordinha e apagados pelo cliente quando se sentia pronto para ir tateando até a mesa do sr. Harris, pagar as compras e levá-las embrulhadas. O sr. Harris, que sabia o lugar de todos os autores e todos os títulos nas grossas prateleiras, tinha um cliente naquele momento, um garoto de mais ou menos dezoito anos, que estava no canto do salão, bem debaixo de um dos lustres, folheando um livro que havia tirado da prateleira. Fazia frio no enorme porão; tanto o sr. Harris como o garoto estavam de casaco. De vez em quando, o sr. Harris se levantava da mesa para pôr uma minguada porção de carvão na pequena fornalha de ferro que ficava na curva da escada. A não ser quando o sr. Harris se levantava, ou o garoto se virava para guardar um livro de volta na prateleira e pegar outro, o porão estava sossegado, os livros silenciosos na penumbra.

Então o silêncio foi rompido pelo barulho da porta se abrindo na pequena livraria de cima, onde o sr. Harris deixava expostos os best--sellers e os livros de arte. Havia sons de vozes, e o sr. Harris e o garoto prestaram atenção, e em seguida a garota que cuidava da livraria de cima disse, "É só descer a escada. O sr. Harris vai ajudar".

O sr. Harris se levantou e foi até o pé da escada, acendendo outro dos lustres pendentes para que o novo cliente enxergasse os degraus ao descer. O garoto devolveu o livro na estante e ficou com a mão atrás dele, ainda escutando.

Quando o sr. Harris percebeu que era uma mulher que descia a escada, fez a delicadeza de dar um passo para trás e disse, "Cuidado com o último degrau. Tem um a mais do que as pessoas imaginam". A mulher foi cuidadosa ao descer e olhou ao redor. Enquanto estava ali, um homem apareceu na curva da escada, abaixando a cabeça para o chapéu não bater no teto baixo. "Cuidado com o último degrau", a mulher disse com a voz suave e clara. O homem desceu junto com ela e levantou a cabeça para olhar ao redor, como ela havia feito.

"Quantos livros o senhor tem aqui!", ele disse.

O sr. Harris deu seu sorriso profissional. "Posso ajudá-los?"

A mulher olhou para o homem, e ele titubeou por um instante e em seguida disse, "Queremos alguns livros. Um bocado deles". Ele fez um gesto amplo. "Coleções de livros."

"Bom, se são livros o que os senhores querem", o sr. Harris falou, e sorriu de novo. "Quem sabe a senhora não gostaria de vir se sentar aqui?" Ele a conduziu até sua mesa, a mulher atrás dele e o homem circulando, inquieto, entre as mesas de livros, as mãos junto ao corpo como se tivesse medo de quebrar alguma coisa. O sr. Harris ofereceu a cadeira à senhora e em seguida sentou na beirada da mesa, empurrando para o lado as pilhas de catálogos.

"Que lugar mais interessante", a senhora comentou, na mesma voz suave que tinha usado antes. Era de meia-idade e estava bem-vestida; todas as roupas eram razoavelmente novas, mas discretas e bem adequadas para a idade e o ar de timidez. O homem era grandalhão e simpático, o rosto corado pelo ar frio e as mãos grandes nervosas segurando um par de luvas de lã.

"Queríamos comprar alguns dos seus livros", o homem disse. "Livros bons."

"Algo mais específico?", o sr. Harris perguntou.

O homem deu uma risada sonora, mas um pouco constrangida. "Vou te falar a verdade", ele disse, "vou parecer meio bobo. Mas não sei muito sobre essas coisas, sobre livros." Na ampla livraria silenciosa, sua voz pareceu ecoar, após a voz suave da esposa e do sr. Harris.

"A gente meio que esperava que o senhor dissesse para *nós*", ele falou. "Nada dessas porcarias que lançam hoje em dia." Ele pigarreou. "Algo feito Dickens", ele completou.

"Dickens", o sr. Harris repetiu.

"Eu lia Dickens quando era criança", o homem explicou. "Livros assim, livros bons." Ergueu os olhos quando o garoto que estava afastado, em meio aos livros, se aproximou deles. "Eu gostaria de reler Dickens", o grandalhão disse.

"Sr. Harris", o garoto chamou baixinho.

O sr. Harris levantou a cabeça. "Sim, sr. Clark?", ele disse.

O garoto chegou mais perto da mesa, como se não quisesse interromper o sr. Harris com os clientes. "Eu queria dar uma outra olhada no Empson", disse.

O sr. Harris se virou para a estante com portas de vidro que ficava bem atrás de sua mesa e pegou o livro. "Aqui está", ele disse, "desse jeito você vai ler tudo antes de comprar." Ele sorriu para o grandalhão e a esposa. "Um dia ele vai entrar aqui e comprar esse livro", ele declarou, "e eu vou encerrar as atividades de tão chocado que vou ficar."

O garoto se virou, segurando o livro, e o grandalhão se curvou na direção do sr. Harris. "Cheguei à conclusão de que eu quero duas boas coleções, grandes, como a do Dickens", ele disse, "e mais algumas coleções menores."

"E um exemplar de *Jane Eyre*", a esposa pediu com sua voz suave. "Eu amava esse livro", pediu ao sr. Harris.

"Posso lhe mostrar uma bela coleção das irmãs Brontë", o sr. Harris disse. "Com uma encadernação linda."

"Quero que sejam bonitas", o homem declarou, "mas resistentes, para leitura. Vou ler o Dickens inteiro outra vez."

O garoto voltou à mesa, entregando o livro ao sr. Harris. "Continua ótimo", comentou.

"Estará aqui quando você quiser", o sr. Harris disse, virando-se para a estante com o livro. "É bem difícil de encontrar, esse livro."

"Acho que vai ficar aqui mais um tempo", o garoto respondeu.

"Qual é o nome desse livro?", o grandalhão perguntou, curioso.

"*Sete tipos de ambiguidade*", o garoto respondeu. "É um livro muito bom."

"Que ótimo nome para um livro", o grandalhão disse ao sr. Harris. "Que rapaz inteligente, lendo livros com nomes como esse."

"É um bom livro", o garoto repetiu.

"Eu estou tentando comprar uns livros", o grandalhão explicou ao garoto. "Quero repor alguns que perdi. O Dickens, eu sempre gostei dos livros dele."

"Meredith é bom", o garoto disse. "Já tentou ler Meredith?"

"Meredith", o grandalhão repetiu. "Vamos ver alguns dos seus livros", ele falou ao sr. Harris. "Eu meio que queria escolher alguns."

"Posso levar o cavalheiro até lá?", o garoto perguntou ao sr. Harris. "Já que vou ter que voltar para pegar o meu chapéu mesmo."

"Vou com o rapaz dar uma olhada nos livros, mãe", o grandalhão disse à esposa. "Você fique aqui e continue quentinha."

"Está bem", o sr. Harris concordou. "Ele sabe tão bem quanto eu onde os livros estão", ele informou ao grandalhão.

O garoto começou a percorrer o corredor entre as mesas de livros e o grandalhão foi atrás, ainda cauteloso, tentando não encostar em nada. Passaram pelo lustre ainda aceso a caminho do canto onde o garoto deixara o chapéu e as luvas, e o garoto acendeu outro lustre mais adiante. "O sr. Harris guarda a maioria das coleções aqui", o garoto disse. "Vamos ver o que a gente acha." Ele se agachou em frente às estantes, roçando os dedos na parte de trás das fileiras de livros. "Quanto o senhor acha que pode pagar?", ele perguntou.

"Estou disposto a pagar uma quantia razoável pelos livros que estou querendo", o grandalhão respondeu. Experimentou tocar no exemplar que estava diante dele, com um só dedo. "Cento e cinquenta, duzentos dólares no total."

O garoto levantou a cabeça para ele e riu. "Dá para comprar uns belos livros", ele comentou.

"Nunca vi tanto livro na vida", o grandalhão disse. "Nunca imaginei que chegaria o dia em que eu poderia entrar numa livraria e comprar todos os livros que sempre tive vontade de ler."

"É uma sensação boa."

"Nunca consegui ler muito", o homem explicou. "Entrei para a oficina de usinagem onde meu pai trabalhava quando eu era bem mais novo que você e não parei mais de trabalhar. Agora, de repente, eu descobri que tinha um dinheirinho a mais do que tinha antes, e a mãe e eu resolvemos comprar algumas coisas que sempre quisemos ter."

"Sua esposa estava interessada nas irmãs Brontë", o garoto disse. "Aqui tem uma bela coleção."

O homem se curvou para olhar os livros que o garoto mostrava. "Não sei muito sobre essas coisas", ele falou. "São bonitos, todos parecidos. A coleção ao lado é de quê?"

"Carlyle", o garoto respondeu. "Pode pular. Ele não é bem o que o senhor está procurando. O Meredith é bom. O Thackeray também. Acho que o senhor vai querer o Thackeray: é um ótimo escritor."

O homem pegou um dos livros que o garoto lhe mostrava e o abriu com cuidado, usando só dois dedos de cada uma das mãos grandes. "Parece bom", ele disse.

"Vou anotar tudo", o garoto falou. Ele pegou um lápis e um bloco de notas do bolso do casaco. "Irmãs Brontë", ele enumerou, "Dickens, Meredith, Thackeray". Correu o dedo pelas coleções, uma a uma, enquanto lia os nomes.

O grandalhão semicerrou os olhos. "Preciso levar mais uma", ele disse. "Essas não vão encher a estante que eu arrumei para elas."

"Jane Austen", declarou o garoto. "A sua esposa vai gostar."

"Você leu todos esses livros?", o homem perguntou.

"A maioria", o garoto respondeu.

O homem se calou por um instante e então prosseguiu, "Eu nunca consegui ler nada, saindo para trabalhar tão cedo. Tenho muito o que pôr em dia".

"O senhor vai se divertir bastante", o garoto disse.

"Aquele livro que estava com você antes", o homem disse. "Aquele livro era sobre o quê?"

"É de estética", o garoto explicou. "É sobre literatura. É uma raridade. Estou tentando comprar faz um bom tempo, mas não tenho dinheiro."

"Você faz faculdade?", o homem perguntou.

"Faço."

"Tem um que eu preciso reler", o homem disse. "Mark Twain. Li alguns dos livros dele quando era menino. Mas acho que já basta para eu começar." Ele se levantou.

O garoto se levantou também, sorridente. "O senhor vai ter que ler à beça."

"Eu gosto de ler", o homem disse. "Gosto muito de ler.".

Ele fez o caminho de volta pelos corredores, indo direto à mesa do sr. Harris. O garoto apagou os lustres e foi atrás, parando para pegar o chapéu e as luvas. Quando o grandalhão chegou à mesa do sr. Harris, disse à esposa, "O rapaz é muito inteligente. Conhece os livros como a palma da mão".

"Você pegou tudo o que queria?", a esposa perguntou.

"O garoto fez uma bela lista pra mim." Ele se virou para o sr. Harris e continuou, "É uma experiência e tanto ver um garoto como ele gostando de livros feito ele gosta. Quando eu tinha a idade dele, já fazia uns quatro ou cinco anos que eu trabalhava".

O garoto se aproximou com o papelzinho na mão. "Esses aqui vão ocupá-lo por um tempo", disse ao sr. Harris.

O sr. Harris deu uma olhada na lista e assentiu. "Aquela coleção do Thackeray é muito bonita", comentou.

O garoto tinha colocado o chapéu e estava parado ao pé da escada. "Espero que aproveitem", disse. "Eu volto para dar outra olhada no Empson, sr. Harris."

"Vou tentar guardá-lo para você", o sr. Harris disse. "Não posso prometer que vou guardar, você sabe disso."

"Vou contar com a possibilidade de que ele continue aqui", o garoto falou.

"Obrigado, filho", o grandalhão disse quando o garoto começou a subir a escada. "Agradeço pela ajuda que você me deu."

"Não há de quê", o garoto respondeu.

"Ele sem dúvida é um rapaz inteligente", o homem comentou com o sr. Harris. "Vai ter muitas oportunidades, com uma educação dessas."

"Ele é um rapaz simpático", disse o sr. Harris, "e quer muito esse livro."

"O senhor acha que um dia ele vai conseguir comprar?", o grandalhão perguntou.

"Duvido", o sr. Harris respondeu. "O senhor faça o favor de anotar seu nome e endereço que eu vou somar os preços."

O sr. Harris começou a anotar os preços dos livros, copiando da lista organizada pelo garoto. Depois que o grandalhão escreveu o nome e o endereço, ele ficou um tempinho batucando na mesa com os dedos, e então disse, "Posso dar uma olhada no livro?".

"O Empson?", o sr. Harris indagou, levantando a cabeça.

"Aquele em que o rapaz estava tão interessado." O sr. Harris se virou para a estante às suas costas e pegou o livro. O grandalhão o segurava com delicadeza, assim como fizera com os outros, e franziu a testa enquanto virava as folhas. Então pôs o livro na mesa do sr. Harris.

"Se ele não vai comprar, tudo bem se eu puser na conta junto com o resto?", ele perguntou.

O sr. Harris tirou os olhos dos números por um instante e em seguida acrescentou o item à lista. Somou rapidamente, escreveu o total e empurrou o papel para o grandalhão por cima da mesa. Enquanto o homem verificava os números, o sr. Harris se virava para a mulher e dizia, "Seu marido comprou excelente material de leitura".

"Fico feliz em saber", ela disse. "Fazia muito tempo que a gente esperava esse dia."

O grandalhão foi cuidadoso ao contar o dinheiro e entregou as notas ao sr. Harris. O sr. Harris guardou as notas na primeira gaveta da mesa e disse, "Podemos entregar os livros até o fim da semana, se o senhor concordar".

"Ótimo", o grandalhão falou. "Está pronta, mãe?"

A mulher se levantou e o grandalhão recuou para deixá-la passar na frente. O sr. Harris foi atrás, parando ao lado da escada para avisar à mulher, "Cuidado com o primeiro degrau".

Eles subiram a escada e o sr. Harris ficou observando até eles sumirem de vista. Em seguida, apagou o lustre sujo e voltou à mesa.

Vem dançar comigo na Irlanda

A jovem sra. Archer estava sentada na cama com Kathy Valentine e a sra. Corn, brincando com o bebê e fofocando, quando o interfone tocou. A sra. Archer, exclamando "Nossa!", foi apertar o botão que abria o portão do prédio. "A gente *precisava* morar no térreo", disse a Kathy e à sra. Corn. "As pessoas ligam aqui para tudo."

Quando a campainha interna tocou, ela abriu a porta do apartamento e viu um senhor no corredor do prédio. Usava um sobretudo preto comprido, surrado, e tinha uma barba grisalha quadrada. Mostrava um punhado de cadarços.

"Ah", a sra. Archer disse. "Ah, mil perdões, mas…"

"Madame", o velho falou, "a senhora me faria a gentileza. São cinco centavos cada."

A sra. Archer fez que não e recuou. "Lamento, mas não", declarou.

"Obrigado mesmo assim, madame", ele disse, "por falar com gentileza. Foi a primeira pessoa do quarteirão que teve a decência de tratar com educação um velho pobre."

A sra. Archer girava a maçaneta devido ao nervosismo. "Sinto muito", ela disse. Então, quando ele se virou para ir embora, ela falou, "Espere um minutinho", e correu até o quarto. "Um velho vendendo cadarços", sussurrou. Ela abriu a primeira gaveta, pegou a bolsa e revirou o moedeiro. "Vinte e cinco centavos", ela disse. "Vocês acham que está bom?"

"Claro", Kathy falou. "Deve ser mais do que ele ganhou o dia inteiro." Kathy tinha a idade da sra. Archer e era solteira. A sra. Corn era uma mulher corpulenta de cinquenta e poucos anos. Ambas moravam no prédio e passavam bastante tempo na casa da sra. Archer por causa do bebê.

A sra. Archer voltou à porta. "Aqui", anunciou, entregando a moeda. "Acho uma vergonha que todo mundo tenha sido grosseiro."

O velho começou a lhe oferecer alguns cadarços, mas sua mão tremia e os cadarços caíram no chão. Ele se apoiou com dificuldade contra a parede. A sra. Archer ficou olhando, horrorizada. "Deus do céu", exclamou, e esticou a mão. Quando seus dedos encostaram no imundo e velho sobretudo, ela titubeou e então, contraindo os lábios, enganchou seu braço no dele com firmeza e tentou ajudá-lo a cruzar o vão da porta. "Meninas", ela chamou, "me ajudem aqui, rápido!"

Kathy veio correndo do quarto, dizendo, "Você chamou, Jean?", e então parou de repente, o olhar fixo.

"O que eu faço?", a sra. Archer perguntou, de pé com o braço enganchado no do velho. Os olhos dele estavam fechados e parecia mal conseguir, com a ajuda dela, se manter de pé. "Pelo amor de Deus, segura ele do outro lado."

"Puxa uma cadeira para ele", Kathy disse. Já que o corredor era apertado demais para os três o atravessarem lado a lado, Kathy pegou o velho pelo outro braço e meio que conduziu a sra. Archer e ele até a sala de estar. "Não na poltrona boa", a sra. Archer exclamou. "Na velha de couro." Instalaram o velho na poltrona de couro e deram um passo para trás. "O que é que a gente faz agora?", a sra. Archer disse.

"Você tem uísque?", Kathy perguntou.

A sra. Archer fez que não. "Tenho um pouco de vinho", falou sem convicção.

A sra. Corn apareceu na sala segurando o bebê. "Meu Deus!", disse, "Ele está bêbado!"

"Que bobagem", retrucou Kathy. "Eu não deixaria a Jean trazer ele para dentro se estivesse."

"Toma conta do bebê, Blanche", a sra. Archer pediu.

"É claro", a sra. Corn assentiu. "Vamos voltar para o quarto, benzinho", ela disse ao bebê, "e aí a gente vai botar você naquele seu bercinho lindo e você vai nanar."

O velho se mexeu e abriu os olhos. Tentou se levantar.

"O senhor trate de não sair daí", Kathy ordenou, "que a sra. Archer vai te trazer um pouquinho de vinho. O senhor ia gostar, não ia?"

O velho ergueu o olhar para Kathy. "Obrigado", ele agradeceu.

A sra. Archer foi à cozinha. Depois de pensar um instante, pegou o copo em cima da bancada, passou uma água e serviu um pouco de xerez. Levou o copo à sala e o entregou a Kathy.

"Eu seguro ou o senhor consegue beber sem ajuda?", Kathy perguntou ao velho.

"É muita bondade sua", ele disse, e esticou o braço para pegar o copo. Kathy firmou o copo enquanto ele bebia aos poucos, e então o afastou.

"Já está bom, obrigado", ele disse. "Já deu para me ressuscitar." Ele tentou se levantar. "Obrigado", ele agradeceu à sra. Archer, "e obrigado *à senhora*", dirigindo-se a Kathy. "Melhor eu ir embora."

"Só quando o senhor estiver com as pernas firmes", Kathy falou. "Não podemos arriscar, sabe?"

O velho sorriu. "*Eu* posso arriscar", ele afirmou.

A sra. Corn voltou à sala de estar. "O bebê está no berço", ela disse, "e já está quase dormindo. *Ele* está se sentindo melhor agora? Aposto que estava só bêbado ou esfomeado ou coisa desse tipo."

"Claro que estava", Kathy respondeu, animada pela ideia. "Ele estava com fome. Esse era o problema desde o princípio, Jean. Que bobagem a nossa. Pobre cavalheiro!", ela disse ao velho. "Tenho certeza de que a sra. Archer não vai deixar o senhor ir embora sem uma refeição completa no estômago."

A sra. Archer olhava, em dúvida. "Tenho alguns ovos", ela afirmou.

"Ótimo!", Kathy disse. "É disso mesmo que ele precisa. A digestão é fácil", ela disse ao velho, "e é bom principalmente se a pessoa não come faz", ela hesitou, "faz um tempo."

"Café forte", a sra. Corn sugeriu, "se quer a minha opinião. Olha como as mãos dele tremem."

"É esgotamento nervoso", Kathy afirmou com convicção. "Uma xícara quentinha de caldo de carne e ele vai ficar novo em folha, e ele tem que tomar bem devagarinho para o estômago ir se acostumando com comida outra vez. O estômago", ela disse à sra. Archer e à sra. Corn, "encolhe quando fica vazio por um período muito longo."

"Prefiro não incomodar a senhora", o velho disse à sra. Archer.

"Que bobagem", falou Kathy. "A gente faz questão de que o senhor coma um prato quentinho antes de ir." Ela pegou o braço da sra. Archer e a conduziu até a cozinha. "Só uns ovos", disse, "frite uns quatro ou cinco. Mais tarde eu trago uma dúzia para você. Imagino que você não tenha bacon. Vou te falar uma coisa: frita também umas batatas. Ele não vai ligar se estiverem meio cruas. Essa gente come coisas tipo montes de batata frita com ovo e…"

"Tem uns figos enlatados que sobraram do almoço", a sra. Archer falou. "Eu estava pensando no que fazer com eles."

"Preciso correr lá para ficar de olho nele", Kathy disse. "Ele pode desmaiar de novo, sei lá. Você só tem que fritar o ovo e a batata. Vou mandar a Blanche sair se ela vier."

A sra. Archer mediu café suficiente para duas xícaras e pôs o bule no fogão. Em seguida pegou a frigideira. "Kathy", ela falou, "só fico meio preocupada. Se ele estiver bêbado mesmo, entende, e se o Jim ficar sabendo, com o bebê em casa e tal…"

"Ora, Jean!", Kathy disse. "Acho que você devia passar um tempo morando no interior. As mulheres vivem distribuindo refeições para homens esfomeados. E você não precisa *contar* para o Jim. Eu e a Blanche não vamos falar nada."

"Bom", falou a sra. Archer, "tem certeza de que ele não está bêbado?"

"Conheço um homem esfomeado só de olhar", Kathy declarou. "Quando um velho que nem esse não consegue parar em pé, as mãos tremem e ele fica esquisito desse jeito, é porque está morrendo de fome. Literalmente morrendo."

"Nossa!", sobressaltou-se a sra. Archer. Ela correu até o armário debaixo da pia e pegou duas batatas. "Duas basta, concorda? Acho que estamos mesmo fazendo uma boa ação."

Kathy deu uma risadinha. "Apenas um bando de escoteiras", disse. Ela já ia saindo, mas parou e deu meia-volta. "Você tem torta? Eles sempre comem torta."

"Mas era para a janta", a sra. Archer explicou.

"Ah, dá para ele", Kathy disse. "A gente pode sair para comprar mais quando ele for embora."

Enquanto as batatas fritavam, a sra. Archer pôs um prato, xícara e pires, além de garfo, faca e colher, na mesa da cozinha. Em seguida, como se tivesse uma ideia, tirou a louça e pegou um saco de papel do armário, o rasgou ao meio e forrou a mesa antes de pôr a louça de novo na mesa. Ela pegou um copo e o encheu com a água da garrafa que ficava na geladeira, cortou três fatias de pão e as pôs no prato, depois cortou um quadradinho de manteiga e o deixou junto com o pão. Em seguida, tirou um guardanapo de papel da caixa no armário e o colocou ao lado do prato, pegou de novo um instante depois para dobrá-lo em um triângulo e o devolveu ao lugar. Por fim, pôs o pimenteiro e o saleiro na mesa e pegou a caixa de ovos. Foi à porta e chamou, "Kathy! Pergunta como ele gosta que frite os ovos."

Houve um murmúrio de conversa na sala e Kathy berrou de volta, "Estrelado!".

A sra. Archer pegou quatro ovos e depois mais outro e os quebrou um a um na frigideira. Quando acabou, chamou, "Pronto, meninas! Tragam ele para cá!".

A sra. Corn foi à cozinha, inspecionou o prato de batata com ovo e olhou para a sra. Archer sem se pronunciar. Então Kathy apareceu, conduzindo o velho pelo braço. Ela o acompanhou até a mesa e o acomodou na cadeira. "Aqui", ela disse. "A sra. Archer preparou uma comida deliciosa para o senhor."

O velho olhou para a sra. Archer. "Fico muito agradecido", ele falou.

"Não é ótimo?", Kathy perguntou. Ela assentia para a sra. Archer, demonstrando aprovação. O velho olhou o prato de ovo e batata. "Agora manda ver", Kathy disse. "Sentem-se, meninas. Vou pegar uma cadeira no quarto."

O velho pegou o saleiro e o sacudiu delicadamente em cima dos ovos. "Está com uma cara deliciosa", comentou por fim.

"Vai em frente, come", Kathy disse, voltando com a cadeira. "A gente quer ver o senhor de barriga cheia. Põe um café para ele, Jean."

A sra. Archer foi até o fogão e pegou o bule.

"Por favor, não se incomode", ele pediu.

"Não é incômodo nenhum", a sra. Archer disse, enchendo a xícara do velho. Ela se sentou à mesa. O velho pegou o garfo e o pousou na mesa outra vez para pegar o guardanapo de papel e abri-lo cuidado-samente sobre os joelhos.

"Como o senhor se chama?", Kathy perguntou.

"O'Flaherty, madame. John O'Flaherty."

"Bom, John", disse Kathy, "eu sou a srta. Valentine e essa aqui é a sra. Archer e a aquela ali é a sra. Corn."

"Como vão?", o velho cumprimentou.

"Imagino que o senhor seja do Velho Mundo", Kathy disse.

"Como assim?"

"O senhor é irlandês, não é?", Kathy perguntou.

"Sou sim, madame." O velho enfiou o garfo em um dos ovos e ficou olhando a gema escorrer pelo prato. "Conheci o Yeats", ele disse de repente.

"É sério?", Kathy exclamou, inclinando-se para a frente. "Vejamos — ele era escritor, não era?"

"'Aproxime-se, por caridade, vem dançar comigo na Irlanda'", o velho recitou. Ele se levantou e, segurando-se no espaldar da cadeira, fez uma reverência solene à sra. Archer. "Agradeço de novo, madame, por sua generosidade." Ele se virou e tomou o rumo da porta da frente. As três mulheres se levantaram e foram atrás dele.

"Mas o senhor não acabou", a sra. Corn disse.

"O estômago", o velho declarou, "como esta senhora aqui ressaltou, encolhe. Sim, de fato", ele prosseguiu, nostálgico, "eu conheci o Yeats."

Junto à porta, ele se virou e disse à sra. Archer, "Sua bondade não deve passar despercebida". Ele apontou para os cadarços que estavam no chão. "Esses", ele disse, "são para a senhora. Pela sua bondade. Divida com as outras senhoras."

"Mas nem em sonho eu…", a sra. Archer começou.

"Eu insisto", o velho disse, abrindo a porta. "É uma pequena retribuição, mas é tudo o que eu tenho para oferecer. A senhora mesma pode pegar", acrescentou rispidamente. Em seguida, se virou para a sra. Corn. "Detesto mulher velha", ele desdenhou.

"Muito bem!", a sra. Corn retrucou debilmente.

"Posso até ter me excedido um pouco na bebida", o velho disse à sra. Archer, "mas nunca servi xerez aos meus convidados. Somos de dois mundos diferentes, madame."

"Eu não te falei?", a sra. Corn dizia. "Eu não falei esse tempo todo?"

A sra. Archer, os olhos em Kathy, fez o gesto titubeante de empurrar o velho porta afora, mas ele a impediu.

"'Vem dançar comigo na Irlanda'", ele repetiu. Apoiando-se contra a parede, ele chegou ao portão e o abriu. "E o tempo corre", ele falou.

IV

Jamais ficamos tão sujeitos a traições e abusos quanto, por nossas *Disposições* e *Tendências* vis, ao abrirmos mão do Cuidado *Tutelar* e da *Supervisão* dos melhores Espíritos; embora geralmente sejam nossos Guardas e Protetores contra a Malícia e a Violência dos *Anjos* perversos, é possível pensar que em algum Momento possam Abandonar tais missões por terem sido engolidos pela *Malícia, Inveja* e *Desejo* de *Vingança*, Qualidades muito contrárias à sua *Vida* e *Natureza*, que os expõem a *Invasões* e *Propostas* desses *Espíritos iníquos*, aos quais esses *Atributos* tão detestáveis são bastante adequados.

Joseph Glanvil, *Sadducismus Triumphatus*

É claro

A sra. Tylor, no meio de uma manhã atribulada, era educada demais para ir à varanda da frente e ficar olhando, mas não via razão para evitar as janelas; quando a tarefa de aspirar a poeira ou lavar a louça, ou até de arrumar as camas no segundo andar, a deixava perto de uma janela do lado sul da casa, ela levantava um pouquinho a cortina ou parava em um dos cantos e abria de leve a veneziana. Só conseguia ver, de fato, a caminhonete de mudança em frente à casa e atividades breves ocorrendo entre o pessoal encarregado; a mobília, pelo que podia enxergar, parecia ser de boa qualidade.

A sra. Tylor terminou de fazer as camas e desceu para preparar o almoço, e no curto intervalo que levou para ir da janela do quarto da frente à janela da cozinha, um táxi havia parado em frente à casa vizinha e um menino dançava pela calçada. A sra. Tylor o avaliou: devia ter uns quatro anos, a não ser que fosse pequeno para a idade; regulava com sua filha caçula. Ela voltou a atenção para a mulher que descia do táxi e se tranquilizou ainda mais. Um belo terninho caramelo, meio gasto e talvez um *tiquinho* claro demais para um dia de mudança, mas era bem cortado e a sra. Tylor assentiu, demonstrando seu apreço enquanto descascava as cenouras. Pessoas *finas*, sem dúvida.

Carol, a caçula da sra. Tylor, estava debruçada na cerca da frente, observando o menino da casa ao lado. "Oi." O menino levantou a cabeça, deu um passo para trás e disse, "Oi". A mãe dele olhou para Carol, para a casa dos Tylor e para o filho. Em seguida, disse, "Olá" a Carol. A sra. Tylor sorriu na cozinha. Então, agindo segundo um impulso repentino, secou as mãos em um papel-toalha, tirou o avental e foi até a porta da casa. "Carol", ela chamou baixinho, "Carol, querida". Carol se virou, ainda debruçada na cerca. "O que foi?", ela perguntou, pouco disposta a colaborar.

"Ah, olá", a sra. Tylor disse à senhora que continuava na calçada ao lado do menino. "Ouvi a Carol falando com alguém..."

"As crianças estavam fazendo amizade", a senhora explicou, tímida.

A sra. Tylor desceu os degraus para se postar ao lado de Carol na cerca. "Vocês são os novos vizinhos?"

"Se um dia conseguirmos nos instalar", a senhora disse. Ela riu. "Dia de mudança", disse, agitada.

"Eu sei. Somos a família Tylor", a sra. Tylor se apresentou. "Esta aqui é a Carol."

"*Nós* somos os Harris", a senhora informou. "Este é o James Junior."

"Diga oi ao James", a sra. Tylor falou.

"E *você* diga oi à Carol", a sra. Harris ordenou.

Carol fechou a boca, obstinada, e o menino se escondeu atrás da mãe. As duas senhoras riram. "Crianças!", uma delas falou, e a outra acrescentou, "Não é mesmo?"

Em seguida, a sra. Tylor disse, apontando para o caminhão de mudança e os dois homens que entravam e saíam com cadeiras e mesas e camas e lustres, "Meu Deus, não é um horror?".

A sra. Harris suspirou. "Eu acho que vou enlouquecer."

"Tem alguma coisa que a gente possa fazer para ajudar?", a sra. Tylor perguntou. Ela sorriu para James. "Será que o James não gostaria de passar a tarde com a gente?"

"*Isso* sim seria um alívio", a sra. Harris concordou. Ela se virou para olhar para James às suas costas. "Você não quer ir brincar com a Carol esta tarde, meu bem?" James ficou calado e fez que não e a sra. Tylor anunciou, radiante, "As duas irmãs da Carol talvez, só *talvez*, levem ela ao cinema, James. *Disso* você iria gostar, não é?".

"Infelizmente não", a sra. Harris foi categórica ao falar. "O James não vai ao cinema."

"Ah, bom, é claro", a sra. Tylor disse, "tem muitas mães que *não* vão, é claro, mas quando a criança tem duas irmãs mais velhas..."

"Não é isso", a sra. Harris respondeu. "Nós não vamos ao cinema, nenhum de nós."

A sra. Tylor assimilou logo o "nenhum" como um indício de que provavelmente havia um sr. Harris por perto, em seguida seu pensamento voltou num estalo e ela repetiu, sem emoção, "Não vão ao cinema?".

"O sr. Harris", a sra. Harris disse, medindo as palavras, "considera o cinema intelectualmente danoso. Não vamos ao cinema."

"É claro", a sra. Tylor disse. "Bom, tenho certeza de que a Carol não vai ver problema em ficar em casa esta tarde. Ela adoraria brincar com o James. O sr. Harris", acrescentou, cautelosa, "faz objeção a tanques de areia?"

"Eu quero ir ao cinema", Carol retrucou.

A sra. Tylor foi logo falando. "Por que você e o James não vêm descansar um pouco na nossa casa? Vocês devem ter passado a manhã toda correndo pra lá e pra cá."

A sra. Harris titubeou, observando os homens da mudança. "Obrigada", disse por fim. Com James em seu encalço, ela cruzou o portão da casa dos Tylor, e a sra. Tylor disse, "Se nos sentarmos no quintal, podemos ficar de olho no pessoal". Ela deu um empurrãozinho em Carol. "Mostra o tanque de areia ao James, querida", falou com a voz firme.

Amuada, Carol pegou James pela mão e o levou ao tanque de areia. "Viu só?", ela disse, e voltou para chutar as estacas da cerca. A sra. Tylor acomodou a sra. Harris em uma das cadeiras do jardim e foi procurar uma pá para James cavar.

"É ótimo me sentar, sem sombra de dúvida", a sra. Harris declarou. Ela suspirou. "Às vezes eu acho que mudança é a pior coisa que eu preciso fazer."

"Você deu sorte de conseguir essa casa", a sra. Tylor comentou, e a sra. Harris assentiu. "Ficamos contentes de ter bons vizinhos", a sra. Tylor prosseguiu. "É muito bom ter gente simpática na casa ao lado. Vou aparecer para pedir xícaras de açúcar", encerrou, brincando.

"Espero mesmo que peça", a sra. Harris disse. "Tínhamos pessoas muito desagradáveis como vizinhas na casa antiga. Eram coisas pequenas, sabe, mas que irritam bastante." A sra. Tylor deu um suspiro solidário. "O rádio, por exemplo", a sra. Harris continuou, "o dia inteiro, e muito *alto*."

A sra. Tylor perdeu o fôlego por um instante. "Você por favor não deixe de avisar se o nosso estiver alto demais."

"O sr. Harris não suporta rádio", a sra. Harris falou. "É claro que não temos nenhum."

"É claro", a sra. Tylor repetiu. "Não tem rádio."

A sra. Harris olhou para ela e deu uma risada constrangida. "Você vai achar que meu marido é maluco."

"É claro que não", a sra. Tylor disse. "Afinal, tem um monte de gente que não gosta de rádio; já o meu sobrinho mais velho é o *exato* oposto…"

"Bom", a sra. Harris continuou, "jornais também."

A sra. Tylor enfim compreendeu o leve nervosismo que a assolava: era o que sentia quando estava irrevogavelmente unida a algo arriscado que escapava ao seu controle: o carro, por exemplo, ou uma rua coberta de gelo, ou aquela vez em que usara os patins de Virginia… A sra. Harris fitava com o olhar vazio os homens da mudança entrando e saindo e explicava, "Não que a gente nunca tenha *visto* um jornal, não é como com o cinema; é que o sr. Harris considera os jornais uma degradação em massa do bom gosto. A verdade é que você nunca *precisa* ler o jornal, sabe", ela disse, com um olhar aflito para a sra. Tylor.

"O único que eu leio é…"

"E nós assinamos o *New Republic* durante *alguns* anos", a sra. Harris falou. "Assim que nos casamos, é claro. Antes de o James nascer."

"Com o que o seu marido trabalha?", a sra. Tylor perguntou, acanhada.

A sra. Harris levantou a cabeça com orgulho. "Ele é acadêmico", declarou. "Escreve monografias."

A sra. Tylor abriu a boca para falar, mas a sra. Harris se inclinou, esticou a mão e disse, "É *muito* difícil as pessoas entenderem o desejo por uma vida genuinamente pacata".

"O que", a sra. Tylor perguntou, "o seu marido faz no tempo livre?"

"Ele lê peças de teatro", a sra. Harris respondeu. Olhou para James sem convicção. "Pré-elizabetanas, é claro."

"É claro", a sra. Tylor concordou, e olhou com nervosismo para James, que jogava areia em um balde.

"As pessoas são muito cruéis", a sra. Harris disse. "Essas pessoas das quais eu estava falando, da casa ao lado. Não era só o rádio, sabe? Em três ocasiões eles deixaram *de propósito* o *New York Times* deles na nossa porta. Teve uma vez que o James quase chegou perto."

"Meu Deus", a sra. Tylor falou. Ela se levantou. "Carol", ela chamou em tom enfático, "não saia. Está quase na hora do almoço, querida."

"Bom", a sra. Harris disse. "Tenho que ir ver se os homens da mudança fizeram alguma coisa direito."

Com a sensação de que havia sido grosseira, a sra. Tylor perguntou, "Onde o sr. Harris está?".

"Na casa da mãe dele", a sra. Harris respondeu. "Ele sempre fica lá quando a gente se muda."

"É claro", a sra. Tylor falou, com a sensação de que não tinha dito mais nada a manhã inteira.

"Não ligam o rádio quando ele está lá", a sra. Harris explicou.

"É claro", a sra. Tylor disse.

A sra. Harris estendeu a mão e a sra. Tylor a apertou. "Espero mesmo que nos tornemos amigas", a sra. Harris disse. "Como você falou, é muito bom ter vizinhos que tenham consideração de verdade. E não demos sorte."

"É claro", a sra. Tylor concordou, e então de repente caiu em si. "Quem sabe uma noite dessas não nos reunimos para uma partida de bridge?" Ela viu a expressão da sra. Harris e disse, "Não. Bom, em todo caso, precisamos nos encontrar uma noite dessas". Ambas riram.

"Parece uma tolice mesmo, não é?", a sra. Harris falou. "Muito obrigada pela sua gentileza hoje."

"Disponha", a sra. Tylor declarou. "Se você quiser mandar o James para cá esta tarde."

"Quem sabe eu não mando", a sra. Harris respondeu. "Se você não se incomodar mesmo."

"É claro que não", a sra. Tylor assegurou. "Carol, querida."

Com o braço em torno de Carol, ela foi até a entrada de casa e ficou olhando a sra. Harris entrar com James na casa deles. Os dois pararam na porta e acenaram, e a sra. Tylor e Carol acenaram de volta.

"Eu posso ir ao cinema?", Carol pediu. "*Por favor*, mamãe?"

"Eu vou com você, querida", a sra. Tylor falou.

Estátua de sal

Por alguma razão uma melodia não saía de sua cabeça quando ela e o marido embarcaram no trem em New Hampshire rumo a Nova York; fazia quase um ano que não iam a Nova York, mas a melodia era de muito tempo antes. Era da época em que tinha quinze ou dezesseis anos, e só havia visto Nova York em filmes, quando a cidade era formada, para ela, de coberturas cheias de pessoas estilo Noel Coward; quando a altura e a velocidade e o luxo e a alegria que compunham um lugar como Nova York se confundiam de forma inextricável com a monotonia dos quinze anos e com a beleza inalcançável e distante dos filmes.

"Que música é *essa*?", ela perguntou ao marido, e a cantarolou de boca fechada. "Acho que é de um filme antigo."

"Eu conheço", ele disse, e também murmurou a melodia. "Não me lembro da letra."

Ele se recostou, bem acomodado. Havia pendurado os casacos, guardado as malas nos bagageiros e pegado sua revista. "Mais cedo ou mais tarde eu vou me lembrar", ele afirmou.

Ela primeiro olhou pela janela, saboreando quase às escondidas, degustando o prazer gigantesco de estar em um trem em movimento sem nada para fazer por seis horas além de ler e cochilar e ir ao vagão-restaurante, a cada minuto que passava distanciando-se mais e mais dos filhos, do chão da cozinha, com até mesmo os montes ficando incrivelmente para trás, transformando-se em campos e árvores afastados demais de casa para serem familiares. "Adoro trens", ela disse, e o marido fez que sim, anuindo, olhando para a revista.

Duas semanas pela frente, duas semanas inacreditáveis, com todas as providências tomadas, sem mais nenhum plano a fazer, a não ser, talvez, quanto a peças de teatro e restaurantes. Um amigo com apartamento na cidade havia tirado férias bem oportunas, tinham dinheiro suficiente no banco para que a viagem fosse compatível com as novas roupas de frio dos filhos; havia a tranquilidade dos planos sem conflitos a partir do momento em que os obstáculos iniciais foram superados, como se, depois de tomada a decisão, nada ousasse impedi-los. A garganta inflamada do bebê tinha melhorado. O encanador aparecera, terminara o trabalho em dois dias e fora embora. Os vestidos tinham sido reformados a tempo; a loja de ferragens pôde ser deixada sem riscos depois que encontraram a desculpa de conhecer produtos novos na cidade. Nova York não fora incendiada, não tinha entrado em quarentena, o amigo havia viajado de acordo com o programado, e Brad estava com as chaves do apartamento no bolso. Todos sabiam como contatar todos; havia uma lista de peças de teatro que não poderiam perder e uma lista de produtos a procurar nas lojas — fraldas, tecidos para vestidos, enlatados extravagantes, estojos para talheres à prova de deslustre. E, por fim, o trem estava ali, executando sua função, avançando tarde adentro, levando-os dentro da lei e com determinação a Nova York.

Margaret olhava curiosa para o marido, ali sem ação no meio da tarde dentro de um trem, para as outras pessoas de sorte que viajavam, para o campo ensolarado lá fora, olhou outra vez para ter certeza e então abriu o livro. A melodia continuava na cabeça, ela a murmurou e ouviu o marido acompanhá-la suavemente enquanto virava a página da revista.

No vagão-restaurante, ela pediu rosbife, assim como faria em um restaurante de sua cidade, relutante em trocá-lo abruptamente por uma comida nova, irresistível, digna das férias. De sobremesa, tomou sorvete, mas se preocupou durante o café porque chegariam a Nova York em uma hora e ela ainda precisava pôr o casaco e o chapéu, apreciando cada gesto, e Brad tinha que descer as malas e guardar as revistas. Ficaram no canto do vagão durante o interminável percurso subterrâneo, pegando as malas e pondo-as no chão outra vez, avançando centímetro a centímetro, inquietos.

A estação era um abrigo temporário que levava os visitantes pouco a pouco para um mundo de pessoas e sons e luzes a fim de prepará-los para a realidade explosiva da rua lá fora. Ela a viu por um instante da calçada, antes de entrar em um táxi que se movimentava no meio dela, e então foram assombrosamente recolhidos e conduzidos a Uptown e deixados em outra calçada e Brad pagou o taxista e levantou a cabeça para olhar o prédio. "É isso mesmo", ele disse, como se tivesse desconfiado da capacidade do motorista de encontrar um endereço dito com tamanha simplicidade. Subiram de elevador e a chave encaixou na porta. Nunca tinham estado no apartamento do amigo, mas era um tanto familiar — um amigo que se muda de New Hampshire para Nova York leva consigo imagens particulares de um lar que não se apagam em poucos anos, e o apartamento tinha um quê de casa o bastante para que Brad se acomodasse na mesma hora na poltrona certa e ela se sentisse reconfortada pela confiança instintiva nas roupas de cama e lençóis.

"Esta será a nossa casa durante duas semanas", Brad anunciou, e se alongou. Depois dos primeiros minutos, ambos foram automaticamente às janelas: Nova York estava lá embaixo, conforme planejado, e as residências do outro lado da rua eram prédios cheios de desconhecidos.

"É maravilhoso", ela disse. Havia carros lá embaixo, e pessoas, e o barulho estava em toda parte. "Estou muito feliz", ela declarou, e beijou o marido.

No primeiro dia saíram para visitar pontos turísticos; tomaram café da manhã no Automat e foram ao Empire State. "Agora já está tudo consertado", Brad disse, no alto do edifício. "Fico me perguntando onde foi que o avião bateu."

Tentaram dar uma olhada nas quatro laterais, mas ficaram com vergonha de perguntar. "Afinal", ela falou, muito sensata, dando risadinhas no canto, "se uma coisa minha quebrasse, eu não iria querer que as pessoas ficassem se intrometendo, pedindo para ver os destroços."

"Se você fosse dona do Empire State, não daria a mínima", Brad disse.

Só se deslocaram de táxi nos primeiros dias, e um deles tinha uma porta presa com barbante; apontaram para ela e riram em silêncio, e por volta do terceiro dia, o pneu do táxi onde estavam furou na Broadway e tiveram que saltar e pegar outro.

"Só nos restam onze dias", ela comentou um dia, e então, no que pareceu ser minutos depois, "já faz seis dias que chegamos."

Eles tinham entrado em contato com os amigos com os quais esperavam entrar em contato, iam passar o fim de semana numa casa de veraneio em Long Island. "Está horrível agora", a anfitriã disse alegre pelo telefone, "e nós vamos embora daqui a uma semana, mas eu jamais *perdoaria* se vocês não viessem pelo menos *uma vez* estando aqui." O tempo estava bom, mas fresco, com um desassossego definitivamente outonal, e as roupas nas vitrines das lojas eram escuras e já tinham toques de peles e veludos. Ela usou casaco todos os dias, e terninhos na maior parte do tempo. Os vestidos leves que tinha levado estavam pendurados no armário do apartamento, e pensava em comprar um suéter em uma daquelas lojas grandes, uma peça que não seria prática em New Hampshire, mas provavelmente cairia bem em Long Island.

"Tenho que fazer compras, pelo menos um dia", ela disse a Brad, que resmungou.

"Não me peça para carregar sacolas", ele reclamou.

"Você não vai querer passar o dia fazendo compras", ela lhe disse, "não depois de termos batido tanta perna por aí. Por que não vai ao cinema ou alguma coisa assim?"

"Eu também preciso fazer umas compras", ele disse, em tom enigmático. Talvez estivesse falando do presente de Natal dela; ela havia mesmo pensado em comprá-los em Nova York: as crianças ficariam contentes com as novidades da cidade, brinquedos que não veriam nas lojas perto de casa. Ela disse então, "Você vai poder ir aos seus atacadistas, afinal".

Estavam indo visitar outro amigo, que por milagre tinha conseguido um lugar para morar e avisara que não deviam se chocar com o aspecto do prédio, as escadas ou a vizinhança. Os três eram péssimos, e eram três os lances de escada, apertada e escura, mas havia um lugar para viver lá em cima. Não fazia muito tempo que esse amigo estava em Nova York, mas ele morava sozinho em um apartamento de dois cômodos, e não tivera dificuldade de pegar a mania das mesas finas e estantes de livros baixas que faziam os ambientes parecerem grandes demais para a mobília em alguns lugares, abarrotados e desconfortáveis em outros.

"Que casa linda", ela disse ao entrar, e então sentiu pena quando o anfitrião respondeu, "Um dia essa porcaria de situação vai mudar e eu vou conseguir me instalar em um canto que seja decente de verdade".

Havia outras pessoas ali: eles se sentaram e entabularam conversas amistosas sobre os assuntos que eram correntes em New Hampshire, mas beberam mais do que beberiam em casa e ficaram estranhamente incólumes; suas vozes se tornaram mais altas e as palavras mais extravagantes; os gestos, por outro lado, ficaram menos amplos, e movimentavam um dedo quando em New Hampshire teriam agitado o braço. Margaret dizia com certa frequência, "Só estamos passando umas semanas aqui, estamos de férias", e dizia, "É maravilhoso, tão *empolgante*", e dizia, "Demos uma sorte *enorme*: um amigo nosso viajou justamente…".

Em certo momento, o ambiente ficou muito cheio e barulhento, e ela foi para um canto perto da janela para tomar ar. A noite inteira, a janela vinha sendo aberta e fechada, dependendo se a pessoa próxima dela tinha as mãos livres; e agora estava fechada, com o céu claro lá fora. Alguém se aproximou e parou a seu lado, e ela falou, "Escuta o barulho lá de fora. Está tão ruim quanto aqui dentro".

Ele respondeu, "Nesse tipo de vizinhança alguém sempre acaba assassinado".

Ela franziu a testa. "Está diferente de antes. Digo, o barulho me parece diferente."

"Alcoólatras", ele explicou. "Bêbados por aí. Brigas do outro lado da rua." Ele se afastou, levando seu drinque.

Ela abriu a janela e se debruçou, e havia pessoas berrando nas janelas do outro lado da calçada, e pessoas na rua de cabeça levantada e berrando, e ela ouviu alguém dizer claramente do outro lado, "Dona, dona". Eles devem estar se referindo a mim, ela pensou, estão todos olhando para cá. Ela se debruçou ainda mais e as vozes soltavam gritos incoerentes, mas de algum modo formavam um todo audível, "Dona, a sua casa está pegando fogo, dona, dona".

Ela fechou a janela com firmeza e se virou para as outras pessoas da sala, erguendo um pouco a voz. "Escuta", ela disse, "estão falando que a casa está pegando fogo." Tinha um medo enorme de que rissem dela, de parecer uma idiota enquanto Brad, do outro canto da sala, coraria olhando para ela. Ela repetiu, "A *casa* está pegando *fogo*", e acrescentou, "Eles que disseram", por medo de parecer dramática demais. Quem estava mais perto dela se virou e alguém disse, "Ela falou que a casa está pegando fogo".

Ela queria ficar com Brad e não o encontrava; tampouco via o anfitrião, e as pessoas ao redor eram estranhas. Eles não me dão ouvidos, ela pensou, daria na mesma se eu não estivesse aqui, e foi até porta do apartamento e a abriu. Não havia fumaça nem fogo, mas dizia a si mesma, Daria na mesma se eu não estivesse aqui, portanto, tomada pelo pânico, abandonou Brad e saiu correndo escada abaixo sem o chapéu e o casaco, segurando uma taça na mão e uma caixa de fósforos na outra. A escada era insanamente longa, mas estava desobstruída e segura, e ela abriu o portão e saiu correndo. Um homem segurou seu braço e quis saber, "Todo mundo saiu?", e ela respondeu, "Não, o Brad ainda está lá". Os carros de bombeiros viraram a esquina, com gente se debruçando das janelas para olhá-los, e o homem que segurava seu braço disse, "É aqui", e a soltou. O incêndio era a dois prédios de distância: viam as chamas atrás das janelas do último andar, e a fumaça contra o céu noturno, mas dez minutos depois já tinha sido apagado e os bombeiros foram embora parecendo atormentados por terem arrastado aquele equipamento todo para apagar um incêndio de dez minutos.

Ela subiu a escada devagar e com vergonha, encontrou Brad e o levou para casa.

"Fiquei com tanto medo", ela lhe contou quando já estavam seguros na cama. "Perdi completamente a cabeça."

"Você devia ter tentado achar alguém", ele disse.

"Ninguém me deu ouvidos", ela insistiu. "Eu repetia e ninguém me ouvia e então eu pensava que devia ter me enganado. Me veio a ideia de descer para ver o que estava acontecendo."

"Sorte que não foi nada pior", Brad falou, sonolento.

"Me senti presa", ela disse. "No alto daquele prédio com um incêndio: é um pesadelo. Em uma cidade estranha."

"Bom, agora acabou", Brad decretou.

A mesma leve sensação de insegurança a acompanhou no dia seguinte: foi fazer compras sozinha e Brad foi às lojas de ferragens, no final das contas. Ela pegou um ônibus para ir a Downtown e o ônibus estava tão cheio que não conseguia se mexer na hora de saltar. Encurralada no corredor, ela pediu, "Vou descer, por favor", e "Com licença", e quando estava livre e perto da porta, o ônibus andou outra vez e ela parou um ponto à frente. "Ninguém me *escuta*", disse a si mesma. "Vai ver que é por eu ser educada demais." Nas lojas, os preços eram muito altos e os suéteres eram desanimadores de tão parecidos com os de New Hampshire. Os brinquedos para os filhos a encheram de consternação: eram obviamente destinados a crianças nova-iorquinas, pequenas paródias horrendas da vida adulta, caixas registradoras, minúsculos carrinhos de supermercado com imitações de frutas, telefones que funcionavam de verdade (como se não houvesse telefones realmente funcionais que bastassem em Nova York), garrafinhas de leite em uma caixinha de transporte. "Tiramos nosso leite das vacas", Margaret explicou à vendedora. "Meus filhos nem entenderiam o que é isso." Estava exagerando, e por um instante sentiu culpa, mas não havia ninguém ali para desmenti-la.

Teve um vislumbre de crianças pequenas da cidade vestidas feito os pais, vivendo numa civilização mecânica em miniatura, caixas registradoras de brinquedo de tamanhos cada vez maiores que os acostumavam ao objeto verdadeiro, milhões de pequenas imitações estrepitosas que os preparavam para se apoderarem dos enormes brinquedos inúteis que ditavam a vida dos pais. Comprou um par de esquis para o filho, que sabia que seriam inadequados para a neve de New Hampshire, e um carrinho de puxar para a filha, inferior ao que Brad poderia fazer em casa em uma hora. Ignorando as caixas de correspondência de brinquedo, os fonogramas em miniatura com discos especiais, os cosméticos infantis, ela saiu da loja e seguiu para casa.

Tinha ficado com um medo genuíno de pegar ônibus; parou na esquina e esperou um táxi. Olhando para os pés, viu uma moedinha de dez centavos na calçada e tentou pegá-la, mas havia tanta gente que não conseguiria se abaixar, e tinha receio de empurrar para abrir espaço por temer que ficassem olhando. Pôs o pé em cima da moeda e então viu outra de vinte e cinco centavos ao lado, além de uma moedinha de cinco. Alguém derrubou a carteira, ela pensou, e pôs o outro pé em cima da moeda de vinte e cinco, dando o passo rapidamente para que parecesse natural; em seguida viu outra moedinha de dez e outra de cinco, e uma terceira moeda de cinco na sarjeta. As pessoas passavam por ela, indo e voltando, o tempo inteiro, apressadas, empurrando-a, sem olhar para ela, e estava com medo de se abaixar e pegar o dinheiro. Outras pessoas viram e passaram reto, e ela se deu conta de que ninguém iria recolhê-lo. Estavam todos constrangidos, ou com pressa demais, ou espremidos demais. Um táxi parou para deixar alguém e ela o chamou. Tirou os pés das moedas de cinco e de vinte e cinco centavos e as deixou lá ao entrar no táxi. O táxi era lento e sacudia ao se movimentar; ela começara a perceber que a deterioração gradual não era exclusividade dos táxis. Os ônibus tinham partes meio soltas, os assentos de couro esfrangalhados e manchados. Os prédios também estavam acabados — em uma das lojas mais requintadas havia um enorme buraco no saguão ladrilhado, e era preciso contorná-lo. As quinas dos edifícios pareciam estar virando um pó fino que caía lá do alto, o granito erodia sem que ninguém percebesse. Todas as janelas que viu a caminho de Uptown pareciam estar quebradas; talvez todas as esquinas fossem salpicadas de trocados. As pessoas avançavam mais rápido do que nunca: uma garota de chapéu vermelho apareceu na janela da frente do táxi e sumiu na janela de trás antes que se pudesse olhar o chapéu; as vitrines das lojas estavam terrivelmente claras porque só se podia vê-las por uma fração de segundo. As pessoas pareciam se lançar em atos frenéticos que faziam com que cada hora durasse quarenta e cinco minutos, cada dia durasse nove horas, cada ano durasse catorze dias. A comida era de uma rapidez tão ilusória, devorada com tamanha pressa, que as pessoas estavam sempre famintas, sempre correndo para fazer uma nova refeição com novas companhias. Tudo ficava imperceptivelmente mais rápido a cada minuto que passava. Ela entrou no táxi por um lado e desceu pelo outro, em casa; apertou o botão do quinto andar no elevador e estava descendo de novo, de banho tomado, vestida e pronta para jantar com Brad. Eles saíram para jantar e estavam chegando outra vez, famintos e correndo para a cama a fim de tomar o café da manhã com o almoço em seguida. Fazia nove dias que estavam em Nova York; o dia seguinte seria sábado e iriam a Long Island, voltando no domingo, e então na quarta-feira iriam para casa, a casa de verdade. Quando pensou nisso já estavam no trem para Long Island; o trem tinha rachaduras, os bancos estavam rasgados e o chão, sujo; uma das portas não abria e as janelas não fechavam. Atravessando os arredores da cidade, ela pensou, É como se tudo estivesse viajando a tamanha velocidade que as coisas sólidas não aguentassem e se despedaçassem sob a pressão, cornijas explodissem e janelas cedessem. Ela sabia que tinha medo de falar a verdade, medo de encarar a ideia de que era uma velocidade voluntária capaz de quebrar o pescoço, um turbilhão proposital cada vez mais rápido que terminaria em destruição.

Em Long Island, a anfitriã os guiou por uma nova parte de Nova York, uma casa repleta de móveis nova-iorquinos como se puxados por um elástico bem esticado, prontos para voltar num estalo à cidade, a um apartamento, assim que a porta se abrisse e a locação, já paga, tivesse expirado. "Alugamos essa casa todo ano faz muito tempo", a anfitriã explicou. "Se não fosse assim, seria *impossível* alugá-la este ano."

"É uma casa lindíssima", Brad comentou. "Estou surpreso de vocês não morarem aqui o ano inteiro."

"A gente precisa voltar para a cidade *de vez em quando*", a anfitriã respondeu e riu.

"Não tem nada a ver com New Hampshire", Brad disse. Ele estava começando a ficar com saudades de casa, Margaret pensou; ele quer explanar, uma vez que seja. Desde o susto do incêndio ela ficava apreensiva com muita gente reunida; quando amigos começaram a aparecer depois do jantar, ela esperou um pouco, repetindo para si mesma que estavam no térreo, ela poderia correr lá para fora, todas as janelas estavam abertas; em seguida, desculpou-se e foi para a cama. Quando Brad foi se deitar, muito tempo depois, ela despertou e ele contou, num tom irritado, "Estávamos brincando de anagrama. Que gente doida". Ela disse, sonolenta, "Você ganhou?", mas adormeceu antes que ele respondesse.

Na manhã seguinte, ela e Brad foram dar uma caminhada enquanto os anfitriões liam os jornais de domingo. "Se vocês dobrarem à direita ao sair de casa", a anfitriã indicou, "e caminharem uns três quarteirões, vão dar na nossa praia."

"O que é que eles podem querer com a nossa praia?", o anfitrião retrucou. "Está frio demais para eles fazerem alguma coisa."

"Eles podem olhar *a água*", a anfitriã justificou.

Eles foram até a praia; naquela época do ano, estava vazia e ventava bastante, mas ainda acenava de forma medonha sob os vestígios de sua plumagem veranil, como se se considerasse muito convidativa. Havia casas ocupadas no trajeto até lá, por exemplo, e um único quiosque estava aberto, audaz a ponto de anunciar que servia cachorro-quente e soda limonada. O homem do quiosque os observou passar com uma expressão fria e antipática. Distanciaram-se bastante dele, sumindo do campo de visão das casas, rumo a um trecho de areia cinza grossa que ficava entre a água cinza de um lado e as dunas de areia cinza grossa do outro.

"Imagine só nadar aqui", ela disse com um calafrio. A praia a agradava: era curiosamente familiar e reconfortante e, no momento em que se deu conta disso, a melodia lhe voltou à cabeça, provocando uma recordação dupla. A praia era onde tinha vivido em sua imaginação, escrevendo para si mesma histórias insípidas de amores rompidos em que a heroína caminhava junto às ondas bravias; a melodia era o símbolo do mundo encantado para o qual fugia para evitar a insipidez cotidiana que a levava a escrever histórias deprimentes sobre a praia. Ela riu alto e Brad perguntou, "O que é que tem de engraçado nessa paisagem esquecida por Deus?".

"Eu estava só pensando no quanto isso aqui parece distante da cidade", ela mentiu.

O céu e a água e a areia eram cinza o bastante para que parecesse fim de tarde e não o meio da manhã; ela estava cansada e queria voltar, mas de repente Brad disse, "Olha aquilo", e ela se virou e viu uma garota que descia as dunas correndo, segurando o chapéu, com os cabelos esvoaçantes.

"É a única forma de se esquentar num dia feito esse", Brad comentou, mas Margaret disse, "Ela está com cara de assustada".

A garota os viu e se aproximou deles, desacelerando à medida que se aproximava. Parecia ansiosa para alcançá-los, mas quando já estava a uma distância em que a ouviriam, o constrangimento habitual, a vontade de não parecer uma idiota, a levaram a titubear e a olhar de um para o outro com nervosismo.

"Vocês sabem onde achar um policial?", ela enfim perguntou.

Brad olhou para um lado e o outro da praia rochosa vazia e falou, em tom solene, "Parece que não tem nenhum por aqui. Podemos ajudar de alguma forma?".

"Acho que não", respondeu a garota. "Eu precisava mesmo era de um policial."

Eles vão à polícia por qualquer coisa, Margaret pensou, essa gente, essa gente de Nova York, é como se tivessem escolhido uma parte da população para agir como solucionadores de problemas, e por isso, seja lá o que quiserem, procuram um policial.

"Seria um prazer ajudar, se tivermos como", Brad declarou.

A garota hesitou outra vez. "Bom, se vocês *precisam mesmo* saber o que é", ela disse, ríspida, "tem uma perna ali em cima."

Tiveram a educação de aguardar que a garota explicasse, mas ela disse apenas "Então *venham*" e gesticulou para que a seguissem. Ela os guiou pelas dunas rumo a um lugar perto de uma pequena enseada, onde as dunas abriam caminho abruptamente para uma língua de água. Uma perna jazia na areia, ao lado da água, e a garota apontou para ela e disse "Ali", como se fosse uma coisa sua e eles tivessem insistido em ganhar uma parte.

Eles andaram até lá e Brad se agachou com cuidado. "É uma perna mesmo", ele constatou. Parecia ser parte de um manequim de cera, uma perna de cera de uma palidez fantasmagórica impecavelmente cortada no alto da coxa e bem acima do tornozelo, dobrada na altura do joelho, pousada na areia. "É de verdade", Brad declarou, a voz um pouco diferente. "Você tem razão em chamar um policial."

Caminharam juntos até o quiosque e o homem escutou sem entusiasmo enquanto Brad chamava a polícia. Quando a polícia chegou, todos foram de novo ao local onde jazia a perna e Brad deu seus nomes e endereços, e em seguida disse, "Tudo bem se a gente for para casa?".

"Por que diabos vocês ficariam aqui?", o policial perguntou com um humor ferino. "Estão esperando o resto do corpo?"

Voltaram para a casa dos anfitriões falando da perna, e o anfitrião se desculpou, como se fosse culpado de uma violação do bom gosto ao permitir que os convidados se deparassem com uma perna humana; a anfitriã disse, interessada, "Teve um braço que foi parar em Bensonhurst, eu andei lendo sobre isso".

"Um desses assassinatos", o anfitrião completou.

No segundo andar, Margaret falou de repente, "Imagino que comece a acontecer primeiro no subúrbio", e quando Brad quis saber, "O que é que começa a acontecer?", ela respondeu, histérica, "As pessoas começando a se desintegrar".

A fim de tranquilizar os anfitriões quanto à importância dada à perna, ficaram até a hora do último trem vespertino rumo a Nova York. De volta ao apartamento, Margaret teve a impressão de que o mármore do saguão do prédio havia começado a envelhecer; mesmo depois de dois dias, já se viam novas rachaduras. O elevador parecia estar um bocadinho enferrujado e havia uma camada fina de poeira ém cima de tudo o que havia no apartamento. Foram para a cama com uma sensação incômoda, e na manhã seguinte Margaret disse, "Hoje não vou sair de casa".

"Você não ficou abalada por ontem, ficou?"

"Nem um pouco", Margaret respondeu. "Só quero ficar em casa descansando."

Depois de alguma discussão, Brad resolveu sair sozinho de novo; ainda havia pessoas que considerava importante ver e lugares aonde precisava ir durante os poucos dias que ainda lhes restavam. Após o café da manhã no Automat, Margaret voltou sozinha para o apartamento levando o romance policial que tinha comprado no percurso. Pendurou o casaco e o chapéu e se sentou junto à janela com o barulho e as pessoas lá embaixo, olhando para o ponto onde o céu estava cinza, atrás dos prédios do outro lado da rua.

Não vou me preocupar com isso, ela disse para si mesma, não faz sentido ficar o tempo inteiro pensando nesse tipo de coisa, estragar as suas férias e as do Brad. Não faz sentido se preocupar, as pessoas têm ideias assim e depois ficam preocupadas com elas.

A melodiazinha detestável rondava sua cabeça outra vez, com seu fardo de suavidade e perfume caro. Os prédios do outro lado da rua estavam em silêncio e talvez desocupados àquela hora do dia; deixou que seus olhos se movimentassem seguindo o ritmo da canção, de janela em janela de um andar. Deslizando rapidamente entre duas janelas, conseguia fazer com que um verso da melodia se encaixasse em um andar, e depois respirava fundo e descia para o andar seguinte; tinha o mesmo número de janelas e a melodia tinha o mesmo número de compassos, e depois o andar seguinte e o outro. Ela parou de repente, quando teve a impressão de que o parapeito pelo qual havia acabado de passar havia amassado sem nenhum ruído e se transformado em areia fina; quando seu olhar voltou atrás, ele continuava ali, como antes, mas então teve a impressão de que fora o parapeito acima, à direita, e por fim um canto do telhado.

Não faz sentido me preocupar, ela disse a si mesma, forçando os olhos a mirar a rua, a parar de pensar nas coisas o tempo inteiro. Olhar para a rua por muito tempo a deixava tonta e ela se levantou e foi até o quarto apertado do apartamento. Tinha arrumado a cama antes de sair para o café da manhã, como qualquer boa dona de casa, mas a desarrumou de propósito, tirando os lençóis e cobertas um por um, e depois arrumou tudo outra vez, demorando-se nos cantos e alisando todos os vincos. "*Está* pronto", ela disse quando acabou, e voltou à janela. Quando olhou para o outro lado da rua, a melodia recomeçou, de janela em janela, parapeitos se dissolvendo e caindo. Ela se debruçou e olhou para a própria janela, algo que nunca tinha pensado em fazer, olhou para o parapeito. Estava parcialmente carcomido; quando encostou na pedra, alguns pedacinhos rolaram e caíram.

Eram onze horas: Brad olhava maçaricos a essa altura e só voltaria depois da uma hora, no mínimo. Pensou em escrever uma carta para casa, mas o ímpeto a abandonou antes que encontrasse papel e caneta. Então lhe ocorreu que poderia cochilar, algo que nunca na vida tinha feito de manhã, e foi para a cama. Deitada, sentiu o prédio tremer.

Não faz sentido me preocupar, disse a si mesma outra vez, como se fosse um feitiço contra bruxas, e se levantou, achou o casaco e o chapéu e os vestiu. Vou só comprar cigarro e um papel de carta, ela pensou, vou só até a esquina. Foi dominada pelo pânico no elevador: ele descia rápido demais, e quando pisou no saguão, só as pessoas paradas a impediram de correr. Do jeito que estava, ela saiu apressada do prédio e ganhou a rua. Por um instante, hesitou, querendo voltar. Os carros passavam tão ligeiros, as pessoas apressadas como sempre, mas o pânico do elevador por fim a impeliu adiante. Foi até esquina e, seguindo os que passavam voando à sua frente, desceu correndo da calçada e ouviu uma buzina quase em cima dela e um grito de alguém às suas costas, além do barulho de freios. Seguiu em frente às cegas e chegou ao outro lado, onde parou e olhou ao redor. O caminhão seguiu o trajeto previsto, dobrando a rua, e as pessoas passavam a seu lado, afastando-se para dar a volta nela, que estava plantada na calçada.

Ninguém sequer me notou, ela pensou em tom apaziguador, todo mundo que me viu já foi embora há muito tempo. Ela entrou na loja de conveniência à sua frente e pediu cigarros ao atendente; agora o apartamento lhe parecia mais seguro do que a rua — poderia subir de escada. Ao sair da loja e caminhar até a esquina, manteve-se o mais perto possível dos prédios, recusando-se a dar passagem ao trânsito de pessoas que saía pelas portas. Na esquina, foi cuidadosa ao olhar o sinal: estava verde, mas parecia que ia mudar. É sempre mais seguro aguardar, ela pensou, não quero acabar na frente de outro caminhão.

As pessoas a deixavam para trás e algumas estavam no meio da rua quando o sinal fechou. Uma mulher, mais covarde que o resto, se virou e voltou correndo para o meio-fio, mas as outras pararam no meio da rua, inclinando-se para a frente e para trás de acordo com o trânsito que passava por elas de ambos os lados. Uma pessoa chegou ao meio-fio do outro lado durante uma breve interrupção na fila de carros, as outras se atrasaram por uma fração de segundo e esperaram. Então o sinal abriu de novo e, enquanto os carros desaceleravam, Margaret pisou na rua para atravessar, mas o susto de um táxi que sacolejava loucamente na esquina fez com que recuasse e parasse no meio-fio outra vez. Quando o táxi já tinha passado, o sinal estava prestes a fechar novamente e ela pensou, eu posso esperar de novo, não faz sentido ser pega no meio do caminho. Um homem a seu lado batia o pé, impaciente, querendo que o sinal abrisse mais uma vez; duas garotas passaram por ela e deram alguns passos pista adentro para esperar, recuando de leve quando os carros passavam rentes demais, falando sem parar o tempo inteiro. Tenho que ficar junto delas, Margaret pensou, mas então elas deram um passo para trás, esbarrando nela, e o sinal abriu e o homem a seu lado disparou pela rua e as duas garotas à sua frente esperaram um minuto e avançaram devagar, ainda conversando, e Margaret começou a segui-las, mas resolveu esperar. Um amontoado de gente de repente se formou em torno dela: tinham descido de um ônibus e estavam atravessando ali, e de súbito teve a sensação de ficar espremida no meio e ser empurrada para a rua, como um bloco, quando o sinal abriu, e distribuiu cotoveladas desesperadas para sair da aglomeração e foi se escorar em um prédio para aguardar. Teve a impressão de que as pessoas que passavam começavam a olhar para ela. O que elas devem pensar de mim, ela ficou se perguntando, e se empertigou como se estivesse à espera de alguém. Olhou para o relógio e franziu a testa, e então pensou, Que idiota eu devo estar parecendo, ninguém aqui nunca me viu, todo mundo passa rápido demais. Ela retornou ao meio-fio, mas o sinal verde estava ficando vermelho e ela pensou, Vou voltar à loja e tomar uma Coca, não faz sentido eu ir para o apartamento.

O homem da loja a olhou sem surpresa e ela se sentou e pediu uma Coca, só que de repente, quando estava bebendo, foi atingida de novo pelo pânico e pensou nas pessoas que tinham estado com ela na primeira vez que começara a atravessar a rua, a essa altura a quarteirões de distância, depois de tentarem e conseguirem cruzar talvez dezenas de sinais enquanto ela hesitava no primeiro; as pessoas agora estavam a cerca de um quilômetro e meio dali, porque caminhavam com firmeza enquanto ela tentava tomar coragem. Ela pagou ao homem depressa, conteve o ímpeto de dizer que não havia nada de errado com a Coca, só precisava ir embora, só isso, e correu até a esquina outra vez.

No instante em que o sinal ia abrir, ela disse para si mesma com firmeza: não faz sentido. O sinal abriu antes que estivesse preparada e, segundos antes de se recompor, o tráfego que dobrava a esquina a deixou aturdida e ela se encolheu contra o meio-fio. Olhava com desejo para a tabacaria da esquina em frente, pouco antes do seu prédio; ela se perguntava, Como é que as pessoas conseguem chegar lá, e soube que, por se perguntar isso, por admitir a dúvida, estava perdida. O sinal fechou e ela o fitou com ódio, coisa idiota, indo e voltando, indo e voltando, sem propósito nem sentido. Olhando furtivamente para os dois lados, para ver se alguém a observava, ela deu um passo silencioso para trás, um passo, dois, até tomar bastante distância do meio-fio. De volta à loja de conveniência, esperou algum gesto de familiaridade da parte do vendedor e não viu nenhum; ele a encarava com a mesma apatia da primeira vez. Ele apontou para o telefone sem interesse: ele não se importa, ela pensou, para ele não importa para quem vou ligar.

Não teve tempo de se sentir uma boba, pois atenderam do outro lado na mesma hora e com simpatia e ela o achou na primeira tentativa. Quando ele chegou ao telefone, sua voz soando surpresa e pragmática, ela só conseguiu dizer, aflita, "Estou na loja de conveniência da esquina. Vem me buscar".

"O que foi que aconteceu?" Ele não parecia ansioso.

"Por favor vem me buscar", ela pediu no bocal preto que poderia ou não transmitir o recado a ele, "por favor vem me buscar, Brad. *Por favor.*"

Homens e seus sapatos grandes

Era o primeiro verão da sra. Hart morando no interior e seu primeiro ano de casada e de dona da casa; teria o primeiro filho em breve, e era a primeira vez que tinha alguém, ou pensava ter alguém, que poderia ser descrita em linhas gerais como uma empregada. A jovem sra. Hart passava horas a fio todos os dias, enquanto repousava conforme o médico mandara, se felicitando placidamente. Quando estava sentada na cadeira de balanço do alpendre, podia olhar a rua sossegada com as árvores e jardins e pessoas bondosas que lhe sorriam ao passar; ou podia virar a cabeça e através das janelas amplas olhar a própria casa, a bela sala de estar com cortinas de algodão grosso que combinava com a capa de sofá e os móveis de bordo; podia levantar um pouquinho os olhos e fitar as cortinas brancas com babados da janela do quarto. Era uma casa de verdade: o leiteiro deixava leite ali todas as manhãs, os vasos de cores vivas enfileirados junto ao parapeito do alpendre tinham plantas de verdade que cresciam e precisavam ser regadas com frequência; era possível cozinhar no fogão de verdade da cozinha, e a sra. Anderson vivia se queixando das pegadas de sapato no chão limpo feito uma empregada de verdade.

"São os homens que sujam o chão", a sra. Anderson dizia, olhando a marca do calcanhar de sapato. "A mulher, a senhora pode observar, ela sempre pisa sem fazer barulho. Os homens e seus sapatos grandes." E ela desfazia a pegada com uma flanela sem prestar muita atenção.

Embora a sra. Hart tivesse um medo irracional da sra. Anderson, tinha ouvido e lido tanto que todas as donas de casa da época ficavam intimidadas pelas empregadas domésticas que a princípio não se surpreendeu com o próprio incômodo acanhado; o poder beligerante da sra. Anderson, além do mais, parecia se originar naturalmente do conhecimento sobre acondicionamento de comidas e calda de açúcar queimado e fornadas de pãezinhos de levedura. Quando a sra. Anderson, cheia de cotovelos e rosto vermelho, o cabelo preso com uma rigidez desagradável, aparecera pela primeira vez na porta dos fundos com a proposta de ajudar, a sra. Hart aceitara cegamente, vendo-se entre janelas sujas em uma bagunça de caixas de mudança e poeira; a sra. Anderson começara corretamente pela cozinha, e a primeira coisa que fez foi uma xícara de chá quentinho para a sra. Hart: "A senhora não pode se dar ao luxo de se cansar demais", afirmou, olhando para a barriga da sra. Hart, "a senhora tem que ser cuidadosa sempre".

Quando a sra. Hart se deu conta de que a sra. Anderson nunca deixava nada limpinho, nunca conseguia pôr nada no lugar de onde tinha tirado, já era inconcebível pensar em tomar alguma atitude. As digitais da sra. Anderson estavam em todas as janelas e a xícara de chá matinal da sra. Hart era uma instituição permanente; a sra. Hart punha a água para ferver logo após o café da manhã e a sra. Anderson preparava uma xícara para cada uma quando chegava, às nove. "Tem que tomar uma xícara de chá quentinho para começar o dia com o pé direito", ela dizia todas as manhãs, em tom amistoso, "acalma o estômago para o resto do dia."

Sobre a sra. Anderson, a sra. Hart não se permitia pensar muito, só sentir um orgulho cômodo porque todas as tarefas domésticas eram feitas por ela ("um verdadeiro *tesouro*", ela escrevia para as amigas de Nova York, "e ela se preocupa comigo como se eu fosse filha *dela*!"); e foi só quando já fazia mais de um mês que a sra. Anderson aparecia todas as manhãs que a sra. Hart entendeu com uma convicção nauseante que aquele leve incômodo era justificado.

Foi numa manhã ensolarada e quente, a primeira depois de uma semana de chuva, e a sra. Hart vestiu uma roupa de ficar em casa especialmente bonita — lavada e passada pela sra. Anderson — e fez um ovo quente de café da manhã para o marido, e o acompanhou à entrada de casa para lhe acenar até que chegasse à esquina e embarcasse no ônibus que o levava ao trabalho no banco da cidade vizinha. Voltando pela calçada de casa, a sra. Hart admirou o sol batendo nas persianas verdes e conversou afetuosamente com a vizinha de porta, que já varria o alpendre da casa. Daqui a pouco meu bebê vai estar nesse jardim, no cercadinho dele, a sra. Hart pensou, e deixou a porta aberta ao passar para que o sol entrasse e impregnasse o chão. Quando entrou na cozinha, a sra. Anderson estava sentada à mesa e o chá estava servido.

"Bom dia", a sra. Hart cumprimentou. "Não está um dia lindo?"

"Bom dia", a sra. Anderson respondeu. Ela apontou para o chá. "Eu sabia que a senhora estava ali na frente, então deixei tudo pronto. Não dá para começar o dia sem a sua xícara de chá."

"Eu já estava começando a achar que o sol não ia aparecer nunca mais", a sra. Hart disse. Ela se sentou e puxou a xícara para perto. "É bom demais que o clima volte a ficar seco e quente."

"Acalma o estômago, o chá", a sra. Anderson explicou. "Já botei açúcar. A esta altura a senhora vai começar a ter problema de estômago."

"Sabe", a sra. Hart falou, animada, "no verão passado, por volta desta mesma época, eu ainda estava trabalhando em Nova York e achava que o Bill e eu não íamos nos casar *nunca*. E *agora* olha só pra mim", ela acrescentou e riu.

"Nunca se sabe o que vai acontecer com a gente", a sra. Anderson disse. "Quando as coisas estão piores do que nunca, ou a gente morre ou elas melhoram. Eu tinha uma vizinha que vivia falando isso." Ela suspirou e se levantou, levando sua xícara de chá até a pia. "Claro que tem gente para quem nunca chega coisa boa", ela observou.

"E então tudo aconteceu em mais ou menos duas semanas", a sra. Hart contou. "O Bill arrumou o emprego aqui e as moças do escritório nos deram uma fôrma de waffle."

"Está na prateleira de cima", a sra. Anderson disse. Ela recolheu a xícara da sra. Hart. "A senhora fica quietinha aí", mandou. "A senhora nunca mais vai ter a chance de ficar tão despreocupada assim."

"Eu me esqueço de ficar quieta o tempo todo", a sra. Hart comentou. "É tudo tão emocionante."

"É pelo seu próprio bem", a sra. Anderson disse. "Estou pensando só na senhora."

"Você já tem sido muito gentil", a sra. Hart agradeceu, educada, "de vir ajudar todo dia de manhã. E de cuidar tão bem de mim."

"Não quero elogios", a sra. Anderson disse. "Basta a senhora ficar bem até o final, é só isso que interessa."

"Mas eu não sei mesmo o que faria sem você", a sra. Hart declarou. Deve bastar por hoje, ela pensou de repente, e riu alto pela ideia de que distribuía uma cota de gratidão todas as manhãs à sra. Anderson, como um bônus sobre o ordenado por hora. É verdade, no entanto, ela pensou: tenho que dizer isso todo dia, em algum momento.

"A senhora está rindo de alguma coisa?", a sra. Anderson perguntou, virando um pouco o corpo com os punhos calejados e vermelhos apoiados na pia. "Falei alguma coisa engraçada?"

"Estava só pensando", a sra. Hart respondeu rápido, "pensando nas meninas com quem eu trabalhava no escritório. Ficariam morrendo de inveja se me vissem agora."

"Nunca se sabe o que vai acontecer na vida", a sra. Anderson disse.

A sra. Hart esticou o braço e tocou na cortina amarela da janela ao lado, pensando nos apartamentos de um quarto de Nova York e no escritório mal iluminado. "Queria *eu* estar feliz hoje em dia", a sra. Anderson continuou.

A sra. Hart largou a cortina no mesmo instante e se virou para dar um sorriso simpático para a sra. Anderson. "Entendo", ela murmurou.

"Nunca se sabe a que ponto a situação vai chegar", a sra. Anderson disse. Ela sacudiu a cabeça, apontando a porta dos fundos. "*Ele* ficou insistindo de novo. A noite inteira." A esta altura a sra. Hart já sabia como distinguir se com "*ele*" ela falava do sr. Anderson ou do sr. Hart; a cabeça da sra. Anderson em direção à porta dos fundos e ao caminho que percorria todos os dias para ir para casa indicava o sr. Anderson; o mesmo gesto direcionado à porta da frente onde todas as noites a sra. Hart recebia o marido indicava o sr. Hart. "*Eu* não preguei os olhos", a sra. Anderson relatava.

"Não é uma pena?", a sra. Hart disse. Ela se levantou depressa e foi à porta dos fundos. "Os panos de prato no varal", explicou.

"Mais tarde eu tiro", a sra. Anderson falou. "Xingando e berrando", ela prosseguiu, "eu achei que ia enlouquecer. 'Por que você não vai embora de uma vez?', ele me disse. Foi lá e abriu a porta bem aberta e berrou para a vizinhança toda ouvir. 'Por que você não vai embora?', ele repetia."

"Terrível", a sra. Hart respondeu, a mão na maçaneta da porta dos fundos.

"Trinta e sete anos", a sra. Anderson disse. Ela balançou a cabeça. "E ele quer que eu vá embora." Ela observou a sra. Hart acender um cigarro e falou, "A senhora não devia fumar. É bem provável que se arrependa se continuar fumando desse jeito. Foi por isso que eu nunca tive filho", ela continuou. "O que é que eu ia fazer, com ele agindo desse jeito com as crianças perto, ouvindo tudo?"

A sra. Hart foi até a o fogão e olhou dentro da chaleira. "Acho que vou tomar mais uma xícara", ela disse. "Quer outra, sra. Anderson?"

"Me dá azia", a sra. Anderson respondeu. Ela pôs a xícara recém-lavada em cima da mesa. "Acabei de lavar", anunciou, "mas a xícara é da senhora. E a casa é da senhora. Acho que a senhora pode fazer o que bem entender."

A sra. Hart riu e levou a chaleira à mesa. A sra. Anderson ficou olhando-a servir o chá e depois pegou a chaleira. "Vou lavar isso", disse, "antes que a senhora resolva tomar mais." Ela baixou o tom de voz. "Líquido demais faz mal aos rins."

"Eu sempre tomo muito chá e café", a sra. Hart falou.

A sra. Anderson olhou para os pratos secos em cima do ralo da pia e pegou três copos em cada mãozona. "Hoje o que não faltava era copo sujo."

"Ontem à noite eu estava cansada demais para arrumar tudo", a sra. Hart explicou. Além do mais, ela pensou, arrumar é o que eu pago para *ela* fazer; e acrescentou, com a voz suave, "Então deixei tudo para você".

"É meu papel arrumar a bagunça das pessoas", a sra. Anderson declarou. "Tem sempre alguém que precisa fazer o trabalho sujo pelo resto. Receberam muita gente?"

"Algumas pessoas que meu marido conhece da cidade", a sra. Hart explicou. "Umas seis, no total."

"Ele não devia trazer os amigos dele para casa com a senhora *assim*", a sra. Anderson disse.

A sra. Hart pensou na conversa agradável sobre o teatro de Nova York e a taverna da cidade aonde todos iriam para dançar em breve, e nos belos elogios à sua casa, e na exibição das coisas de bebê para as outras duas jovens esposas, e suspirou. Perdeu a noção do que a sra. Anderson estava falando.

"… Bem debaixo do nariz da própria esposa", a sra. Anderson terminou, e com um gesto grandioso apontou a cabeça na direção da porta da frente. "*Ele* bebe muito?"

"Não, não muito", a sra. Hart respondeu.

A sra. Anderson assentiu. "Entendo o que a senhora quer dizer", ela disse. "A gente vê eles tomando um copo atrás do outro e não consegue pensar num jeito de mandar eles pararem. E aí alguma coisa faz eles perderem a cabeça e quando você se dá conta eles estão falando para você ir embora de uma vez." Ela assentiu de novo. "A única coisa que a mulher pode fazer é garantir que quando for embora ela tenha para onde ir."

A sra. Hart foi cuidadosa ao dizer, "Puxa, sra. Anderson, eu não acho que todos os maridos…"

"Faz só um ano que a senhora é casada", a sra. Anderson retrucou, lúgubre, "e não tem ninguém mais velho por perto para falar com a senhora."

A sra. Hart acendeu o segundo cigarro no primeiro. "Na verdade, eu não me preocupo com a quantidade de bebida que meu marido toma", disse, seca.

A sra. Anderson parou, segurando uma pilha de pratos limpos. "Outras mulheres?", ela perguntou. "É *esse* o problema dele?"

"Por que *cargas-d'água* você está dizendo uma coisa dessas?", a sra. Hart inquiriu. "O Bill nem *olharia*…"

"É preciso que alguém cuide da senhora, nesse seu estado", a sra. Anderson disse. "Não vá pensando que eu não sei: a gente só quer contar tudo para alguém. Imagino que todo homem trate a esposa do mesmo jeito, mas alguns bebem, alguns esbanjam o dinheiro em jogatina e outros correm atrás de qualquer moça jovem que aparece pela frente." Ela deu sua risada abrupta. "E algumas nem tão jovens assim, se a senhora perguntar para as esposas", ela declarou. "Se a maioria soubesse como o marido iria acabar, teria muito menos casamento acontecendo."

"Creio que o sucesso de um casamento é responsabilidade da mulher", disse a sra. Hart.

"Agora, a sra. Martin, lá da mercearia, estava me contando, um dia desses, algumas das coisas que o marido *dela* fazia antes de morrer", a sra. Anderson continuou. "A senhora jamais desconfiaria do que certos homens fazem." Ela olhou atentamente para a porta dos fundos. "Mas tem uns que são piores que os outros. Ela acha a senhora um amorzinho, a sra. Martin."

"Que gentileza a dela", a sra. Hart disse.

"Eu não falei nada sobre *ele*", a sra. Anderson declarou, a cabeça apontando para a porta da frente. "Não menciono nome nenhum que é para ninguém achar que estou falando de alguém específico."

A sra. Hart pensou na sra. Martin, espalhafatosa e de olhar clínico, observando as compras alheias ("Dois pães integrais hoje, sra. Hart? Vai receber visita esta noite, é?"). "Eu acho ela uma pessoa muito agradável", a sra. Hart disse, querendo acrescentar, Diga a ela que eu falei isso.

"Não estou dizendo que não é", a sra. Anderson retrucou fechando a cara. "Mas a senhora não vai querer que ela perceba que tem alguma coisa errada."

"Tenho certeza…", a sra. Hart começou.

"Eu *falei* para ela", a sra. Anderson disse, "eu falei que tenho certeza de que o sr. Hart nunca deu umas voltas por aí, pelo que eu sei. Nem fica bebendo que nem certas pessoas. Eu falei que minha sensação às vezes é de que a senhora poderia ser minha própria filha e que homem nenhum vai maltratar a senhora enquanto eu estiver por perto."

"Eu queria", a sra. Hart recomeçou, um temor ligeiro a incomodando: os vizinhos gentis observando-a sob a aura de simpatia, olhando de trás das cortinas, vigiando Bill, talvez? "Acho que as pessoas não deviam falar dos outros", disse, nervosa, "digo, eu não acho justo falar coisas que não *se sabe* com certeza."

De novo a sra. Anderson deu uma risada súbita e foi abrir o armário onde ficava o material de limpeza. "Não deixe que nada bote medo na senhora", ela falou, "não agora. Eu arrumo a sala já de manhã? Eu podia pôr os tapetes para arejar no sol. É que *ele*…", porta dos fundos, "… me deixou muito abalada. A senhora entende."

"Eu lamento", a sra. Hart disse. "Não é uma lástima?"

"A sra. Martin perguntou por que eu não venho morar com os senhores", a sra. Anderson disse, revirando com violência o armário dos produtos de limpeza, a voz abafada e empoeirada. "A sra. Martin estava falando que uma moça feito a senhora, que está só começando, sempre precisa de uma amiga por perto."

A sra. Hart olhou para os dedos que se retorciam na asa da xícara: só tinha tomado metade do chá. Agora é tarde demais para eu ir embora para outro cômodo, ela pensou; sempre me resta a alternativa de dizer que o Bill jamais permitiria. "Encontrei a sra. Martin na cidade uns dias atrás", ela contou. "Ela estava usando um casaco azul lindo de morrer." Ela alisou o vestido com a mão e acrescentou, em tom irritado, "Eu queria conseguir entrar num vestido bonito de novo".

"'Por que é que você não vai embora?', ele disse para mim." A sra. Anderson se afastou do armário com uma pá de lixo na mão e uma flanela na outra. "Bêbado e xingando para a vizinhança inteira ouvir, 'Por que é que você não vai embora?'. Eu tinha certeza de que a senhora ouviria daqui de cima."

"Não tenho dúvida de que ele falou por falar", a sra. Hart disse, tentando fazer sua voz parecer definitiva.

"*A senhora* não toleraria uma coisa dessas", a sra. Anderson afirmou. Largou a pá e a flanela, se aproximou e se sentou à mesa, de frente para a sra. Hart. "A sra. Martin estava pensando que, se a senhora quisesse, eu poderia ocupar o quarto que está vazio. Preparar todas as refeições."

"Poderia", a sra. Hart disse, cordial, "mas eu vou pôr o bebê lá."

"A gente põe o bebê no quarto da senhora", a sra. Anderson falou. Ela riu e deu uma apertada na mão da sra. Hart. "Não se preocupe", ela disse, "eu não atrapalharia a senhora em nada. Bom, e se a senhora quisesse colocar o bebê comigo, eu poderia me levantar de noite para alimentar ele para a senhora. Acho que eu daria conta de um bebê direitinho."

A sra. Hart deu um sorriso alegre para a sra. Anderson. "Eu adoraria, é claro", ela falou. "Um dia. *É claro* que agora o Bill jamais deixaria."

"Claro que não", a sra. Anderson respondeu. "Os homens nunca deixam, não é? Eu falei para a sra. Martin, lá na mercearia, ela é a pessoa mais gentil do mundo, eu falei, mas o marido dela não deixaria a faxineira morar com eles."

"Puxa, sra. Anderson", a sra. Hart retrucou, com uma expressão horrorizada, "não fale assim de si mesma!"

"E uma outra mulher, uma que seja mais velha e saiba um pouco mais", a sra. Anderson continuou. "Ela pode enxergar um pouco mais também, quem sabe."

A sra. Hart, os dedos apertando a xícara de chá, teve um breve vislumbre da sra. Martin, à vontade, debruçada no balcão ("Eu soube que a senhora agora tem um hóspede sensacional, sra. Hart. A sra. Anderson vai te ajudar a cuidar direitinho dele!"). E os vizinhos, seus rostos impassíveis observando-a andar até o ponto para se encontrar com Bill; as meninas de Nova York, lendo suas cartas e morrendo de inveja ("Ela é uma *joia* perfeita — vai morar conosco e fazer as tarefas *todas*!"). Erguendo os olhos para o sorriso astuto da sra. Anderson, sentada à sua frente, a sra. Hart se deu conta, com uma súbita convicção irremediável, de que estava perdida.

O dente

O ônibus esperava, arfando intensamente no meio-fio, em frente ao pequeno terminal de ônibus, seu grandioso volume azul e prateado reluzindo sob o luar. Havia apenas umas poucas pessoas interessadas no ônibus, e àquela hora da noite ninguém andava na calçada: o único cinema da cidade havia encerrado suas sessões e fechado as portas uma hora antes, e todos os espectadores tinham ido à loja de conveniência para tomar sorvete e seguido para casa; agora a loja de conveniência estava fechada e escura, mais uma entrada silenciosa na rua comprida à meia-noite. As únicas luzes da cidade eram as dos postes, as das lanchonetes do outro lado da rua que ficavam abertas a noite inteira, e da única luminária remanescente no balcão do terminal de ônibus, onde uma garota sentada na bilheteria, de chapéu e casaco, apenas aguardava o ônibus de Nova York sair para ir para casa e dormir.

Na calçada, ao lado da porta aberta do ônibus, Clara Spencer segurava o braço do marido com nervosismo. "Estou com uma sensação tão esquisita", ela disse.

"Você está se sentindo bem?", ele perguntou. "Acha que eu preciso ir junto com você?"

"Não, é claro que não", ela disse. "Vou ficar bem." Clara tinha dificuldade de falar por causa do maxilar inchado; pressionava o lenço contra o rosto e se agarrava ao marido. "Tem certeza de que *você* vai ficar bem?", ela questionou. "Eu volto amanhã à noite, no máximo. Senão eu telefono."

"Vai dar tudo certo", ele disse, animador. "Amanhã ao meio-dia tudo vai ter acabado. Fala para o dentista que se alguma coisa der errado eu chego rapidinho."

"Estou com uma sensação tão esquisita", ela falou. "Enjoada e meio tonta."

"É por causa do remédio", ele disse. "Aquela codeína toda, mais o uísque, e o dia inteiro de barriga vazia."

Ela deu risadinhas nervosas. "Eu não consegui pentear o cabelo, de tanto que minha mão tremia. Que bom que já está escuro."

"Tenta dormir no ônibus", ele sugeriu. "Você tomou o sonífero?"

"Tomei", ela respondeu. Estavam aguardando que o motorista do ônibus terminasse a xícara de café na lanchonete; eles o viam pela porta de vidro, sentado diante do balcão, sem pressa. "Estou com uma sensação tão *esquisita*", ela repetiu.

"Sabe, Clara", seu tom de voz era imponente, como se, ao falar mais sério, suas palavras pudessem transmitir mais convicção e se tornar mais reconfortantes, "sabe, eu estou contente de você ir a Nova York para o Zimmerman cuidar disso. Eu jamais me perdoaria se acabasse sendo uma coisa séria e eu deixasse você ir nesse açougueiro daqui."

"É só uma *dor de dente*", Clara disse, incomodada, "não tem nada mais sério numa *dor de dente*."

"Não dá pra saber", ele retrucou. "Pode estar com um abscesso, sei lá; tenho certeza de que ele vai ter que arrancar."

"Nem fala uma coisa dessas", ela pediu, estremecendo.

"Bom, está com uma cara muito feia", ele disse, muito sério, como antes. "Com o seu rosto tão inchado e tal. Não se preocupe."

"Não estou preocupada", ela declarou. "Só parece que eu sou toda feita de dentes. Nada além disso."

O motorista se levantou do banco e foi pagar a conta. Clara se aproximou do ônibus e o marido falou, "Vai tranquila, você tem tempo de sobra".

"Só me sinto esquisita", Clara disse.

"Escuta", o marido disse, "faz anos que esse dente aí volta e meia te incomoda; pelo menos umas seis ou sete vezes desde que eu te conheci você teve problema com esse dente. Já não era sem tempo de fazer alguma coisa. Você teve dor de dente na nossa lua de mel", ele encerrou, em tom de acusação.

"Tive?", Clara perguntou. "Sabe como é", ela prosseguiu, e riu, "eu estava com tanta pressa que não me vesti direito. Botei uma meia--calça velha e joguei tudo dentro da minha bolsa boa."

"Tem certeza de que você tem dinheiro suficiente?", ele perguntou.

"Quase vinte e cinco dólares", respondeu Clara. "Amanhá eu já estou em casa."

"Mande um telegrama se você precisar de mais", ele disse. O motorista do ônibus surgiu na porta da lanchonete. "Não se preocupe", ele falou.

"Escuta", Clara disse de repente, "você tem *certeza* de que vai ficar bem? Amanhá de manhã a sra. Lang chega a tempo de preparar o seu café, e o Johnny não precisa ir à escola se as coisas estiverem muito confusas."

"Eu sei", ele disse.

"A sra. Lang", ela continuou, examinando os próprios dedos. "Eu liguei para a sra. Lang, deixei a lista de compras na mesa da cozinha, você pode almoçar a língua fria e, caso eu não volte, a sra. Lang serve o jantar. A lavanderia vai passar por volta das quatro, eu ainda não vou ter voltado, então entrega o seu terno marrom e não importa se você se esquecer, mas não deixa de esvaziar os bolsos."

"Telegrafa se você precisar de mais dinheiro", ele repetiu. "Ou telefona. Vou ficar em casa amanhã, então você pode ligar para casa."

"A sra. Lang vai tomar conta do bebê", ela disse.

"Ou você pode telegrafar", ele falou.

O motorista atravessou a rua e parou diante da porta do ônibus. "Tudo bem?", o motorista perguntou.

"Tchau", Clara se despediu.

"Amanhã você vai se sentir melhor", o marido disse. "É só uma dor de dente."

"Eu estou bem", Clara afirmou. "Não se preocupa." Ela entrou no ônibus e parou, com o motorista esperando atrás dela. "O leiteiro", ela disse ao marido. "Escreve um bilhete para ele avisando que a gente quer ovo."

"Pode deixar", o marido falou. "Tchau."

"Tchau", Clara respondeu. Ela embarcou no ônibus e atrás dela o motorista se enfiou no próprio banco. O ônibus estava praticamente vazio e ela foi para os fundos e se sentou junto a uma janela ao lado da qual o marido aguardava. "Tchau", ela lhe disse através do vidro, "se cuida."

"Tchau", ele respondeu, acenando energicamente.

O ônibus estremeceu, gemeu e se arrastou. Clara virou a cabeça para dar mais um aceno de despedida e depois se recostou no pesado banco macio. Meu Deus, ela pensou, que coisa! Lá fora, a rua conhecida passou, estranha e escura e vista, inesperadamente, pela perspectiva peculiar da pessoa que sai da cidade, que vai embora no ônibus. Também não é como se fosse a minha primeira vez em Nova York, Clara pensou em tom indignado, é o uísque e a codeína e o sonífero e a dor de dente. Verificou às pressas se os comprimidos de codeína estavam dentro da bolsa; ela os tinha deixado, junto com a aspirina e o copo de água, no aparador da sala de estar, mas em algum ponto da fuga lunática de casa devia tê-los pegado, pois agora estavam na bolsa, junto com os vinte e poucos dólares, o pó compacto, a escova e o batom. Dava para perceber pela textura do batom que tinha trazido o velho, quase acabado, e não o novo que era de um tom mais escuro e tinha custado dois dólares e cinquenta. Havia um rasgo na meia-calça e um furo no dedo que ela nunca tinha notado em casa, usando os sapatos velhos confortáveis, mas que agora de repente e detestavelmente aparecia dentro de seus melhores sapatos para caminhar. Bom, ela pensou, posso comprar uma meia-calça nova amanhã, em Nova York, depois de arrumar o dente, depois que estiver tudo bem. Com cautela, encostou a língua no dente e foi recompensada por uma fração de segundo de dor estrondosa.

O ônibus parou no sinal vermelho e o motorista se levantou do banco e foi até ela. "Esqueci de pegar sua passagem", ele falou.

"Acho que acabei me apressando no último instante", ela disse. Achou o bilhete no bolso do casaco e o entregou. "Quando é que a gente chega a Nova York?", ela perguntou.

"Às cinco e quinze", ele respondeu. "Com tempo de sobra para o café da manhã. Passagem só de ida?"

"Vou voltar de trem", ela esclareceu, sem entender por que precisava lhe dizer isso, a não ser porque era de madrugada e porque pessoas isoladas juntas em uma prisão estranha como um ônibus tinham que ser mais simpáticas e comunicativas do que em outras situações.

"Já eu vou voltar de ônibus", ele disse, e os dois riram, ela com dor devido ao rosto inchado. Quando ele voltou para o banco, bem longe, na frente do ônibus, ela se recostou no assento placidamente.

Sentia-se como que puxada pelo sonífero; o latejar da dor de dente agora estava distante e se misturava ao movimento do ônibus, um ritmo regular como o de seus batimentos cardíacos que ela escutava cada vez mais alto, contínuo ao longo da noite. Deitou a cabeça e levantou as pernas, cobertas discretamente pela saia, e adormeceu sem se despedir da cidade.

Abriu os olhos uma vez e avançavam quase em silêncio na escuridão. O dente pulsava constantemente e ela apoiou a bochecha no encosto frio do banco com uma resignação esgotada. Havia uma fileira fina de luzes no teto e nenhuma outra iluminação. Bem adiante, no ônibus, ela via as outras pessoas sentadas; o motorista, tão distante que era apenas uma figurinha minúscula na outra ponta do telescópio, estava firme ao volante, aparentando atenção. Ela voltou a seu sono fantástico.

Despertou mais tarde porque o ônibus tinha parado, o fim do movimento silencioso em meio ao breu um choque tão positivo que ela acordou sobressaltada, e demorou um minuto para a dor recomeçar. As pessoas se movimentavam pelo corredor e o motorista, virando--se para trás, anunciou, "Quinze minutos". Ela se levantou e saiu do ônibus atrás de todo mundo, tudo menos os olhos ainda adormecidos, os pés se movendo sem consciência. Tinham parado ao lado de um restaurante que ficava aberto a noite inteira, solitário e iluminado na estrada deserta. O ambiente estava aquecido e movimentado e cheio de gente. Ela viu um banco na ponta do balcão e se sentou, sem perceber que tinha adormecido outra vez quando alguém se sentou ao lado e tocou em seu braço. Quando ela olhou ao redor, entorpecida, ele falou, "Viajando para longe?".

"Sim", ela disse.

Ele usava um terno azul e parecia ser alto; ela não conseguia focar os olhos para ver mais que isso.

"Quer café?", ele perguntou.

Ela fez que sim e ele apontou para o balcão à sua frente, onde havia uma xícara de café fumegante.

"Toma rápido", ele disse.

Ela deu goles delicados; poderia ter abaixado a cabeça e provado sem levantar a xícara. O estranho falava.

"Mais longe ainda do que Samarkand", ele dizia, "e as ondas batendo na costa feito sinos."

"Ok, pessoal", o motorista chamou, e ela deu um gole rápido no café, bebendo o suficiente para conseguir voltar ao ônibus.

Quando tornou a ocupar o seu assento, o estranho se sentou a seu lado. Estava tão escuro ali dentro que as luzes do restaurante eram um clarão insuportável e ela fechou os olhos. De olhos fechados, antes de cair no sono, estava de novo a sós com a dor de dente.

"As flautas tocam a noite toda", o estranho disse, "e as estrelas são tão grandes quanto a lua e a lua é tão grande quanto um lago."

Quando o ônibus deu partida outra vez eles voltaram à escuridão e apenas a fileira fina de luzes do teto do ônibus os unia, ligava a parte traseira do ônibus, onde ela estava acomodada, à dianteira, onde o motorista ficava sentado, e às pessoas instaladas tão distantes dela. As luzes os vinculavam e o estranho a seu lado continuava, "Nada para se fazer o dia inteiro a não ser ficar deitado debaixo das árvores".

Dentro do ônibus, seguindo viagem, ela não era nada: passava pelas árvores e por uma ou outra hospedaria, e estava no ônibus mas estava entre lá e cá, tenuemente unida ao motorista por uma fileira de luzes, sendo carregada sem nenhum esforço próprio.

"Meu nome é Jim", o estranho falou.

Ela dormia tão profundamente que se mexeu sem perceber, a testa contra a janela, a escuridão avançando a seu lado.

Em seguida aquele choque estonteante, e, despertada, ela perguntou, assustada, "O que foi que aconteceu?".

"Está tudo bem", o estranho — Jim — disse na mesma hora. "Vem comigo."

Ela saiu do ônibus atrás dele, entrou no mesmo restaurante, ao que parecia, mas quando começou a se sentar no mesmo banco na ponta do balcão ele segurou sua mão e a conduziu até a mesa. "Vai lavar o rosto", ele disse. "Depois volta para cá."

Ela foi ao banheiro feminino e havia uma garota passando pó no rosto. Sem se virar, a garota disse, "Custa cinco centavos. Deixa a porta aberta para a próxima não ter que pagar".

A porta tinha um calço para não fechar e metade de uma caixa de fósforos na tranca. Ela deixou do mesmo jeito e voltou para a mesa onde Jim estava sentado.

"O que você quer?", ela disse, e ele apontou para uma xícara de café e um sanduíche. "Vai em frente", ele falou.

Enquanto comia o sanduíche, ela ouviu a voz dele, musical e macia, "E enquanto velejávamos ao largo de uma ilha ouvimos uma voz nos chamando...".

De volta ao ônibus, Jim disse, "Deita a cabeça no meu ombro e volta a dormir".

"Não precisa", ela disse.

"Não", Jim respondeu. "Antes, a sua cabeça estava batendo no vidro."

Mais uma vez ela adormeceu, e mais uma vez o ônibus parou e ela acordou assustada e Jim a levou a um restaurante e tomou mais café. O dente tomou vida e apertando a bochecha com a mão ela revirou os bolsos do casaco e a bolsa até achar o frasquinho de comprimidos de codeína e tomar dois, enquanto Jim a observava.

Ela estava terminando o café quando ouviu o ronco do motor do ônibus e se levantou de repente, às pressas, e com Jim segurando seu braço ela voltou ao abrigo escuro de seu assento. O ônibus avançava quando se deu conta de que tinha deixado o frasco de codeína na mesa do restaurante e que agora estava à mercê do dente. Por um instante fitou as luzes do restaurante pela janela do ônibus e depois apoiou a cabeça no ombro de Jim e ele estava dizendo quando ela adormeceu, "A areia é tão branca que parece neve, só que é quente, até de noite é quente sob os pés".

Em seguida, pararam pela última vez, e Jim a conduziu para fora do ônibus e ficaram um instante juntos em Nova York. Uma mulher que passou por eles na rodoviária disse ao homem que a seguia com as malas, "Chegamos na hora, são cinco e quinze".

"Eu vou ao dentista", ela disse a Jim.

"Eu sei", ele respondeu. "Vou ficar de olho em você."

Ele foi embora, apesar de ela não o ter visto se afastar. Tentou ficar atenta a seu terno azul atravessando a porta, mas não viu nada.

Eu devia ter agradecido, ela pensou, e foi devagar até o restaurante da rodoviária, onde pediu café mais uma vez. O atendente olhou para ela com a solidariedade fatigada de quem passou a noite vendo pessoas entrando e saindo de ônibus. "Está com sono?", ele perguntou.

"Estou", ela respondeu.

Um tempo depois, descobriu que a rodoviária era contígua à Pennsylvania Station e conseguiu chegar à sala de espera principal e achar um lugar em um dos bancos antes de cair no sono outra vez.

Então alguém a sacudiu pelos ombros com brusquidão e disse, "Que trem você vai pegar, moça, são quase sete horas". Ela se endireitou e viu a bolsa no colo, os pés cruzados, um relógio gritando na sua cara. Ela disse, "Obrigada", e se levantou e andou às cegas entre os bancos e pisou na escada rolante. Alguém se postou logo atrás dela e tocou em seu braço; ela se virou e era Jim. "O gramado é tão verde e tão macio", ele disse, sorridente, "e a água do rio é tão fresca."

Ela o encarou com cansaço. Quando a escada rolante chegou ao alto, ela se afastou e começou a andar em direção à rua que via adiante. Jim andava a seu lado e sua voz continuava, "O céu é o mais azul que você já viu na vida, e as canções…".

Ela se apressou para tomar distância dele e achou que as pessoas a encaravam. Parou na esquina, esperando o sinal fechar, e Jim se aproximou dela rapidamente e depois se afastou. "Olha", ele disse ao passar, e mostrou um punhado de pérolas.

Atravessando a rua havia outro restaurante, que acabava de abrir. Ela entrou e se sentou à mesa, e uma garçonete estava de pé ao seu lado, a testa franzida. "Você dormiu", a garçonete disse em tom de acusação.

"Me perdoe", ela disse. Era de manhã. "Ovo poché e café, por favor."

Eram quinze para as oito quando saiu do restaurante, e ela pensou, se eu pegar um ônibus e for direto para Downtown, posso me sentar na loja de conveniência que fica em frente ao consultório do dentista e tomar mais café até umas oito e meia e então ir ao dentista quando ele abrir o consultório, e eu posso ser a primeira.

Os ônibus começavam a encher; ela entrou no primeiro que apareceu e não achou lugar para sentar. Queria ir para a rua 23, e conseguiu lugar quando estavam passando pela rua 26; quando acordou, estava tão distante que levou quase meia hora para achar um ônibus para voltar à 23.

Na esquina da rua 23, enquanto esperava o sinal fechar, ela ficou enredada em uma multidão de gente, e quando atravessaram a rua e se separaram para seguir caminhos diferentes alguém passou a acompanhar seu ritmo. Por um instante ela continuou a caminhar sem levantar a cabeça, irritada por ter de olhar para a calçada, o dente em chamas, e então olhou para cima, mas não havia terno azul em ninguém espremido a seu lado.

Quando se virou em frente ao prédio comercial onde ficava o dentista, ainda era cedinho. O porteiro do edifício estava recém--barbeado e de cabelo penteado; ele foi logo abrindo a porta, mas às cinco horas estaria letárgico, o cabelo desarrumado. Ela cruzou a porta com uma sensação de conquista: tinha conseguido ir de um lugar a outro, e esse era o fim da jornada e seu objetivo.

A enfermeira de branco imaculado estava sentada à mesa no consultório; os olhos assimilaram a bochecha inchada, os ombros cansados, e ela disse, "Pobrezinha, você está com uma cara exausta".

"Estou com dor de dente." A enfermeira deu um sorriso amarelo, como se ainda estivesse à espera do dia em que alguém entraria ali e diria, "Meus pés estão doendo". Ela se levantou e foi tomada por uma aura profissional. "Pode entrar logo", ela disse. "Não vamos te fazer esperar."

O sol batia no apoio da cadeira de dentista, na mesa branca redonda, na broca que curvava sua cabeça de alumínio lisa. O dentista sorriu com a mesma benevolência que a enfermeira; talvez todos os males humanos estivessem contidos nos dentes, e ele pudesse arrumá--los se as pessoas o procurassem a tempo. A enfermeira disse com serenidade, "Vou pegar a ficha dela, doutor. Achamos que era melhor deixá-la entrar logo".

Sentia, enquanto tiravam um raio X, que não havia nada em sua cabeça para impedir o olhar malicioso da câmera, como se a câmera fosse olhar através dela e fotografar os pregos da parede a seu lado, ou as abotoaduras do dentista, ou os ossinhos finos dos seus instrumentos; o dentista disse, "Extração", em tom pesaroso para a enfermeira, que assentiu, "Sim, doutor, ligo para eles agora mesmo".

O dente, que a havia levado infalivelmente até ali, agora parecia ser a única parte dela que tinha alguma identidade. Parecia ser fotografado sem ela; era uma criatura importante que devia ser registrada e examinada e satisfeita; ela era apenas seu veículo relutante, e só como tal era de interesse do dentista e da enfermeira, só como portadora do dente ela valia a atenção imediata e especializada deles. O dentista lhe entregou um papelzinho com a imagem de um conjunto completo de dentes desenhado; o dente vivo foi indicado com uma caneta preta, e no alto do papel estava escrito "Molar inferior: extração".

"Pegue esse papel", o dentista instruiu, "e vá direto para o endereço do cartão: é um cirurgião-dentista. Lá vão cuidar de você."

"O que é que eles vão fazer?", ela perguntou. Não era a pergunta que queria fazer, não, E quanto a mim?, ou, Até onde as raízes vão?

"Vão arrancar o dente", o dentista respondeu, irritado, virando o rosto. "Deviam ter feito isso há anos."

Fiquei tempo demais, ela pensou, ele está cansado do meu dente. Ela se levantou da cadeira e disse, "Obrigada. Tchau".

"Tchau", o dentista respondeu. No último instante ele lhe sorriu, exibindo os seus dentes brancos, todos sob perfeito controle.

"Você está bem? Incomoda muito?", a enfermeira perguntou.

"Estou bem."

"Posso te dar uns comprimidos de codeína", a enfermeira disse. "É preferível que você não tome nada agora, é claro, mas acho que posso te dar alguns se o dente estiver muito ruim."

"Não", ela disse, se lembrando do frasquinho de codeína na mesa do restaurante entre lá e cá. "Não, não está me incomodando demais."

"Bem", disse a enfermeira, "boa sorte."

Ela desceu a escada e passou pelo porteiro; nos quinze minutos em que permanecera no consultório, ele havia perdido um pouco da pureza matinal, e sua mesura foi levemente mais breve que a anterior.

"Táxi?", ele perguntou, e, se lembrando do ônibus rumo à rua 23, ela disse, "Sim".

Assim que o porteiro voltou do meio-fio, fazendo uma reverência ao táxi que parecia acreditar ter inventado, ela achou que uma mão lhe acenava do aglomerado de gente do outro lado da rua.

Ela leu o endereço no cartão que o dentista lhe dera e o repetiu com cuidado para o taxista. Com o cartão e o papel onde estava escrito "Molar inferior" e o dente identificado de forma tão clara, ela ficou imóvel, as mãos ainda segurando os papéis, os olhos quase fechados. Imaginou que devia ter cochilado outra vez quando o táxi parou de repente e o motorista, virando-se para abrir a porta, disse, "Chegamos, minha senhora". Ele a fitou com curiosidade.

"Vou arrancar um dente", ela explicou.

"Nossa", o taxista exclamou. Ela pagou a corrida e ele disse, "Boa sorte", ao bater a porta.

O prédio era esquisito, a entrada ladeada por símbolos da medicina gravados em pedra; o porteiro era ligeiramente profissional, como se estivesse apto a prescrever uma receita caso ela não quisesse seguir adiante. Passou por ele, seguindo reto até que um elevador abrisse a porta para ela. No elevador, mostrou o cartão ao ascensorista e ele anunciou, "Sétimo andar".

Ela precisou recuar dentro do elevador para que uma enfermeira entrasse com uma senhora de cadeira de rodas. A senhora estava tranquila e sossegada, sentada ali no elevador com uma mantinha sobre os joelhos; ela disse, "Belo dia" ao ascensorista e ele disse, "É bom ver o sol", e então a senhora se recostou na cadeira e a enfermeira arrumou a mantinha em cima dos seus joelhos e disse, "Não vamos nos preocupar", e a senhora retrucou, irritada, "Quem é que está preocupada?".

Elas desceram no quarto andar. O elevador subiu e o ascensorista anunciou, "Sete", e o elevador parou e a porta se abriu.

"Seguindo reto pelo corredor, à esquerda", o ascensorista informou.

Havia portas fechadas de ambos os lados do corredor. Algumas diziam CIRURGIA ODONTOLÓGICA, outras diziam CLÍNICA, e tinha umas que diziam RAIO X. Uma delas, que parecia saudável e simpática e de certa forma mais inteligível, dizia DAMAS. Então virou à esquerda e encontrou a porta com o nome do cartão e a abriu e entrou. Havia uma enfermeira sentada atrás de um guichê de vidro, quase como se fosse um banco, palmeiras dentro de tinas nos cantos da sala de espera, e revistas novas e cadeiras confortáveis. A enfermeira detrás do guichê chamou, "Pois não?" como se ela tivesse deixado a conta no vermelho com o dentista e estivesse devendo dois dentes.

Ela entregou o papel através da vidraça e a enfermeira olhou para ele e disse, "Molar inferior, sim. Eles ligaram para avisar sobre você. Você pode entrar, por favor? É na porta à sua esquerda".

Na caixa-forte?, ela quase disse, mas abriu a porta em silêncio e entrou. Outra enfermeira a esperava, e ela sorriu e se virou, esperando ser seguida, sem nenhuma dúvida quanto ao seu direito de liderar.

Houve outro raio X, e a enfermeira disse a outra enfermeira: "Molar inferior", e a outra enfermeira disse, "Me acompanhe, por favor".

Havia labirintos e corredores que pareciam dar no âmago do prédio comercial, e ela foi acomodada, enfim, num cubículo onde havia um sofá com uma almofada, uma pia e uma cadeira.

"Espere aqui", a enfermeira mandou. "Relaxe, se possível."

"Eu provavelmente vou dormir", ela avisou.

"Não tem problema", a enfermeira disse. "Você não vai precisar esperar muito tempo."

É provável que tenha esperado mais de uma hora, embora tenha passado esse tempo meio que dormindo, despertando apenas quando alguém passava pela porta; vez por outra a enfermeira olhava e sorria, e uma vez disse, "Não vai levar muito mais tempo". Então, de repente, a enfermeira voltou, já sem sorrir, já sem ser uma boa anfitriã, mas eficiente e apressada. "Me acompanhe", ela ordenou, e com passos firmes saiu do quartinho rumo aos corredores.

Em seguida, depressa, mais depressa do que seus olhos foram capazes de ver, ela estava sentada na cadeira e havia uma toalha em volta de sua cabeça e outra debaixo do queixo e a enfermeira apoiava a mão em seu ombro.

"Vai doer?", ela perguntou.

"Não", a enfermeira disse, sorridente. "Você sabe que não dói, não sabe?"

"Sei", ela falou.

O dentista chegou e sorriu para ela de ponta-cabeça. "Bom", ele disse.

"Vai doer?", ela perguntou.

"Ora", ele disse em tom alegre, "a gente não conseguiria se manter no ramo se provocasse dor nas pessoas". Durante todo o tempo em que falava, ele se ocupava do metal escondido sob uma toalha e do grande aparelho que era puxado para trás dela quase sem fazer barulho. "De jeito nenhum a gente conseguiria se manter no ramo", ele continuou. "Sua única preocupação deve ser com a possibilidade de nos contar todos os seus segredos enquanto estiver dormindo. Você precisa ficar atenta a isso, sabe? Molar inferior?", ele perguntou à enfermeira.

"Molar inferior, doutor", ela confirmou.

Então eles puseram a máscara de borracha com gosto metálico sobre o rosto dela e o dentista disse "Sabe" duas ou três vezes, distraído, enquanto ela ainda conseguia vê-lo por cima da máscara. A enfermeira pediu, "Relaxe as mãos, querida", e um bom tempo depois ela sentiu os dedos relaxarem.

Antes que tudo fique distante demais, ela pensou, lembre-se disso. E se lembre do barulho metálico e do gosto de tudo. E da revolta.

E em seguida a música rodopiante, a música confusamente alta ressoando, que continuava, girando sem parar, e ela corria o mais rápido que podia por um corredor comprido e horrivelmente claro com portas de ambos os lados e no final do corredor estava Jim, estendendo as mãos e rindo, e gritando algo que ela nunca ouviria por causa da música alta, e ela corria e então disse, "Não tenho medo", e alguém da porta ao lado segurou seu braço e a puxou e o mundo se alargou de forma alarmante até nunca parar e então ele parou com a cabeça do dentista olhando-a de cima e a janela voltou para o lugar certo diante dela e a enfermeira segurava seu braço.

"Por que vocês me trouxeram de volta?", ela perguntou, e a boca estava cheia de sangue. "Eu queria continuar."

"Eu não te trouxe", a enfermeira disse, mas o dentista explicou, "Ela ainda não voltou".

Ela começou a chorar sem se mexer e sentiu as lágrimas escorrendo pelo rosto e a enfermeira as enxugou com uma toalha. Não havia sangue em nenhum outro lugar que não a boca; estava tudo tão limpo quanto antes. O dentista sumiu de repente, e a enfermeira esticou o braço e a ajudou a se levantar da cadeira. "Eu falei?", ela quis saber de súbito, aflita. "Falei alguma coisa?"

"Você falou, 'Não tenho medo'", a enfermeira afirmou, apaziguadora. "No instante em que estava acordando."

"Não", ela disse, parando para puxar o braço que a amparava. "Eu *falei* alguma coisa? Falei onde ele está?"

"Você não falou *nada*", a enfermeira declarou. "O doutor só estava brincando."

"Cadê o meu dente?", ela perguntou de repente, e a enfermeira riu e disse, "Acabou. Não vai te incomodar nunca mais."

Ela voltou ao cubículo, se deitou no sofá e chorou, e a enfermeira lhe trouxe uísque em um copo de plástico e o colocou na beirada da pia.

"Deus me deu sangue para beber", ela contou à enfermeira, e a enfermeira disse, "Não enxague a boca senão não coagula".

Após um bom tempo a enfermeira voltou e lhe disse da porta, sorridente, "Estou vendo que você está acordada de novo".

"Por quê?", ela perguntou.

"Você estava dormindo", a enfermeira explicou. "Não quis te acordar."

Ela se sentou; estava tonta e tinha a sensação de que havia passado a vida inteira naquele cubículo.

"Quer vir comigo agora?", a enfermeira chamou, de novo pura bondade. Ela esticou o mesmo braço, forte o suficiente para guiar qualquer passo vacilante; dessa vez elas voltaram pelo longo corredor em direção à sala onde a enfermeira ficava sentada atrás do guichê de banco.

"Terminado?", a enfermeira disse com entusiasmo. "Senta um minutinho, então." Ela apontou a cadeira ao lado do guichê de vidro e se virou para escrever sem parar. "Não enxague a boca por duas horas", ela ordenou, de costas. "Tome um laxante esta noite, duas aspirinas se sentir dor. Em caso de muita dor ou de sangramento excessivo, avise imediatamente. Combinado?", ela perguntou, e tornou a dar um sorriso animado.

Havia um novo papelzinho; este dizia "Extração", e embaixo, "Não enxaguar boca. Tomar laxante suave. Duas aspirinas para dor. Em caso de dor excessiva ou hemorragia, avisar consultório".

"Tchau", a enfermeira disse com simpatia.

"Tchau", ela se despediu.

Com o papelzinho na mão, ela saiu pela porta de vidro e, ainda quase dormindo, virou e seguiu pelo corredor. Quando abriu um pouco os olhos e entendeu que se tratava de um longo corredor com portas dos dois lados, parou e viu a porta sinalizada DAMAS e entrou.

Era um ambiente amplo com janelas, cadeiras de vime, azulejos branquíssimos e torneiras prateadas reluzentes; havia quatro ou cinco mulheres ao redor das pias, penteando o cabelo, passando batom. Foi direto à pia mais próxima das três que havia, pegou uma toalha de papel, largou a bolsa e o papelzinho no chão, junto aos pés, e se atrapalhou com as torneiras, encharcando o papel até pingar. Em seguida, estapeou o rosto com violência. Seus olhos ganharam nitidez e ela se sentiu revigorada, por isso encharcou o papel outra vez e esfregou o rosto. Tateou às cegas em busca de outra toalha de papel, e a mulher a seu lado lhe entregou outra folha, com uma risada que ela ouvia, embora não conseguisse enxergar devido à água nos olhos. Ouviu uma das mulheres perguntar, "Onde é que a gente vai almoçar?", e outra responder, "Aqui embaixo mesmo, provavelmente. O velho idiota falou que eu tenho que estar de volta em meia hora".

Então ela percebeu que, diante da pia, atrapalhava as mulheres apressadas, e por isso secou o rosto de uma vez. Foi quando deu um passo para o lado a fim de abrir caminho para outra pessoa chegar à torneira, se levantou e olhou para o espelho que se deu conta, com uma leve pontada de choque, que não fazia ideia de qual rosto era o seu.

Olhou para o espelho como se olhasse para um grupo de estranhas, todas a encarando ou olhando ao redor; ninguém era conhecida no grupo, ninguém lhe sorriu ou a olhou como se a reconhecesse; seria de se imaginar que meu próprio rosto me conheceria, ela pensou, com uma dormência esquisita na garganta. Havia um rosto sem queixo de pele macia com cabelo louro claro, um rosto pontudo sob um chapéu com véu vermelho, um rosto pálido angustiado com o cabelo castanho preso atrás, um rosto quadrado rosado sob um cabelo com corte quadrado, e mais dois ou três rostos se aproximando do espelho, se mexendo, se examinando. Talvez não seja um espelho, ela pensou, talvez seja uma janela e eu esteja vendo através dela as mulheres se lavando do outro lado. Mas havia mulheres penteando o cabelo e conferindo o reflexo; o grupo estava a seu lado, e ela pensou, espero não ser a loura, e levantou a mão e a levou à bochecha.

Ela era a pálida angustiada de cabelo preso e quando entendeu ficou indignada e atravessou o grupo de mulheres às pressas, pensando, Isso não é justo, por que o meu rosto não tem cor? Havia rostos bonitos ali, por que não fiquei com um deles? Não tive tempo, ela disse a si mesma em tom ressentido, não me deram tempo de pensar, eu poderia ter ficado com um desses rostos bonitos, até o da loura seria melhor.

Ela recuou e se sentou em uma das cadeiras de vime. É uma crueldade, ela pensava. Levantou a mão e sentiu o cabelo; estava solto depois do cochilo mas sem dúvida era como o usava, todo puxado para trás e preso na nuca com uma presilha larga e justa. Como uma colegial, ela pensou, só que — lembrando-se do rosto pálido no espelho — só que sou mais velha. Ela soltou a presilha com dificuldade e a aproximou dos olhos para examiná-la. O cabelo caiu suavemente em torno do rosto: estava quente e batia nos ombros. A presilha era de prata: tinha o nome gravado, "Clara".

"Clara", ela disse alto. "*Clara?*" Duas das mulheres que iam saindo viraram para trás e sorriram; quase todas as mulheres estavam indo embora, bem penteadas e de batom passado, conversando apressadas. No período de um segundo, como passarinhos voando de uma árvore, todas se foram e ela ficou sozinha, sentada. Jogou a presilha na lixeira com cinzeiro ao lado da cadeira; o cinzeiro era fundo e metálico, e a presilha fez um estrépito satisfatório ao cair. Com o cabelo batendo nos ombros, ela abriu a bolsa e começou a tirar objetos, colocando-os no colo. Um lenço, simples, branco, sem monograma. Estojo, plástico, quadrado, de tartaruga marrom, com compartimento para o pó e compartimento para o blush: era óbvio que o compartimento do blush nunca tinha sido usado, mas o pó estava pela metade. É por isso que estou tão pálida, ela pensou, e largou o estojo. Batom, um tom rosa, quase acabado. Uma escova, um maço de cigarros aberto e uma caixinha de fósforos, um moedeiro e uma carteira. O moedeiro era de couro falso vermelho com um zíper na parte de cima; ela o abriu e despejou o dinheiro na mão. Moedas de cinco, dez, um, vinte e cinco centavos. Noventa e sete centavos. Não dá para ir muito longe, ela pensou, e abriu a carteira de couro marrom: tinha dinheiro, mas antes procurou documentos e não achou nenhum. A única coisa que havia na carteira era dinheiro. Ela contou: tinha dezenove dólares. *Assim* dá para eu ir um pouco mais longe, ela pensou.

Não havia mais nada dentro da bolsa. Nenhuma chave — eu não deveria ter chaves?, ela ponderou —, nenhum documento, nenhum caderninho de endereços, nenhuma identificação. A própria bolsa era de couro falso, cinza-claro, e ela olhou para baixo e descobriu que usava um terninho de flanela cinza-escuro e uma camisa salmão com a gola franzida. Os sapatos eram pretos e robustos, com saltos médios e com cadarços, e um deles estava desamarrado. Usava meia-calça bege e havia um rasgo no joelho direito e um desfiado enorme que descia pela perna e terminava em um buraco no dedo que ela sentia dentro do sapato. Usava um broche na lapela do terno que, quando se virou para examiná-lo, era uma letra C de plástico azul. Tirou o broche e o jogou no cinzeiro, e ele caiu no fundo com um baque e fez um barulho metálico ao pousar sobre a presilha. Suas mãos eram pequenas, com dedos grossos e sem esmalte; usava uma aliança fina de ouro na mão esquerda e essa era sua única joia.

Sentada sozinha no banheiro feminino, na cadeira de vime, ela pensou, O mínimo que eu posso fazer é me livrar dessa meia-calça. Já que não havia ninguém por perto, tirou os sapatos e arrancou a meia-calça com uma sensação de alívio quando o dedo foi libertado do buraco. Esconda, ela pensou: a lixeira das toalhas de papel. Quando se levantou, teve uma visão melhor de si mesma no espelho; era pior do que tinha imaginado: o terno cinza estava largo nos fundilhos, as pernas eram ossudas e os ombros frouxos. Pareço ter cinquenta anos, ela pensou; e então, analisando o rosto, mas é impossível que eu tenha mais de trinta. O cabelo estava solto, desgrenhado em torno do rosto pálido, e com uma raiva súbita ela revirou a bolsa e achou o batom; desenhou uma boca enfática no rosto pálido, percebendo, ao fazê-lo, que não era muito boa naquilo, e com a boca pintada o rosto que a fitava lhe pareceu de certo modo melhor, portanto abriu o estojo de maquiagem e criou bochechas coradas com o blush. As bochechas estavam desiguais e evidentes, e a boca vermelha gritante, mas pelo menos o rosto já não estava pálido e angustiado.

Largou a meia-calça na lixeira e saiu de pernas nuas rumo ao corredor e seguiu com passos determinados até o elevador. O ascensorista disse, "Desce?" quando a viu e ela entrou e o elevador a transportou em silêncio rumo ao térreo. Ela tornou a passar pelo porteiro profissional sério, ganhou a rua por onde as pessoas passavam e parou em frente ao prédio para esperar. Alguns minutos depois, Jim se dispersou do aglomerado de gente que passava, se aproximou dela e pegou sua mão.

Em algum ponto entre lá e cá estava seu frasco de comprimidos de codeína, lá em cima, no banheiro feminino, ela havia deixado o papel que dizia "Extração"; sete andares abaixo, alheia às pessoas que davam passos firmes na calçada, sem reparar nos olhares curiosos que às vezes lhe lançavam, de mãos dadas com Jim e o cabelo batendo nos ombros, ela correu descalça na areia quente.

Recebi uma carta do Jimmy

Às vezes, ela pensou, empilhando os pratos na cozinha, às vezes fico me perguntando se os homens são sensatos, se algum deles é. Vai ver que são todos loucos e todas as mulheres sabem disso menos eu, e minha mãe nunca me contou e a amiga com quem eu dividia o apartamento simplesmente não mencionou o fato e todas as outras esposas acham que eu já sei...

"Recebi uma carta do Jimmy hoje", ele disse enquanto desdobrava o guardanapo.

Então você enfim recebeu, ela pensou, então ele enfim sucumbiu e te escreveu, quem sabe agora não fique tudo bem, tudo resolvido e em bons termos novamente... "O que foi que ele falou?", ela perguntou como quem não quer nada.

"Sei lá", ele disse, "eu não abri."

Meu Deus, ela pensou, enxergando tudo claramente naquele exato instante. Ela aguardou.

"Vou mandar de volta para ele amanhã, sem abrir."

Essa eu podia ter imaginado sozinha, ela pensou. Eu não conseguiria ficar com a carta fechada nem por cinco minutos que fosse. Eu teria pensado em alguma grosseria, como rasgar e mandar de volta picotada, ou pedir a alguém que escrevesse uma resposta ríspida por mim, mas não seria capaz de ficar perto dela nem cinco minutos.

"Almocei com o Tom hoje", ele disse, como se o assunto tivesse se encerrado, exatamente como se o assunto tivesse se encerrado, ela pensou, exatamente como se jamais esperasse pensar nele outra vez. Talvez ele não pense, ela refletiu, meu Deus.

"Acho que você tem que abrir a carta do Jimmy", ela disse. Talvez seja fácil assim, ela pensou, talvez ele diga que tudo bem e vá abri-la, talvez ele volte para casa e fique um tempo morando com a mãe.

"Por quê?", ele perguntou.

Comece devagar, ela pensou. Você vai se matar se não fizer isso. "Ah, acho que porque eu estou curiosa e vou morrer se não souber o que tem nela", ela disse.

"Abra", ele sugeriu.

Fique aí só olhando eu pôr mãos à obra, ela pensou. "Falando sério", ela falou, "é uma bobagem guardar rancor de uma carta. Do Jimmy, tudo bem. Mas não ler a carta por despeito é bobagem." Ai meu Deus, ela pensou, eu falei em bobagem. Falei em bobagem duas vezes. Vai acabar aí. Se ele me ouvir dizer que ele é bobo estou acabada, mesmo se eu passar a noite inteira me explicando.

"Por que eu deveria ler?", ele questionou. "Não tenho interesse em nada que ele possa dizer."

"Eu tenho."

"Abra", ele disse.

Ai meu Deus, ela pensou, ai meu Deus ai meu Deus, vou roubá--la da pasta dele, vou fritá-la com os ovos mexidos de amanhã, mas não vou aceitar uma provocação dessas, ele vai quebrar o meu braço.

"Está bem", ela disse, "então não tenho interesse." Faça ele pensar que você entregou os pontos, deixe que se acomode na poltrona, deixe que se sirva da torta de limão, faça com que pense em outra coisa.

Empilhando os pratos na cozinha, ela pensou, Vai ver que ele está falando sério, vai ver que ele preferiria se matar, vai ver que realmente não teve curiosidade e mesmo se tivesse ele fosse chegar à histeria tentando ler através do envelope, trancado no banheiro. Ou vai ver que ele simplesmente recebeu e disse, Ah, do Jimmy, e a jogou na pasta e se esqueceu. Vou matá-lo se for o caso, ela pensou, vou enterrá-lo no porão.

Mais tarde, quando ele tomava seu café, ela falou, "Vai mostrar ao John?". O John também vai morrer, ela pensou, o John vai rodeá-la que nem eu estou rodeando.

"Mostrar o que ao John?", ele perguntou.

"A carta do Jimmy."

"Ah", ele disse. "Claro."

Um triunfo tremendo a dominou. Então ele realmente quer mostrá-la ao John, ela pensou, então ele só quer garantir que ainda está zangado, ele quer que o John diga, Sério, você ainda está zangado com o Jimmy? E quer ser capaz de dizer que sim. Do auge de seu triunfo, ela pensou, Ele também vem pensando nisso esse tempo todo; e ela falou, antes que pudesse se conter:

"Achei que você fosse mandar de volta sem abrir."

Ele levantou a cabeça. "Esqueci", ele disse. "Acho que vou."

Eu precisava mesmo abrir a boca, ela pensou. Ele esqueceu. O problema, ela pensou, é que ele realmente esqueceu. Fugiu de sua mente por completo, ele não tinha parado para pensar outra vez, se fosse uma cobra ele teria sido picado. Debaixo dos degraus do porão, ela pensou, com a cabeça dele esmagada e a porcaria da carta sob suas mãos entrelaçadas, e vale a pena, ela pensou, ah se vale.

A loteria

A manhã de 27 de junho estava clara e ensolarada, com o calor revigorante de um dia de alto verão; as flores brotavam em abundância e a grama exibia um verde esplêndido. As pessoas do vilarejo começaram a se reunir na praça, entre a agência dos correios e o banco, por volta das dez horas; em algumas cidades havia tanta gente que a loteria durava dois dias e tinha de começar em 26 de junho, mas nesse vilarejo, onde viviam apenas umas trezentas pessoas, a loteria toda levava menos de duas horas, então podia começar às dez horas da manhã e ainda terminar a tempo de os aldeãos chegarem em casa para almoçar ao meio-dia.

As crianças se encontraram primeiro, é claro. Fazia pouco tempo que a escola tinha entrado em recesso de verão, e a sensação de liberdade repousava inquietamente na maioria delas; tendiam a se reunir com tranquilidade por um tempo antes de irromper em brincadeiras ruidosas, e as conversas ainda eram sobre a sala de aula e a professora, sobre livros e reprimendas. Bobby Martin já tinha enchido os bolsos de pedras, e os outros meninos logo seguiram seu exemplo, escolhendo as pedras mais lisas e redondas; Bobby e Harry Jones e Dickie Delacroix — os aldeãos pronunciavam este sobrenome "Delacroiquis" — acabaram formando uma enorme pilha de pedras em um canto da praça e a defendiam contra as incursões dos outros garotos. As meninas ficavam de lado, conversando entre si, olhando os meninos por cima dos ombros, e as crianças menores rolavam na terra ou agarravam as mãos de irmãos ou irmãs mais velhos.

Pouco depois os homens começaram a se agrupar, inspecionando os próprios filhos, falando de plantio e chuva, tratores e impostos. Ficaram juntos, longe da pilha de pedras no canto, e suas piadas eram comedidas e eles sorriam em vez de rir. As mulheres, com vestidos e casacos desbotados que usavam para ficar em casa, chegaram pouco depois dos homens. Elas se cumprimentaram e trocaram fofoquinhas enquanto iam ao encontro dos maridos. Em seguida, as mulheres, paradas ao lado dos maridos, começaram a chamar seus filhos, e os filhos foram com relutância, depois de serem chamados quatro ou cinco vezes. Bobby Martin se abaixou sob a mão ávida da mãe e correu, aos risos, de volta para a pilha de pedras. O pai ergueu a voz com rispidez, e Bobby voltou depressa e assumiu seu lugar entre o pai e o irmão mais velho.

A loteria foi conduzida — assim como eram as quadrilhas, o clube juvenil, a programação de Halloween — pelo sr. Summers, que tinha tempo e energia para dedicar a atividades cívicas. Era um homem de rosto redondo e jovial que administrava a carvoaria, e as pessoas sentiam pena dele porque não tinha filhos e sua esposa era rabugenta. Quando chegou à praça, carregando a caixa de madeira preta, houve um burburinho de conversa entre os aldeãos, e ele acenou e bradou, "Um pouquinho atrasado hoje, pessoal". O agente dos correios, o sr. Graves, vinha atrás dele, trazendo um banco de três pés, e o banco foi colocado no meio da praça e o sr. Summers pôs a caixa preta em cima dele. Os aldeãos mantiveram distância, deixando espaço entre eles e o banco, e quando o sr. Summers disse, "Nenhum de vocês quer me dar uma mãozinha?" houve alguma hesitação antes que dois homens, o sr. Martin e seu filho mais velho, Baxter, se oferecessem para segurar a caixa com firmeza sobre o banco enquanto o sr. Summers remexia os papéis ali dentro.

A parafernália original da loteria havia se perdido fazia muito tempo, e a caixa preta que agora repousava sobre o banco tinha sido posta em uso antes mesmo de o Velho Warner, o homem mais velho da cidade, nascer. O sr. Summers volta e meia falava com os aldeãos sobre a fabricação de uma caixa nova, mas ninguém queria comprometer nem mesmo a tradição representada pela caixa preta. Havia uma história de que a caixa atual fora feita com alguns pedaços da caixa que a precedera, aquela que fora montada quando as primeiras pessoas se instalaram ali para formar um vilarejo. Todo ano, após a loteria, o sr. Summers começava a falar outra vez sobre uma caixa nova, mas todo ano deixavam que o assunto morresse sem que nada fosse feito. A caixa preta ficava mais desgastada a cada ano: a essa altura já não era mais completamente preta, mas bastante lascada em um dos lados, exibindo a cor original da madeira, e em alguns pontos estava desbotada ou manchada.

O sr. Martin e seu filho mais velho, Baxter, seguraram a caixa preta com firmeza em cima do banco enquanto o sr. Summers misturava bem os papéis com a mão. Como boa parte do ritual tinha sido esquecida ou descartada, o sr. Summers conseguira substituir por pedaços de papel as tiras de madeira usadas por várias gerações. Tiras de madeira, argumentara o sr. Summers, eram ótimas quando o vilarejo era minúsculo, mas agora que a população contava mais de trezentas pessoas e provavelmente continuaria a crescer, era necessário usar algo que coubesse melhor dentro da caixa preta. Na noite anterior à loteria, o sr. Summers e o sr. Graves cortaram pedaços de papel e os colocaram na caixa, e depois ela foi levada para o cofre da carvoaria do sr. Summers e trancafiada até que o sr. Summers estivesse pronto para levá-la à praça na manhã seguinte. No resto do ano, a caixa era guardada às vezes num lugar, às vezes noutro; passara um ano no celeiro do sr. Graves e outro no subsolo dos correios, e às vezes era colocada em uma prateleira do mercado Martin e deixada lá.

Havia muito rebuliço a ser feito antes que o sr. Summers declarasse aberta a loteria. Havia as listas a preparar — de chefes de família, chefes das casas de cada família, membros de cada casa de cada família. Havia a cerimônia em que o sr. Summers era empossado como dirigente da loteria, conduzida pelo agente dos correios; certa época, algumas pessoas relembraram, houve um recital, apresentado pelo dirigente da loteria, um cântico mecânico, dissonante, repetido de memória no momento adequado todo ano; alguns achavam que o dirigente da loteria ficava parado quando recitava ou cantava; outros acreditavam que devia caminhar entre as pessoas, mas anos e anos atrás haviam permitido que essa parte do ritual caducasse. Existia também uma saudação ritual, que o dirigente da loteria tinha que usar ao se dirigir a cada pessoa que subisse para sortear da caixa, mas isso também mudou com o tempo, e agora só se achava necessário que o dirigente falasse com cada um que se aproximava. O sr. Summers era muito bom nisso tudo; com sua camisa branca limpa e calça jeans, uma das mãos apoiada desleixadamente na caixa preta, ele parecia muito respeitável e importante enquanto levava uma conversa interminável com o sr. Graves e os Martin.

No instante em que o sr. Summers parou de falar e se virou para os aldeãos reunidos, a sra. Hutchinson veio correndo pelo atalho até a praça, com o suéter jogado nos ombros, e assumiu de fininho seu lugar no fundo da multidão. "Esqueci completamente que dia era", explicou-se para a sra. Delacroix, de pé a seu lado, e ambas deram uma leve risada. "Imaginei que meu velho estivesse no quintal empilhando lenha", a sra. Hutchinson prosseguiu, "mas olhei pela janela e as crianças tinham sumido, e foi aí que lembrei que era dia 27 e vim correndo." Ela secou as mãos no avental, e a sra. Delacroix disse, "Mas você chegou a tempo. Eles ainda estão batendo papo lá em cima".

A sra. Hutchinson esticou o pescoço para procurar em meio à multidão e viu o marido e os filhos perto da frente. Deu batidinhas no braço da sra. Delacroix a título de despedida e foi abrindo caminho na plateia. As pessoas se afastavam cordiais para deixá-la passar: duas ou três pessoas anunciaram, em um tom de voz alto o suficiente para ser ouvido por todo o público: "A patroa está chegando, Hutchinson" e "Bill, ela chegou, afinal". A sra. Hutchinson alcançou o marido e o sr. Summers, que estava esperando, disse com alegria: "Achei que teríamos que prosseguir sem você, Tessie". A sra. Hutchinson retrucou, sorrindo, "Você não queria que eu deixasse minha louça na pia, não é, Joe?" e uma risada suave correu a multidão enquanto as pessoas se agitavam para retomar seus postos após a chegada da sra. Hutchinson.

"Muito bem", o sr. Summers disse, em tom sério, "acho que é melhor a gente começar, acabar logo com isso, para podermos voltar ao trabalho. Alguém que não esteja presente?"

"Dunbar", várias pessoas responderam. "Dunbar. Dunbar."

O sr. Summers consultou a lista. "Clyde Dunbar", ele conferiu. "Isso mesmo. Ele quebrou a perna, não foi? Quem vai sortear por ele?"

"Eu. Imagino", falou uma mulher, e o sr. Summers se virou para olhá-la. "A esposa sorteia pelo marido", disse o sr. Summers. "Você não tem um filho crescido para sortear no seu lugar, Janey?" Embora o sr. Summers e todos no vilarejo soubessem muito bem a resposta, cabia ao dirigente da loteria fazer essas perguntas formalmente. O sr.

Summers aguardou com uma expressão de interesse cortês enquanto a sra. Dunbar respondia.

"O Horace ainda não fez nem dezesseis", a sra. Dunbar declarou com pesar. "Acho que vou ter que substituir meu marido este ano."

"Certo", o sr. Summers concordou. Ele fez uma anotação na lista que segurava. Em seguida, indagou: "O menino Watson vai sortear este ano?"

Um garoto alto na multidão levantou a mão. "Aqui", ele disse. "Vou sortear pela minha mãe e por mim." Piscou com nervosismo e abaixou a cabeça enquanto diversas vozes na multidão diziam coisas como "Bom garoto, Jack" e "Bom ver que sua mãe tem um homem para fazer isso".

"Muito bem", disse o sr. Summers, "acho que já está todo mundo aqui. O Velho Warner conseguiu chegar?"

"Aqui", anunciou uma voz, e o sr. Summers assentiu.

Um silêncio repentino se abateu sobre a multidão e o sr. Summers pigarreou e olhou a lista. "Todos prontos?", ele perguntou. "Agora vou ler os nomes — primeiro os chefes de família —, e os homens sobem e tiram um papel da caixa. Fiquem com o papel dobrado na mão sem abrir até todo mundo ter tirado. Entendido?"

As pessoas tinham feito aquilo tantas vezes que apenas meio que escutavam as instruções; a maioria estava quieta, umedecendo os lábios, sem olhar ao redor. Então o sr. Summers levantou bem a mão e anunciou: "Adams". Um homem se desprendeu da multidão e se apresentou. "Oi, Steve", cumprimentou o sr. Summers, e o sr. Adams retribuiu: "Oi, Joe". Trocaram sorrisos sem humor e com nervosismo. Em seguida, o sr. Adams enfiou a mão na caixa preta e tirou um papel dobrado. Segurou-o com firmeza por um dos cantos ao se virar e voltar depressa para o seu lugar na plateia, onde guardou certa distância da família, sem olhar a própria mão.

"Allen", o sr. Summers chamou. "Anderson… Bentham."

"Parece que não existe mais tempo entre uma loteria e outra", a sra. Delacroix comentou com a sra. Graves na última fileira. "Parece que a última foi na semana passada."

"O tempo passa mesmo voando", a sra. Graves disse.

"Clark... Delacroix."

"Lá vai o meu velho", disse a sra. Delacroix. Ela prendeu a respiração quando o marido se apresentou.

"Dunbar", chamou o sr. Summers, e a sra. Dunbar caminhou com passos firmes até a caixa enquanto uma das mulheres dizia "Vamos, Janey", e outra dizia "Lá vai ela".

"Somos os próximos", constatou a sra. Graves. Ficou observando o sr. Graves aparecer ao lado da caixa, cumprimentar o sr. Summers com seriedade e escolher um papel. A essa altura, por toda a multidão havia homens segurando um papelzinho dobrado em suas mãos largas, virando-o e revirando-o com nervosismo. A sra. Dunbar e seus dois filhos estavam juntos, a sra. Dunbar segurando o pedaço de papel.

"Harburt... Hutchinson."

"Sobe lá, Bill", a sra. Hutchinson falou, e as pessoas próximas a ela riram.

"Jones."

"Dizem por aí", o sr. Adams comentou com o Velho Warner, que estava parado a seu lado, "que lá no vilarejo do norte eles andam falando em parar com a loteria."

O Velho Warner bufou. "Bando de malucos", ele disse. "Dando ouvidos aos jovens, nada está bom *para eles*. Daqui a pouco vão querer voltar a morar nas cavernas, sem ninguém mais trabalhar, viver *assim* por um tempo. Antigamente havia um ditado que dizia 'Em junho tem loteria, depois tem a colheita'. Daqui a pouco vamos estar comendo mato cozido e nozes de carvalho. A loteria *sempre* existiu", acrescentou em tom petulante. "Já é um horror ver o jovem Joe Summers lá em cima, brincando com todo mundo."

"Alguns lugares já abandonaram as loterias", constatou a sra. Adams.

"*Isso* só traz problemas", o Velho Warner disse categoricamente. "Bando de jovens tolos."

"Martin." E Bobby Martin ficou observando o pai se apresentar. "Overdyke... Percy."

"Queria que eles andassem logo", a sra. Dunbar disse ao filho mais velho. "Queria que eles andassem logo."

"Estão quase acabando", falou o filho.

"Se prepara para ir correndo contar para o seu pai", disse a sra. Dunbar.

O sr. Summers chamou o próprio nome, deu um passo à frente com precisão e escolheu um pedaço de papel. Depois chamou: "Warner".

"Setenta e sete anos que estou na loteria", o Velho Warner disse enquanto atravessava a multidão. "Septuagésima sétima vez."

"Watson." O garoto alto atravessou a plateia atabalhoadamente. Alguém falou, "Não fique nervoso, Jack", e a sra. Summers disse, "Vai com calma, filho".

"Zanini."

Depois disso, houve uma longa pausa, uma pausa emocionante, até que o sr. Summers, levantando seu pedaço de papel, declarou: "Pois bem, pessoal". Por um instante ninguém se mexeu, e então todos os papéis foram desdobrados. De repente, todas as mulheres começaram a falar ao mesmo tempo, indagando: "Quem é?", "Quem foi que tirou?", "Foram os Dunbar?", "Foram os Watson?". Então as vozes começaram a dizer, "É Hutchinson. É o Bill", "Foi o Bill Hutchinson que tirou".

"Vai falar com o seu pai", a sra. Dunbar pediu ao filho mais velho.

As pessoas começaram a olhar ao redor para ver os Hutchinson. Bill Hutchinson estava parado, quieto, fitando o papel em sua mão. De repente, Tessie Hutchinson berrou para o sr. Summers: "Você não deu tempo de ele tirar o papel que queria. Eu vi. Não foi justo!".

"Leve na esportiva, Tessie", a sra. Delacroix falou, e a sra. Graves disse: "Todos nós tivemos as mesmas chances".

"Cale a boca, Tessie", disse Bill Hutchinson.

"Muito bem, pessoal", falou o sr. Summers, "foi bem rápido, e agora temos que nos apressar um pouco mais para acabar a tempo." Ele consultou a próxima lista. "Bill", ele chamou, "você sorteia pela família Hutchinson. Tem mais moradores nos Hutchinson?"

"Tem o Don e a Eva", gritou a sra. Hutchinson. "Mande que *eles* tirem a própria sorte!"

"Filhas sorteiam com a família do marido, Tessie", o sr. Summers explicou em tom suave. "Você sabe disso tão bem quanto todo mundo."

"Não foi *justo*", Tessie declarou.

"Acho que não, Joe", Bill Hutchinson lamentou. "A minha filha tira com a família do marido, é o justo. E eu não tenho mais ninguém na família além dos filhos."

"Então, no tocante ao sorteio por famílias, é você", o sr. Summers disse a título de esclarecimento, "e no tocante ao sorteio pela casa, é você também. Certo?"

"Certo", disse Bill Hutchinson.

"Quantos filhos, Bill?", o sr. Summers perguntou formalmente.

"Três", respondeu Bill Hutchinson. "Tem o Bill Jr., a Nancy e o pequeno Dave. E Tessie e eu."

"Então está certo", disse o sr. Summers. "Harry, você pegou os papéis deles de volta?"

O sr. Graves fez que sim e levantou os papéis. "Então põe dentro da caixa", comandou o sr. Summers. "Pegue o do Bill e ponha nela."

"Acho que a gente precisa recomeçar do zero", sugeriu a sra. Hutchinson, na voz mais baixa que lhe era possível. "Estou falando que não foi *justo*. Você não deu tempo suficiente para ele escolher. *Todo mundo* viu."

O sr. Graves tinha escolhido os cinco papéis e colocado na caixa, e deixou todos os papéis menos esses caírem no chão, onde a brisa os pegou e levantou no ar.

"Escuta, pessoal", a sra. Hutchinson insistia às pessoas ao seu redor.

"Pronto, Bill?", perguntou o sr. Summers, e Bill Hutchinson, com uma olhadela rápida para a esposa e os filhos, assentiu.

"Lembre-se", disse o sr. Summers, "pegue os papéis e fique com eles dobrados até todo mundo ter tirado um. Harry, você ajuda o pequeno Dave." O sr. Graves pegou a mão do menininho, que de bom grado o acompanhou até a caixa. "Tire um papel da caixa, Davy", instruiu o sr. Summers. Davy enfiou a mão na caixa e riu. "Pegue *um* papel só", disse o sr. Summers. "Harry, segura para ele." O sr. Graves pegou a mão do menino, tirou o papel do punho cerrado e o segurou enquanto o pequeno Dave ficava ao lado dele e erguia os olhos com admiração.

"Nancy é a próxima", anunciou o sr. Summers. Nancy tinha doze anos, e seus amigos de escola ficaram ofegantes quando ela se apresentou, arrumando a saia, e com delicadeza tirou um papel da caixa. "Bill Jr.", chamou o sr. Summers, e Billy, de rosto vermelho e pés bem grandes, quase derrubou a caixa ao tirar um papel. "Tessie", disse o sr. Summers. Ela hesitou por um instante, olhando ao redor com ar desafiador, e depois fechou os lábios e foi até a caixa. Retirou um papel e o segurou às costas.

"Bill", convocou o sr. Summers, e Bill Hutchinson enfiou a mão na caixa e tateou, tirando por fim a mão com um pedaço de papel.

A multidão estava em silêncio. Uma garota sussurrou "Tomara que não seja a Nancy", e o som do sussurro chegou à extremidade da plateia.

"Já não é mais como antigamente", o Velho Warner disse para que todos ouvissem. "As pessoas já não são mais como antigamente."

"Pois bem", anunciou o sr. Summers. "Abram os papéis. Harry, você abre o do pequeno Dave."

O sr. Graves abriu o papelzinho e houve um suspiro geral entre a multidão quando ele o ergueu e todo mundo viu que estava em branco. Nancy e Bill Jr. abriram os deles ao mesmo tempo, e ambos ficaram radiantes e riram, voltando-se para a plateia e exibindo o papel acima de suas cabeças.

"Tessie", chamou o sr. Summers. Houve uma pausa, e então o sr. Summers olhou para Bill Hutchinson, e Bill desdobrou o papel e o mostrou. Estava em branco.

"É a Tessie", disse o sr. Summers, e sua voz estava abafada. "Mostra o papel dela, Bill."

Bill Hutchinson foi até a esposa e arrancou o papel de sua mão. Tinha um ponto preto nele, o ponto preto que o sr. Summers fizera na noite anterior com o lápis grosso no escritório da carvoaria. Bill Hutchinson o levantou, e a agitação tomou conta da multidão.

"Pois bem, pessoal", falou o sr. Summers. "Vamos acabar logo com isso."

Embora os aldeãos tivessem se esquecido do ritual e perdido a caixa preta original, ainda se lembravam de usar pedras. A pilha de pedras que os meninos tinham feito antes estava pronta; havia pedras no chão com os restos de papel soprados que tinham saído da caixa. A sra. Delacroix escolheu uma pedra tão grande que teve de segurá--la com as duas mãos e se virou para a sra. Dunbar. "Vamos", ela chamou. "Anda logo."

A sra. Dunbar tinha pedras pequenas nas duas mãos, e disse, sem fôlego: "Não consigo correr. Você vai ter que ir na frente e eu te alcanço depois".

As crianças já estavam com as pedras preparadas, e alguém deu alguns seixos ao pequeno Davy Hutchinson.

Tessie Hutchinson estava no centro de um espaço vazio àquela altura, e esticava os braços em desespero à medida que os aldeãos se aproximavam. "Não é justo", ela dizia. Uma pedra a atingiu na lateral da cabeça.

O Velho Warner chamava, "Vamos, vamos, todo mundo". Steve Adams estava à frente da multidão de aldeãos, com o sr. Graves a seu lado.

"Não é justo, não é certo", gritou a sra. Hutchinson, e em seguida estavam todos em cima dela.

V
Epílogo

... No barco onde pisou ela,
Marinheiro não havia
De tafetá era a vela
Os mastros de ouro batido.

Não uma légua navegou,
Nem duas, mas quase três,
Quando o rosto dele turvou e
Os olhos mudaram de vez.

Não uma légua navegou,
Nem duas, mas quase três,
Quando o chifre dele a espantou
E em lágrimas se desfez.

"Ah, segure o choro", diz ele,
"Não vamos até a Austrália,
Vou lhe mostrar que crescem
Lírios às margens da Itália."

"Ó, que montes belos são aqueles",
Ela disse, "Que o sol deixa entrever?"
"Ah, eles são o paraíso", ele disse,
"Onde você jamais vai viver."

"Que monte é aquele", perguntou,
"Tão lúgubre, cheio de neve?"
"É a montanha do inferno", afirmou,
"Para onde iremos em breve."

Ele quebrou o mastro com a mão,
E o mastaréu com o joelho,
E do barco rompeu o chão,
E a afogou no mar vermelho.

de *James Harris, O amante diabo*
(Balada infantil nº 243)

ESTA OBRA FOI COMPOSTA PELA ABREU'S SYSTEM EM ADOBE GARAMOND
E IMPRESSA EM OFSETE PELA GRÁFICA PAYM SOBRE PAPEL PÓLEN NATURAL
DA SUZANO S.A. PARA A EDITORA SCHWARCZ EM NOVEMBRO DE 2022

A marca FSC® é a garantia de que a madeira utilizada na fabricação do papel deste livro provém de florestas que foram gerenciadas de maneira ambientalmente correta, socialmente justa e economicamente viável, além de outras fontes de origem controlada.